| "巴马乡愁故事"丛书 |

广西壮族自治区党委宣传部 当代文学艺术创作工程扶持项目

巴马瑶族自治县社会科学界联合会 编

潺潺的河流

广西人民出版社

图书在版编目（CIP）数据

潺潺的河流 / 巴马瑶族自治县社会科学界联合会编 . —
南宁：广西人民出版社，2020.12
（"巴马乡愁故事"丛书）
ISBN 978-7-219-11139-0

Ⅰ . ①潺… Ⅱ . ①巴… Ⅲ . ①散文集—中国—当代
Ⅳ . ① I267

中国版本图书馆 CIP 数据核字（2020）第 262523 号

CHANCHAN DE HELIU

潺潺的河流

巴马瑶族自治县社会科学界联合会 编

责任编辑 陈 威
责任校对 彭青梅
装帧设计 翁襄媛
封面绘画 陈有天
封面题字 蒙麓舟

出版发行 广西人民出版社
社 址 广西南宁市桂春路 6 号
邮 编 530021
印 刷 南宁市开源彩色印刷有限公司
开 本 787mm×1092mm 1/16
印 张 15
字 数 220 千字
版 次 2020 年 12 月 第 1 版
印 次 2020 年 12 月 第 1 次印刷
书 号 ISBN 978-7-219-11139-0
定 价 40.00 元

ISBN 978-7-219-11139-0

"巴马乡愁故事"丛书编委会

主　任　　叶柳艳

副主任　　谭文胜

委　员　　谭文胜　姚光佑　胡秀萍　黄　渊　韦成旺

"巴马乡愁故事"丛书编辑部

主　编　　谭文胜

副主编　　胡秀萍

编　辑　　覃　景　黄月婷

总序

记住乡愁 /

叶柳艳 · 中共巴马瑶族自治县委员会常委、宣传部部长、人民政府副县长每个人都有自己的故乡，都有自己的乡愁。此生之处是吾乡，吾乡乃乡愁之根脉，决定了一个人在地理空间和精神世界里的轨迹。无论故乡如何变迁，乡愁永不老去。

"让居民望得见山、看得见水、记得住乡愁"，2013年12月，在中央城镇化工作会议上习近平总书记说出这句极富诗意的话语，把人与自然以及人类的生活环境、社会环境和精神环境紧密融合，勾起人们无限的思绪，引发民众思深忧远，引起了社会广泛关注。一时间"乡愁"成为热词，成为专家学者热衷讨论的课题。

乡愁是什么？是一杯浓浓的酒，是暖暖的村落，对故土山水的牵挂；是悠悠的民俗，是一支清远的笛，一棵没有年轮的树，走不出的精神家园；是家乡那条潺潺的河流，一条洗涤灵魂、永远在心头荡漾的河流。乡愁是对家乡的感情和思念，是一种对家乡眷恋的情感状态，是人类共同而永恒的情感和文化心理。这种情感维系，无论是物，还是人、事，对远离故乡的人来说都是剪不开割不断的牵念，浸润其中的是丝丝的情愫、深深的怀念、永不老去的乡愁。

为何要记得住乡愁？20世纪80年代以来，随着城市化进程加速推进，城镇、乡村发生了巨变，乡村人才、资源流失，乡土精神衰败。《一个村庄里的中国》写道："在乡下，亲近自然可以培养乡村记忆，然而亲近电视得到的却只有一个虚构的世界。在那里，你可以亲近任何地方，唯独踏不进故乡；你可以看到任何人，唯独看不到村庄的人。"悄悄变迁的家乡故土，逐一远去的古建筑、古村落，悄然衰落的乡土文明，乡情无所依，乡思无所系，乡愁无所寄,那是怎样的一种愁痛?

乡情乡思乡愁是一种民俗文化、一种宝贵的乡愁资源。用好用活乡愁资源、发展乡土文化、赋能乡村振兴,某种意义上说就是解放和发展生产力。"让居民望得见山、看得见水、记得住乡愁",习近平总书记饱含愁思深情的话语,就是要求留住乡愁资源、守护乡愁资源,更要发掘乡愁资源、延续乡愁资源、创造乡愁资源、丰富乡愁资源,推动乡愁资源创造性转化与创新性发展。

巴马瑶族自治县曾经是一个集"老、少、边、山、穷、库区"于一体的县份,是世界长寿之乡、中国人瑞圣地。巴马乡愁文化底蕴深厚,早在旧石器时代,这里就有人类繁衍生息、传播文明的星火。山水田园、地形地貌、岩溶洞穴、古老村落、古道古桥、古匾古碑、宗祠家庙、家风祖训、传统美食、民间技艺、民风民俗、奇闻逸事等,都是丰富的乡愁资源。现实中,承载"乡愁"的介质多种多样,而村落、民俗、河流与人类关系最为密切,最具代表性和影响力。在发展的进程中,村落、民俗、河流最容易受冲击,它们的"疼痛"往往无声无息,最终积淀为绵远的乡愁记忆。回味乡愁,叙述乡愁,把乡愁记忆融入人文旅游发展,深入发展投身乡村社会、体验乡土文化、宣泄乡愁情感的人文乡愁旅游,通过旅游触摸文化脉搏、汲取乡愁营养、感知乡土气息,打造思乡怀土、留恋田园、消解乡愁的精神家园,是巴马文化兴盛的中心内容,是巴马高质量发展的重要内涵。

高质量发展离不开乡愁的精神纽带和文化软实力,深入挖掘、保护、传承乡愁记忆,唤起民族文化乡愁记忆,坚定民族文化自信，推动文化繁荣兴盛，让乡愁变得更美，是巴马高质量发展不可或缺的战略措施。推动传统村落向主题村落转型提质、旅游观光向人文乡愁共享旅居、传统文化创造性转化创新性发展，打造一批更加人性化、更富人情味、更具人文关怀的景区景点、特色村镇、村居乡舍、共享农庄，更是巴马发展乡愁经济、推动文化旅游升级的创新实践。因此，组织编撰以村落、民俗、河流为主题的系列"巴马乡愁故事"，从人文视野揭示村落、民俗、河流的丰富内涵，展现巴马特有的人文风景魅力，助力巴马乡村振兴和高质量发展，意义重大、深远。

"巴马乡愁故事"丛书，是中共广西壮族自治区委员会宣传部实施的"广西当代文学艺术创作工程三年规划（2019—2021）"项目之一，丛书共三册（《暖暖的村落》《悠悠的民俗》《潺潺的河流》），叙述和记录有关巴马村落、民俗、河流的乡愁记忆，表达作者对于家乡自然地理空间与精神心理空间的情感，对家乡过去的怀恋和对未来的憧憬。通过出版"巴马乡愁故事"丛书，唤起人们的共同乡愁记忆，激发人们热爱祖国、热爱家乡的情感，更加爱护村落文化、民俗文化、生态文化，更加珍惜美丽乡愁记忆，齐心协力推进文化繁荣兴盛、建设美好家园。

"巴马乡愁故事"丛书，将带您走进巴马故土，亲近青山绿水，体验瑶风壮韵，品味款款乡情，触摸绵绵乡思，品尝浓浓乡愁。

是为序。

目录

CONTENTS

序
言

《潺潺的河流》是"巴马乡愁故事"丛书（三本）的第三册。

　　河流是人类赖以生存的水环境，是人类文明生存和发展的摇篮。人类自古就有着依山傍水、沿河而居的习俗，有河流就有暖暖的村落，进而有悠悠的民俗文化。河水流过的地方，山清水秀，村落连绵，充满着生机与希望。有了河流，就有了小桥、流水、人家，就有了源源不断的水资源、便民的水上交通、惠民的水利水能，就有了游山玩水、生态旅游、休闲观光、度假养生等人类活动。然而，人类如何对待河流，河流也将如何对待人类，如果人与河流的和谐共生关系维护得好，河流给予人类就始终是美丽与希望。反之亦然。

　　巴马瑶族自治县是一个有着12个民族同胞聚居的地方，曾经是集老、少、边、山、穷、库区于一体的县份，总面积1976平方公里，"八山一水一分田"，水和土地弥足珍贵。巴马大小河流很多，但相对较大的只有盘阳河、灵岐河。早在西汉元鼎六年（前111年）汉武帝平定南越，置九郡，巴马境地以盘阳河为界，河以北属定周县地（治所今河池市宜州区），河以南属增食县地（治所今百色市田阳区）。无论何时何地，河流始终是人们争抢占据的重要资源。在巴马民间，有一句谚语，就是"无水不住人，无林不扎营"，没有水是没有办法住人的，没有树林也是不好安营扎寨的。这是巴马人民对生态环境的深刻体验。在漫长的历史长河中，巴马各族人民用自己的智慧和汗水，缔造了独特的生态文明、河流文明，并在此基础上挖掘、传承、保护和发展了丰富的长寿文化、河流文化、生态文化，形成了自己独特的河流乡愁记忆和精神家园。

为了学习贯彻落实习近平总书记关于"让居民望得见山、看得见水、记得住乡愁"的重要讲话精神，唤起人们对河流文化的乡愁记忆，进一步坚定"绿水青山就是金山银山"理念，中共巴马瑶族自治县委员会宣传部、巴马瑶族自治县社会科学界联合会紧紧围绕广西壮族自治区赋予巴马的国际长寿养生旅游胜地、广西大健康龙头基地、深圳巴马大健康合作特别试验区的定位，着眼于生态文明建设，紧扣乡村振兴战略实践，从2019年1月开始，向巴马籍作家、专家、学者，以及新巴马人（候鸟人）和曾经在巴马工作生活过的作家、专家、学者公开征集作品，先后征集到有关巴马河流的散文随笔作品42篇，通过认真筛选、反复修改，最后收录36篇。

这些作品关注巴马人梦里依稀而渐行渐远的家乡河流，把握家乡河流的文化脉搏，汲取河流的乡愁营养，感知河流的乡土气息，既写河流之秀、生态之美，也写生活的痛、生命之寿，表达专家、作家们对祖国山河的热爱与依恋之情。该书的出版，充分展示巴马世界长寿之乡独特的山水地理风光、河流人文经纬和生态文明意识，进一步激发人们热爱家乡、热爱河流、保护生态环境的思想自觉和行动自觉，使其积极加强生态文明建设，保护绿水青山，促进人与自然和谐共生。

编　者

2020 年 12 月

巴马，岁月青睐的净地 | 黄土路

国际公认苏联的高加索地区、巴基斯坦的罕萨、厄瓜多尔的比尔卡班巴、中国新疆的南疆一带以及广西的巴马瑶族自治县为世界五大长寿之乡。广西巴马瑶族自治县正是我的故乡。那里茂林修竹，河水轻溅，纯朴的民风和大自然一起，构筑了一个个生命的传说……

我的家乡广西巴马瑶族自治县对于许多人来说，是一个秘境：她于1991年11月被国际自然医学会确认为世界第五个长寿之乡。联合国规定，"世界长寿乡"的标准是每10万人中至少应有7.5位健康的百岁老人，而2004年拥有24万人口的巴马，1956年就拥有百岁老人15位，1958年拥有百岁老人18位，1979年拥有百岁老人50位，1990年拥有百岁老人72位，2004年拥有百岁老人74位。国际自然医学会世界长寿之乡调查表明，巴马不仅是世界上长寿率最高的地方，而且也是目前世界五大"长寿之乡"中，唯一一个百岁老人人数呈逐年上升趋势的长寿乡。

一块流淌着潺潺的河水，绵延着森林和修竹，远离大都市的人间净地，人们的生活水平普遍还不高，时间何以特别青睐这里的老人，使他们几乎穿越三个世纪的风雨，依然神形淡然地站在岁月的尖顶上！

一

先从我老家的那个小村说起吧。

那个小村名叫利达，它是巴马一个非常不起眼的小村，只有20多户人家，100多口人。小村夹在两座大山之间，前面是石山，后面是土坡。因是石山，前面的山上主要长草，仅有的几棵树也长得不高，因此是一片天然的牧场。后山因是土坡，长着密密麻麻的大树，是一片原始森林。记得小时候我见过野猫等野生动物。当村人们意识到这些动物需要保护的时候，它们已变得很稀少了。

我们的村子被密密麻麻的树围绕着，黄皮果树、枇杷树、柚子树，还有修长的竹子……它们常年郁郁葱葱，这是老一辈种下的。最奇特的景致是，村后的小坡上，长着很多棵硕大无朋的大榕树。它们的根有的攀爬在石林上，有的露在地面上，枝叶相握在风里，每一棵都可以独自成林。每天早上，我们总是被榕树上叽叽喳喳的鸟声吵醒。因为鸟儿太多，它们的声音混在一起，听起来并不动听，而是一片嘈杂，十分刺耳，因此小时候的我们并不喜欢榕树上的鸟声。最动听的鸟鸣是当你一个人在树林里或路上走着的时候，在这山和那山上，或在这树和那树上，两只或几只小鸟在对鸣，它们的声音清丽、婉转，像是在说着话或唱着歌，让你忘了尘世的烦恼。它们才是我童年最美好的记忆。

我们的村前还有一条小溪，平时干涸着，在雨季过后会流淌上一段时间，有时会流上几个月，流入不远处的盘阳河。村边还有一口泉，常年汩汩流淌，从未枯竭。小时候喝水，我从来都是直接从泉里或水缸里舀了就喝，因为它没有任何杂质，永远那么甜美。它是我们一村人的生命之泉。

像我们村这样的环境，它应该是具备一个长寿村庄的条件了：森林、泉水、河流，还有村人从小到大永不停歇的劳动。

我的记忆中有着关于几位长寿老人的印象。

小时候，每次放学回家，我总会路过一位老奶奶的家门口。老奶奶的家和其他壮族人的干栏建筑一样，一楼住牲畜，二楼住人，二楼上面还有一个阁楼，搁置粮食。因此门前面都建了个石阶，直接通向二楼。屋前一般都会用木头搭个晒台，用来晒庄稼，其高度刚好与二楼的门口齐平，人从门口刚好能上去。那时候，老奶奶已年近百岁了。像村里的其他老人一样，她从小就挑水、放牛、打柴、耘田、耙地、种玉米、培土、收割……一年四季，地里和山上的活总是干不完，家里的活也从没停过。从自己家到夫家，她算是忙活了一辈子了。到了这年纪，儿孙们自然是不会再让她干重活的，但烧火煮饭、晒晒粮食、种种菜这样的轻活，她自然是乐意干的。我每次从学校放学回来，路过她的门口，总看见她手拿着个蒲扇在摇着，偶尔挥一下，驱赶着飞到晒坪上吃粮食的鸟雀。她的神色恬静，从她的脸上，你已看不出她内心的喜怒了。

就是这样一位老人，有一天却突然死了。她是到晒坪晒完粮食后从晒坪上跌下去摔死的。

村里人都说，如果不是从晒坪上摔死，老奶奶一定能活过100岁，甚至200岁。当然，说200岁是有些夸张了。

另一位老人的去世也耐人寻味。

这位姓陆的老人早年参加过韦拔群领导的革命，他后半生过得平平淡淡。有一天，他赶着村里的牛去山谷放牧。晚上，牛群自己回村了，他却没有踪影。家里人和村里人都着急了，打着火把上山找，才发现他躺在山谷口的一棵大木棉树下，已经去世了。他面容平静，人们猜测他是在睡着的时候去世的。因为在这片山谷放牛，只要把牛赶进山谷，把住谷口不让牛下山吃庄稼就成了。我也在那个山谷放过牛，牛在山谷里吃草的时候，人是可以躺在木棉树下睡上一觉的。我时常想，也许在睡着的时候，他的灵魂云游去了远处，没有回来，如此而已，否则，他活上100岁也是容易的事情。

我也想起了我的祖父。我祖父年轻时候也参加过革命，只是后来和队伍失散了。祖父回到家，平静地做起了地地道道的农民。也许是打过猎，且一辈子在乡间劳动的原因，我祖父的身体一直很结实，脚力很好。我十来岁的时候，常跟祖父赶六七公里的山路去县城卖菜。祖父挑着一担菜走在前面，村里的媳妇们也挑着一担担菜跟在后面，我什么都没挑，但我和村里的媳妇们紧赶慢赶，总是赶不上80多岁的祖父。有时候我们不得不在后面远远地叫他停下来，歇歇脚。但祖父的耳朵有些背，能停下的时候似乎不多。

身体结实，时常健步如飞的祖父，也去世得很突然。从小到老没有生过大病的他，在82岁的时候突然患了一场大病，就撒手西去了。祖父的去世，使我很长一段时间都处在悲痛之中。但祖父去世前没受多久疾病的折磨，去的时候也很平静，这样想着，心里倒也有些坦然了。

二

10岁的时候，我走向离村不远处的盘阳河，走进了村小学。

每天放学后，孩子们把书包一丢，便跳进河里游泳，住得近的孩子，直到听到父母叫回家的吆喝声，这才穿上衣服，捡起书包，恋恋不舍地回家。

后来，我的家乡巴马被确认为世界长寿之乡，国际医学专家在对巴马长寿老人分布的地区进行考察后惊讶地发现，巴马的长寿老人，大多就分布在这条河的河谷一带。盘阳河成了远近闻名的"长寿河"。

我最早参加工作的时候，刚好是在这条河上游边的一所名叫"甲篆中学"的学校里教书。

盘阳河两岸，一边是奇特的喀斯特石山，另一边却是连绵起伏的土坡。盘阳河就从这两种不同的地理结构中流过，我曾把它称为"风流河"。在这样的环境中长大的姑娘野性十足，她们在这条河边裸泳的故事，后来传去了很远很远的地方。

由于学校没有自来水，我也去河里洗澡。后来我才发现，其实所谓的裸泳，是有着规矩的，就是男女分开，各固定一个地点。这种相互可看到却不能越界的所谓裸泳，其实构成了一种人与人、人与自然和谐的心理因素。后来有专家称，这种和谐的心态，正是老人得以长寿的原因之一。

也许因为大自然的恩赐，在盘阳河上游这段不到 10 公里的河岸两边，就有着几个长寿村：

甲篆乡平安村巴盘屯，这里是清一色的黄姓壮族人家，590 多位居民，2003 年时 100 岁以上的长寿老人有 5 人，80 至 99 岁的老人有 25 位。

距巴盘屯不远的甲篆乡松吉村松屯，曾有一对百岁"鸳鸯"，两人都活到了 101 岁。

号称"小桂林"的甲篆乡甘水屯，20 世纪出了 3 个百岁老寿星。如今 90 岁以上的老人有 7 位，80 至 90 岁的老人有 32 人，60 至 79 岁的老人有 91 人！

后来我到报社当记者，有机会接触到了更多的百岁老人。那时候，有关巴马长寿之乡的报道，曾一度出现在报纸的版面上。仅日本人到巴马来拍专题片的次数，据说就有十余次。因此有关长寿老人的许多真实有趣的故事，于我已是达到了耳熟能详的地步。

有一位叫陈妈乱的老人，在她 60 岁的时候，儿女们为了她备了一副棺材。为老人备棺材，这是当地人对老人的一种孝顺方式。棺材就摆在堂屋最亮眼的地方，人们来串门的时候，也不忌讳，把棺材当板凳坐。没想到棺材已坐烂了一副又一副了，老人的身体竟越来越硬朗。前几年我去采访时，已 103 岁的老人敲着棺木兴奋地对我说，她已经换了五副棺材啦。说这句话的时候，她的脸上洋溢着自豪！

日本记者去当地采访时曾闹了笑话。记者刚走进村里，看到屋前有一个发须皆白的老人正在屋前劈柴，就上去呱嗒呱嗒地说了一通，通过翻译才知道，他把这位老人当百岁老人了。老人摇摇头告诉他，他要采访的百岁老人是他父亲，他刚刚上山打柴火去了。正说着，果然另一位也是毛发皆白、身体健康的老人打柴回来了。老人急忙恭敬地叫了他一声：爸！

三

曾有人提出过质疑，巴马百岁老人的年龄是否可考？他们的年龄真实可靠吗？但当他们走进当地人家的时候，他们都惊呆了。在这一带生活的壮族、瑶族同胞，家家户户都有一本发黄的族谱，记录着一代代人的生辰八字。老人出生的年龄因此可准确到时辰。这种现象令这些专家赞叹折服，认为巴马的百岁老人的实际年龄准确到年、月、日、时，为其他国家所没有。

我曾见到过我家的族谱，上面的记载可追溯到黄巢起义的时候。起首是一首诗：陈敬征剿焚九族，黄门姓氏走千丁……我想这种在族谱上记录每一代人、每一个人的生辰的方式，也许是人们对生命的敬重和对先辈的怀念的一种方式吧。

巴马人何以长寿？有专家作过各种各样的研究，结论似乎大同小异：

一是适宜的气候和环境。巴马属于亚热带季风气候区，植被丰富，阳光充足。盘阳河河谷一带，空气中负氧离子的浓度每立方厘米高达 2 万个，是平原地区的几十倍。

说到气候环境，我愿意提到这样一件事情：上海无线电厂的一位退休工程师患有严重的哮喘病，在上海医治多年未见好转，一个偶然的机会，他看到报纸上关于巴马长寿之乡的信息，便只身一人到巴马，住了一段时间后，哮喘病竟奇迹般地好了，谁知他一回上海，没几天后病又复发，于是他再次回到巴马，病又不治而愈，如此反反复复，老工程师最后干脆待在了巴马。

二是素食。巴马人的饮食清淡。多是以素食为主。有一种名叫火麻的菜，用它的籽榨的油是目前所有食用植物油中不饱和脂肪酸含量最高，也是目前世界上唯一能溶于水的植物油。它已被当地人称为"长寿菜"。

三是遗传和奇异的婚俗。巴马有百岁老人的家庭，大都有家族长寿史，有的连续两三代都有 90 岁以上的老人，其中不乏百岁姐妹、百岁兄弟之例子。

不可否认，遗传基因是巴马长寿老人得以长寿的原因之一。

巴马的壮、瑶族人多习惯晚婚晚育，壮族还有婚后不落夫家的习俗，即结婚后女子一般回父母家居住，农忙时节才到夫家帮忙，时间长达两三年甚至七八年，这无形中造成了节欲和晚婚晚育。

四是长期的劳动。由于生活在山区，巴马百岁老人终生都得劳动，这锻炼了他们的体魄。

五是性格因素。巴马90岁以上的老人大多不识字，虽然没有宗教信仰，但受儒教、道教传统思想影响，忠厚传家，相信善恶有报。他们安于现状，上山劳作，爱唱山歌，怡然自得。四代、五代同堂的家庭，人人尊重老人，尽孝为先，老年人对生活没有特殊的要求，知足常乐，邻里之间也和睦相处，极少动怒，这种精神上的健康无疑也是长寿的因素之一。

四

好多年前，由于岩滩电站建成，拦水发电，作为红水河的支流，盘阳河在我老家前的河段，形成了一片宽阔的湖面。湖水常年清凌凌的，幽深无底，变成了巴马的一个著名的景区：赐福湖。

空闲的时候，偶尔带上三两个朋友踏上回乡的路，在赐福湖里划船唱歌饮酒，小住上几天，对我、对朋友们来说，都是一件十分美好的事情。

黄土路

黄土路，本名黄焕光，壮族，1970年生于广西巴马瑶族自治县赐福村，先后就读于河池学院数学系、广西师大中文系研究生班、鲁迅文学院第七届高研班。现供职于河池学院，为中国作家协会会员。著有小说集《醉客旅馆》，散文集《谁都不出声》《翻出来晒晒》及诗集《慢了零点一秒的春天》等。

盘阳之水天上来 | 黄一峰

我知道河流

我知道那如天地般古老的河流

它们比人类血管中流淌的鲜血更为古老

我的灵魂变得和河流一样深邃

……

美国黑人"桂冠诗人"兰斯顿·休斯河流一般轰鸣的吟诵，时常拍打我的心岸，訇然作响，虽物换星移，却经久不息，尤其在夜深人静时分。

流淌于我祖先生命和滋养着我父老乡亲的母亲河盘阳河，是在鸿蒙初开时开始她的传奇之旅的。

那是一个传说，一个古老且鲜为人知的传说，且似乎早已湮没在历史的尘埃之中。相传，盘古开天辟地不久，天地依然一片混沌，一天，惊雷四处炸响，狂风暴雨将天地连成一片，一条金龙穿过雨瀑降落到现在的凤山县三门海镇坡心村的水源洞（现已更名为三门海）。水源洞原是一潭深不见底的死水，神龙一造访便"水漫金山"，一股水从洞口奔泻而出，神龙随即顺着水势跃出洞口奔腾而去，顺着山体蜿蜒曲折又四次穿山钻地，最后游入红水河向着大海奔去，之后神龙便化为水与河流融为一体而生生不息。至于此后因巴马镇盘阳村位于此河中段而将这条河命名为盘阳河，乃是后话。

关于这样一个传说，笔者是在 1980 年从长寿村百岁老人黄卜汉那里听到的，随后也曾向河流沿岸上了些年纪的老人求证，但多数更倾向于盘阳河是一条下凡的神龙，被村里几个壮汉拖拽着尾巴想把神龙留在村里，神龙不停地扭动着身躯，最后化作这条弯弯曲曲的河流。不管怎么说，这条神奇的河流真真切切地在巴马这片神奇的土地上流淌了千百年，见证着巴马世代变迁和长命百岁的生命传奇。

河水悠悠穿尘而过，涤荡了岁月深处多少凄风苦雨，又温润了多少严寒酷暑中的喜怒哀乐？盘阳河从水源洞逶迤东来，千转百回间抵达我的故乡——巴盘屯长寿村，在这河段，你不得不感天地之造化，叹自然之神工。

这是一条有故事的河流，这是一条让人叹为观止的河流，这是一条不止长命百岁的河流。

长寿村有两座桥，一座为钢筋水泥结构，可通行汽车，我们且称之为"水泥桥"吧，另一座为铁索上铺木头的"摇摇桥"，只能步行通过。"水泥桥"的阳刚之气与"摇摇桥"的阴柔之美遥相呼应、相得益彰，构成了长寿村一道独特的风景。而这独特的风景又超越了一切山清水秀、风景如画的传统认知。上游"水泥桥"的中心桥墩下正卧着一块酷似乌龟的巨石，在枯水期，"乌龟"探出水面，似在默然注视着长寿村，默默护佑着村民延年益寿；丰水期则潜入水底；在枯水与丰水交汇期只露出半个脑袋，水浪过时似在吐纳风云，若隐若现间似在祈求长寿村风调雨顺。下游的"摇摇桥"中心桥墩下躺着一只酷似蟾蜍的巨石，"蟾蜍"跟上游的"乌龟"一般大小，远处望去，"蟾蜍"随着流水像是在匍匐前进，千百年来，不知疲倦地向前、向前、向前，但似乎总不愿走出长寿村的这方天地。

不知是自然之巧合，还是神灵多眷顾，长寿村两座桥的两块巨石似两只神兽静卧在水中央，这与长寿是否有什么内在关联呢？连石头都这般眷恋这方水土，不得不令人惊叹。"千年王八万年龟"是一句流传很久的古话，至于"乌龟"跟"长寿"的渊源就无须赘述了。而至于"蟾蜍"，《楚辞·天问》中有这样一句话："夜光何德，死则又育？厥利维何，而顾菟在腹？"

著名诗人、学者、爱国民主战士闻一多先生曾列举十余条证据，得出顾菟就是蟾蜍的别名，说明在战国以前，人们已认为在月亮之中有蟾蜍，一般认为，月亮代表着"阴"，蟾蜍居于月中仍是母性崇拜的遗留，但随着时代的演变，与永恒的月亮相伴的蟾蜍慢慢被赋予了新的意义：长生不死。《抱朴子·内篇》介绍过五种不死灵药"五芝"，其中"肉芝"就是"万岁蟾蜍"，《神仙感遇传》说，萧静之从土中挖出过肉芝，吃了之后"发再生，貌少力壮"。这难道是一种巧合？上了年纪的村民告诉笔者，20世纪80年代以前，每月农历初一和十五都有村民带上供品和香火来到水边供拜这两只"神兽"，以祈国泰民安、家人健康长寿。随着现代文明的发展，这种带有一定迷信色彩的习俗才渐渐淡出长寿村村民的生活。

有河流的地方就会有桥，有桥的地方肯定会有故事，爱上河流的故事，有那么些淡淡的写意，又带着股湿湿的野趣。我知道河流，我知道人类只有在河流的歌声中，才能找到安宁与幸福。夏夜，桨声灯影里的盘阳河更显得楚楚动人，"摇摇桥"便成了长寿村的"新闻发布厅"，酒足饭饱之后，村民们便三五成群"铺"在桥上纳凉，故事会就开始了。

每晚的故事会往往是从"俗语"开始的，远到三皇五帝，近到时事新闻，从邻里纠纷到国家大事再到世界风云，都可以在桥上七嘴八舌地谈论，没有"规矩"，也不需要"规矩"，谁的声音稍大一点就好像占据了"真知"的高度。这就是我的父老乡亲，喝着盘阳河水长大朴实的父老乡亲，他们这种惬意的幸福都与这条河流有关。

我的故乡长寿村，为什么有众多的寿星呢？这还是与村前的盘阳河有着千丝万缕的关系，盘阳河水是适合人体养生需要的小分子团水和弱碱性水，以及河水负氧离子高出其他地区的河水上百倍，这是近代科学研究得出的结论。但与故乡的长寿现象有关的一个传说更令人惊奇，传说活了800岁的养生家彭祖，原来是在天宫玉皇大帝身边主事，有一天，管着诸神生死簿的官员对彭祖说："我劳累过度，想好好睡一觉。如有要紧事，你就把我叫醒。"彭祖答："好，你尽管放心睡觉去吧。"彭祖见他睡着了，想乘此机会到凡间游玩一番。有一天,彭祖代为保管生死簿时,发现自己的名字也在上面。彭祖一想:不好,如果我到凡间被玉帝发现了,就会很快派人把我召回。他灵机一动,把生死簿上写有"彭祖"名字的那一页纸撕了下来,捻成纸绳订在本子上,从此,这个生死簿上,再也找不到彭祖的名字,他才放心地下凡去了。

彭祖流落人间,做了商朝士大夫。他先后娶了49个妻子,生了54个儿子,都一一衰老死亡,而彭祖依然年轻力壮,行动敏捷。他娶了第50个妻子后,就辞官了,到处去游山玩水。当他云游到盘阳河一带时被这里的奇山异水深深吸引住了,于是,他自制一只木船从上游顺流而下,一路饱览水光山色,当"轻舟已过万重山"时,他辗转来到了长寿村,把船系在了村尾。上岸后,稍住几日,他惊奇地发现,村民们的生活习惯与他的养生之道惊人地相似,他感觉到这是一方非凡之地。于是,他把自己的养生术毫无保留地传授给了村民,诸如"不远唾,不骤行,耳不极听,目不久视,坐不至疲,卧不至极,先寒而后衣,先热而后解","人受精养体,股气炼形,则万神自守其真;不然者则荣卫枯悴,万神自逝,悲思所留者也",等等。他的这些养生之道,长寿村村民们自觉或不自觉地遵循至今。当他想离开长寿村往他处去时,才发现,系在村尾的船一夜间已化成了一座岛屿,再也开不走了,他想来年再造访长寿村,不知何故一直没能如愿,相传他最终定居在陕西省中部铜川市北部的宜君县。

盘阳公主的雕像就立在长寿村村尾"彭祖船"的岛屿上,其婀娜的身段总让人想入非非。传说牛魔王对玉帝不满,在人间撒下瘟疫,导致巴马男女老少全身奇痒难熬。王母娘娘美丽的女儿盘阳公主为解除老百姓的苦难,舍身化为甘霖,将巴马的泉水变为神仙水,并引导老百姓下河裸浴以除病痛。从此巴马就一直保持着裸浴的习俗,而这种习俗以甲篆镇一带为最普遍,而甲篆镇则以长寿村最为盛行。不管这种裸浴真的能不能治病,但每日劳顿之后一丝不挂地融入天地之间,这是何等的惬意和舒畅啊!人生最大的幸福莫不过如此吧?

鸟择林而栖，人择地而居。笃于养生的庄周说过："鸟莫知于鹡鸰（燕子），目之所不宜处，不给视，虽落其实，弃之而走。"意思是说，鸟儿中没有比燕子更为聪明的了，看到不适宜居住之地，就不看中它，即使口中食物落下，也会弃之离开。而作为高等动物的人类，有谁不愿生命健康长寿呢？有谁不想在一处"风水宝地"安享生活呢？日本国际自然医学会会长森下敬一博士称巴马是"人间遗落的一块净土"，近年来吸引了天南地北的中外游客到此，或观光，或考察，或定居。

外来人口的涌入，使这方净土犹如平静湖面投入巨石般掀起了巨浪，打破了千百年来的平静，"候鸟人"在上游租住的旅馆所排的污水多是排到盘阳河里，加上盘阳河两岸多为良田，而给稻田施肥、杀虫的物质由过去的农家肥及石灰换成了化肥、农药，稻田水溢出田埂后多是排到了河里，这些都在一定程度上对河水造成了污染，如今有很多鱼类都找不到踪迹了，我不敢断言这是排水之祸，但也不无关系。

一滴水，倏然发现河流奔错了方向。它大声呼喊：回来，不是那边，是这里……但是，它的声音被大河汹涌的呼啸淹没了，掩盖了。一滴水，一颗琥珀色的泪珠，在历史的眼角沉重地挂着智慧与光芒……

来自全球的 1700 位科学家于 1992 年共同发出《世界科学家对人类的警告》：人类和自然正走上一条相互抵触的道路。

不要说改变大自然

大自然已足够美丽

丑陋或许是我们自己

不要滥用改变这个动词

大自然已足够经典

改变应当是我们自己

歌德表情凝重，声音略带沙哑：大自然从未犯错误，犯错误的是人。

恩格斯举着一棵枯黄的小草喟叹：不要过分陶醉于我们对自然界的胜利，每一次胜利，自然界都会对我们进行报复。

先哲圣人们一次次对人类环境的恶化发出了警诫，是否引起我们足够的重视呢？

记忆中故乡的盘阳河是那么的碧绿，那么的纯净，它只是默默地用自己跳动的脉搏去诠释存在的价值。而此刻伫立河岸上，我不言不语，贪婪地呼吸香甜的清风，静静地倾听每一滴水轻抚岸石的泣音。

"地球上最后一滴水，将是人类自己的眼泪"，当河流成为传说的时候，人类距离挽歌响起就不远了，丹麦物理学家帕·巴克实验证明：一粒一粒堆沙子，堆至一定高度，即使落下一粒，也会导致整个沙堆坍塌，那情形正如阿拉伯谚语所说：压垮骆驼的最后一根稻草。好好保护我们的母亲河吧，从现在做起，从点点滴滴做起，不负上天赐予寿乡这条有灵性的河流。

巴马淳朴善良的人民敞开宽广的胸怀，欢迎四海宾朋，但除了倩影你什么都不要留下，除了回忆你什么都不要带走，我真心地祈愿，我依水而居的故乡在安静中继续着长寿的神话与传奇！

黄一峰

黄一峰，壮族，网名随风咏叹，毕业于广西民族大学，诗人、作家。现为广西某媒体副总编辑。至今已在《十月》《诗刊》《散文诗》等数十家刊物发表作品100多万字，作品被选入《中国散文诗大系·广西卷》《青年诗人百家》等多种选本，多次被《微型小说选刊》《小小说选刊》等转载。著有《秋水微澜》《聆听岁月沉淀的声音》《寿星璀璨》《随风咏叹》等多种文学专著。

家乡小河东到海 | 杨 合

有一年夏天，我到广州出差，顺便约了同村的老乡叙谈。我们茶叙的地方临江，其实离江水还有很远的距离。老乡说临的是珠江。城市太大了，我也不记得我看见的是珠江的哪一段，只记得我真实地看到了珠江。

之后，我在手机的便签栏里写下三行字：

珠江众多的水花里

有一朵

是故乡的小河泛起的

家乡的小河，没有确切的名字。

我们的村庄叫龙凤村，在巴马的燕洞镇，不过200多年的历史而已。人们居住的村庄在石山区，没有河流，没有稻田。河流、稻田与居住地之间相隔一座大山。从村庄出发，到稻田里耕种，就必须弯弯绕绕经过山口、母猪岙、竹林湾，爬到梁上，歇歇气，再曲曲折折地下山，途经三台坡、二台坡、头台坡和响水湾，才到达山谷的小河边。面前的小河，由两条更小的河汇聚而成。两条小河交融成一个棱角极不规则的"丫"，我的先人，就把小河叫作三岔河。

我发觉，我的祖辈们在为事物命名这件事情上，有些轻率，尤其是在为村里唯一一条小河命名时，显得尤为率性和随心。作为居住在大石山区的村庄来说，一条河，哪怕只是一条小小的河，也是弥足珍贵的，犹如掌上明珠一般，该是集百般呵护、百般宠爱于一身，是要取上一个好名字的。但我的祖辈们，表现得很任性，好像有点不负责任，用一个"三岔河"就完成了一条河流的命名。名字看似很真诚，但太浅显而直白，容不得后人去探究和考证。

俗气的小河之名，一叫也是两百余年了。这个毫无寓意的名字，被村里人挂在口头上，因为不是正式书名，入不了正规的书册。我经常在地图上寻找她，但总是找不着。我估计，世界上所有的书本、所有的地图，都不会赋予这条小河一个名字。

家乡的小河实在太小了，小得我无法形容，但她毕竟滋润了狭窄的两岸，孕育了无数稻米，让我的父老乡亲闻到稻花香，吃上白米饭。两岸的稻田，曾经是乡亲们的挚爱，他们几代人精耕细作，对稻田体贴入微、关怀备至。记得有一位老人，在耙过田之后，还蹲下身，用双手把田里的泥土，捏得软软细细的，生怕秧苗被硌疼了一般。

小河很小，小得玲珑剔透，小得至善至美。尽管很小，但她却是很多人锻炼游泳、熟识水性的第一站。在属于我们村的河段里，有两处地方适合游泳。一处是猪槽塘，在一个大峡谷内，河床的石头被流水侵蚀成一个像喂猪的猪槽，因此大家便称之为猪槽塘。其实，它更像一只小船，就是独木舟那种形状的小船，漂在河面上，栩栩如生，悠然自得，我的乡亲们却没有雅兴，拒绝雅称，选择的是平常和朴实之名。猪槽塘更适合小孩子游泳，因为它对大人来说还是太浅了。另一处是绿荫塘，它是被一个瀑布冲刷而成的，因为深，水就常年绿幽幽的，沿河两岸林木繁茂，遮天蔽日，而瀑布的响声又振聋发聩，置身于绿荫塘侧，让人很能感受到"熊咆龙吟殷岩泉"的气势和"栗深林兮惊层巅"的恍惚。我还未学会游泳时，看着在绿荫塘里游泳的人，很是羡慕。没人教我，我就自己到浅水里去学习。我强迫自己去潜水，把小脑袋沉到河水里，被迫喝一口水，再喝一口水，就学会了潜水。学会潜水，人就自然能浮起来。我是在家乡的小河里学会游泳的，这个过程，让我品尝到成长、壮实的味道，这样的味道，我一辈子也不会忘记。再强大的人，都是从最弱小的阶段开始的。就像一个小孩，他迈步人生的第一道坎，不过是家中的门槛。

现在想来，小时候的我们，只顾在故乡的小河里嬉戏。天真烂漫、懵懂无知的我们，只知道小河在蜿蜒向下，流向远方。但我们又何以知道，河流最终流向哪里，哪里是它最终的归宿？

后来，我终于弄明白，故乡的小河是灵岐河的源头之一。

小河往下，进入新力村，被叫作新力河；再往下，与赖满河相会，被称为赖满河；又往下，则进入燕洞，又被称为燕洞河；继续往下，与来自百色境内的那拔河相会后，正式成名灵岐河，最后在大化境内注入红水河，算是红水河的一级支流，成为珠江水系的一部分，汇入南海。

家乡的小河，最终流向大江和大海，这也意味着，我们的梦想也延伸到海风吹拂下的广阔天地。

灵岐河是巴马境内的第二大河流，集雨面积近 500 平方公里，占全县四分之一的面积，地位可见一斑。不过，与大江大河相比，灵岐河实在太小了，容纳不了太多的人。从 20 世纪 80 年代末起，沿河的许许多多父老乡亲，结伴到东部沿海打工觅食，把田地留给老人耕种。随着老人一个一个老去，稻田就开始一丘一丘丢荒。

自从 1997 年我参加工作后，疏于农事，就一直没到小河边看过小河。但心里的牵念似乎没有停止过。2015 年秋天，在与家乡的小河阔别 18 年后，我重返小河边，发现当年丰腴的河水变得瘦小了，里边的鱼虾已经绝迹，两岸大片田地已经荒芜。我还清晰记得，那些年的小河，流水清澈、潺潺不绝，鱼虾成群、稻花飘香。而如今呢，不知鱼虾游向何方，不知稻花开在哪里。我到曾经用背篓捞鱼虾的拐弯处，定睛注视河水，想从中发现鱼虾的踪迹，却是一直未能满足眼睛的要求；抬起头，看到成片荒芜的稻田，真真生出了陶渊明"田园荒芜胡不归"的慨叹。就如我们一大家人，外出打工、学习、工作，分散于各地，祖母身体不好，只有祖父一个人坚持去田里耕种。祖父最喜爱的是一丘大田。我们那地方是丘陵，田块都不大。祖父喜爱的那一丘，不过七八分的面积，但在那一带算得上是大田了。大田一角，处于小河拐弯处，要是遇上特大的洪水，护田的石墙就会被冲毁。冲毁一次，祖父就再砌一次，不厌其烦，屡毁屡建，有点像神话里的西绪福斯。在进入90岁那年，祖父才被时间打败，支撑不了翻山越岭的劳累，无法到他耕作了数十年的稻田里躬耕，只好忍心丢荒。不过，祖父对稻田的思念依然挂在心头。

就像我们，虽然已经远离了故乡的河流，但对河流以及沿河的人物故事，仍旧占据心间。

随着年岁的增长，我穿越的河流也越来越多，可是家乡的小河却像身上的汗水一般，总会从身体的某个部位，毫无商量地窜出来，怎么也抹不掉。我总会想起，小小的我跟随大人去踩生产队的打谷机，膝盖上方被齿轮割出一道深深的伤口，我捂住伤口跳进河水中掩盖伤痛，我忘记了血和疼痛是如何被止住的，我又是如何回到家的，但我在河水里洗刷伤口的那个画面，始终像腿上的伤疤一样，永久浮现。是的，那是一道伤口，在我7岁的膝盖上，它让我感知到，那些鲜血与疼痛被河流带走了。因为伤口如今还在，所以我对河流的想念还在，我想念7岁的那一次伤痛，也想念7月的稻谷香味。

小河有小河的流淌，小河有小河的故事，小河有小河的歌唱。

大河孕育大城市、滋润大平原，小河养育小村庄、滋润小田块，格局不一样，功能不一样，但她流淌而出的情怀却是一样的。

世间的很多河流，都是一条充满着矛盾的曲线。没有河流的城市与村庄，显得蓬头垢面；有了河流的城市与村庄，透射的是清秀典雅。但是，因为有了河流，夏天泛起的洪水，会让城市受冲击，会让村庄受浸泡，会让田地被淹没，会让庄稼被摧毁，会让猪羊丢失，还会让人的生命受威胁。

尽管如此，没有谁不喜欢河流，不喜欢家乡的河流。

我手机微信朋友圈上的封面图片，就是三岔河，正是2015年秋天我在时隔18年后再次看到三岔河时拍摄的。这也是我第一次给三岔河拍照。照片上，两股流水从上方流下来，然后交汇成一条河。我就在交汇处，定格了河流的一个瞬间。画面里，金黄色的夕阳，把田野、草木、石头也染成了金黄，看起来清晰而温暖。从 2015 年之后，每年国庆假期，我们兄弟姐妹还有一些在外的乡亲，都相约到小河边，来一次相聚，我们称之为"三岔河文化旅游节"。没有表演，没有歌唱，只是看一看，到河水里蹚一遍，打湿一下记忆，也算是对小河的眷恋了。

后来，我在手机便签中继续补充句子：

> 故乡那条弱不禁风的河流
>
> 一定是用尽了气力
>
> 才见到大海
>
> 才在入海之际
>
> 泛起几朵浪花
>
> 不知道，常饮珠江水的乡亲
>
> 是否尝得出其中一口
>
> 有故乡的滋味

故乡，有很多山峦，却只有一条河流，尽管现在已经瘦得厉害，鱼虾也远离了它的血液，我还是希望它能恒久地流下去，不要抛弃这片土地，不要抛弃我的乡亲，也不要抛弃我，因为我和那条小小的河流，拥有一个共同的童年，拥有一个共同的远方，还拥有一个共同的故乡。

杨 合

杨合，广西作协会员，鲁迅文学院西南作家班学员，《河池日报》总编辑。曾在《散文选刊》《广西文学》等刊物发表文学作品，著有小说集《云烟过眼》。

逆流而上，顺流而下 | 黄高德

在我心底，我一直试图努力将一条河流认作母亲河。但小时候我并不知道这条河的大名，只随当地人叫她大河或拉巴河。直至参加了工作，我才在地图上获悉她的真名：灵岐河。

母亲河即世世代代滋润着大地、哺育着人民，成为人类文明发展摇篮的河流。许多国家都有自己的母亲河，一些地处内陆沙漠的国家没有河流，犹如一个失去母亲的弃婴，是很可怜的。中国的母亲河是黄河、长江。此外，中国还有众多的河流，纵横交错，各个地方又将当地的主要河流称为那个地方的母亲河。母亲河不论长短，不论贫贱，她们都一心哺育着自己的儿女，无怨无悔。

我的故乡有大大小小的河流，但我起初并没有"母亲河"的概念。老家的那条小河没有名称，因村名叫"健康"，有些文化的人就附会称其为"健康河"，而普通百姓叫她小河。20世纪70年代中后期在健康小学读书时，老师教我们写作文，题目叫《美丽的校园》，开头统一这样写："在巍巍的巴林山下，滔滔的红水河旁，有一座美丽的校园……"巴林山在校园的上方，每天抬头即见。红水河，应该是校园下方的那条河吧。河虽小，平时挽裤脚即过，周末假期，我们小孩常下河玩水，摸鱼捞虾，把小河当作兄弟姐妹一般看待；可一到洪水季节，小河即浊浪翻滚，咆哮奔腾，冲垮河岸，淹没农田，甚至还夺去一些小伙伴的性命，根本没有母性的慈祥与怜爱。

小河流出三五公里后，在拉巴屯的村头汇入大河。

当时的大队小学设有附属初中，简称附中。但老师们还是鼓励我们到公社的初中去读，因为健康附中的师资水平较低，而公社中学的老师有的是老革命，有的是下放的教授，很有水平，而且学校名声响亮。

小学毕业后，按照老师的设计，我顺小河而下，到拉巴再逆大河而上两三公里，到大河旁边土坡上的羌圩中学读书。

其实这过程还有一个小插曲，小学毕业那个暑假，有一天班主任黄老师来到我家，跟我父亲说，你儿子很争气，他已被巴马一中民族班录取，我们健康大队就两个名额，另一个是那康屯的一位女同学。这一消息把我那个只有高小毕业但非常重视文化教育的父亲乐得合不拢嘴，在他看来，我能在健康附中读初中，水平已比他高了，到公社中学去读，就更理想了。而初中就到县中学去读书，简直就是祖坟冒烟了！听说这个消息后，全屯人也跟着乐起来，好像过节一般。

也许你会觉得奇怪：到县里读个初中就把你们乐的？甚至对此不屑，嗤之以鼻。但你不知道，村里人的这个乐呀，寄托着沉重的希望，背后隐藏着多少辛酸与屈辱。

我出生的那个小村子叫那米屯，集体生产时期，不叫那米生产队，而叫那农生产队。为什么？因为村子太小，只有11户人家（现在村里有些文化的年轻人主张写为纳米），被大队编入相隔百米的那农屯，一起叫"那农生产队"。虽然是同一个生产队，但那米人常被那农人看不起，总是对我们嘲讽讥笑。主要原因是我们生产队的名称是依附他们的，还有一个就是那米人没有文化，地位低。那农有人当教师，有人在公社信用社。相邻的其他几个屯更加显赫，有的屯有人在县里当干部，有的当医生，有的在河池的东棉、河氮当工人，有的当兵，甚至有的在南宁工作。不论怎么说，别的屯至少有人在公社食品站、粮站、百货大楼等"重要部门"工作。而那米屯则世世代代清一色的都是地地道道的农民，连个工人都没出过。其中，文化程度最高的是我的父亲，新中国成立后高小毕业，曾在公社做过会计。70年代初因为耳背，主动回队里做会计保管出纳，整天在仓库拨弄算盘。但因为人本分低调，那农人也不把他放在眼里，甚至有些居心不良的人诬陷他账目不清、贪污挪用（当然过后经过清账，证明我父亲清清白白）。1981年分田到户以后，那米终于脱离那农，还原为独立的那米屯。因为原来那米屯和那农屯的田地山林是在一起的，后来常有争田水、划山界的纠纷，争着争着，那农人就超越话题："你们那米算什么，一个干部没有，当兵、当工人也轮不到你们。"那米人即使占理，但听了这话，当即被噎得结结实实，憋着一肚子的气排泄不出。人家说的也是实情，那米的现状令村里人自觉矮人七分。

所以，听说我要到县里中学读书，前途不可限量之后，邻村再也不敢欺负那米人了！那米人鼻梁自然高了两分。

可到临近开学，我始终等不到巴马一中的录取通知书，等来的是羌圩公社中学的入学通知。后来小学班主任解释说，县一中民族班招不够名额，取消了开班，非常遗憾。不过到羌圩中学好好努力，也是有希望的。

在羌圩中学，我静静俯瞰着学校下方那条滔滔大河，大河在大拐弯处偶尔也望我一眼，似乎要说些什么，但最终还是掉头向东汩汩而去。听说这条大河是从巴马上面流下来的。我想，我会逆流而上，到巴马去寻求我的理想。

这条大河应该就是羌圩的母亲河了吧。

不久前，在一个文友微信圈里读到一篇文章《壮乡灵岐河，永远流淌在心中的河》，作者蓝得二，我的初中同学，现在是县城某中学的资深教师、广西作协会员。他在文中写了这条河的喜怒哀乐、风土人情，文笔不错，写得基本到位。其中说"这条河当之无愧是我们羌圩乡壮族人民的母亲河"，我想，蓝得二家住洪筹村的大山里，离大河几十公里远，尚且认河为母，我家离大河两三公里，我却不敢认。

当时学校有个大水池，从大河里抽水，供全校师生浆洗饮用。突然有一天，一个捣蛋的同学爬上池顶，揭开池盖，竟然发现水面浮着一只已经腐烂的死猫！消息传开，同学们个个反胃欲呕。后来大家都提桶到河里舀水。洪水季节，大河水不能饮用，就到路边的小溪去提。

大河是我们的乐园，确实也有母亲的胸怀。晚上放学，大家都到河里浣衣洗澡。会水的同学自然会趁机畅游一番。有时下晚自习后，几个好动的同学相邀下河摸螺蛳、捉鱼虾来煮夜宵。不是因为嘴馋，而是当时肉少饭稀，这些东西实在对正在拔节生长的孩子有帮助啊。我偶然注意到，有位山里的同学，夏天一到，每隔两三天，午休时间总是不见人影。于是我决定跟踪他，看他去做什么"坏事"。我跟他到离学校较远的河边，躲在杂树中观察。只见他左右张望，确定无人后，便脱下衣服，光着身子，也没有洗衣粉，只是用手搓搓衣服，用力绞干，铺展在河边石头上，然后赤身泡在水里。等一个多小时之后，衣服基本干了，他才从水里出来，穿上衣服，返回学校上课。原来如此，怪不得我天天都见他穿同一套衣服，却闻不到多少汗味。

当我准备将这条河认作母亲的时候，却被她狠狠捉弄了一番，吓我个半死。初二刚开学时，因为连续下了几天的暴雨，河水暴涨，浊浪翻滚，几个同学邀我到河边玩水、捡鱼。来到河边，望着咆哮的河水，我心里惊骇不已。他们几个却脱光了衣服，并对我说，我们下水去玩，看谁先游到河对岸。我说我不敢。他们说："怕什么，有我们保护你。如果不涨洪水，百来米的河面我们还是可能游得过去的。在洪水中游，不过多用点力。"于是在他们的撺掇下，也为表现自己，我用一条毛巾围住腰部（当时我们还不习惯穿短裤），跟在他们后面下了水。刚开始在洪水中搏击挺刺激的。可才游了20多米，我却渐渐体力不支，手脚慌乱，想先游到河中的小岛休息。可将近小岛时，我却再也使不上力，被水冲往下游……几个同学见状，立即大喊救命，他们跟我一样才十二三岁，是没有能力救我的。正在河边的一位高中部师兄见状，立即扎入水中，奋力向我游去，一把将我拎上岸来。腰间遮丑的毛巾不知什么时候不见了。我不知道救我的大哥叫什么名字，只知道他是大河边的人。从初中毕业到参加工作，我都没有再见到他。直到十年前，我代表单位到羌圩小学捐赠一些钱物，才在酒桌上又看到他。他当时是小学的会计。桌上，他很热情地敬我这个来自"上面"

的人，并希望我以后多为故乡的教育事业做点事。我说，你是哥，我先敬你。假设当初没有你，也许就没有现在的我了。但这种丢人的事太羞于启齿，我不敢也不想旧事重提。估计他早忘记了这么一回事。不过，我会永远记住他的。

遭那回险以后，我在心底开始憎恨这条河。渐渐长大后，经历了一些世事，我静下心来想，河本身没有错，是我自己逞能，怪谁呢？正如一个母亲责罚犯错误的孩子，很正常呀。

要追求我的梦想，我还要逆流而上。

初中毕业，我到巴马读高中。从羌圩到巴马的公路，一开始是沿河而走，到那桃乡的百林村境内才与河分开。河从哪里来呢？因为学习任务繁重，也因条件限制，我没有精力、时间去探寻。

高中毕业后，我考上南宁的一所大学。为了追求更高的人生理想，我得顺流而下了。也许，毕业后我会回巴马工作，到时再逆流而上吧。

可到了 1988 年，在我读大二的时候，大化瑶族自治县横空出世，我的故乡羌圩划归大化。我心想，估计以后没有机会再逆流而上了。毕业后，我却阴差阳错到巴马民族师范学校当老师。最终还是实现逆流而上的理想了。

在巴马民族师范学校，我会抽些闲暇关注流经故乡的那条大河。通过查阅资料，我得知这条河名叫灵岐河，发源于巴马县所略乡那楼村，东南流经田阳县玉凤镇、田东县那拔镇，至田东县朔良镇与从巴马来的燕洞河（燕洞当地也称灵岐河）汇合，流出巴马县百林乡和大化瑶族自治县羌圩乡，最后在大化县岩滩镇古龙村北面注入红水河。干流长 173 公里，流域面积 1930 平方公里，是珠江水系西江干流红水河段一级支流。灵岐河流经的乡镇，如那拔、朔良、燕洞、那桃、百林、羌圩等，都把她当作"母亲河"。除了给沿途乡镇的农田灌溉、给百姓提供鱼虾，这位多子的"母亲"再也无能为力。有人开玩笑说，不如叫她"女儿河"，因为匆匆流过这些乡镇之后，灵岐河便"嫁"给了红水河，为红水河上的梯级电站提供发电的动力。

据说"灵岐"是田东县的一个地名，而我的故乡羌圩在新中国成立初期属田东县，于是我对这条河又产生了几分亲切感。听说田东县境内的灵岐河上游有一个著名的景点——棋盘滩，位于田东县那拔镇。坐落在田东最高峰莲花山下的棋盘滩是一方天设的棋盘。棋盘滩棋盘长约210米、宽150米，摆在四面为土山所环抱的河床中。由许多1至2平方米的方块石组成，石块与石块之间是由深、宽都在30厘米，纵横成90°的水沟分隔，形成了横成排、竖成线的一个天然大棋盘。棋盘滩上，灵岐河水在这地段呈S形流向，棋盘滩就横搁在中间。如今，每年盛夏，棋盘滩就成了男女纳凉、约会玩耍的场所。每年的七月初七，这里还举办抛绣球、神滩祈福、对山歌、农家乐、"天上人间·情定棋盘滩"文艺晚会等丰富多彩的演出和民俗活动。

鬼斧神工的棋盘滩，我这个曾属田东的子民是一定要去看一看的。

在巴马工作三年后，我调到市里工作。这次不是顺流，也不是逆流，而是横向离开了灵岐河。

前段时间，曾经是我的同事、现为南宁某报资深记者的阿寿给我寄来一篇文章，题目叫《风流灵岐河：天下最美味的河》。阿寿是巴马那桃乡那敏村那兰屯人氏，灵岐河流过他家门前。在文章中，他写了灵岐河的渊源、人文、物产、风俗，也称灵岐河为母亲河。他尤其写到灵岐河中丰富的鱼类，"有芝麻剑、桂花鱼、腊锥鱼、鲤鱼、草鱼、塘角鱼、花鱼、黄鳝、蓝刀鱼、鲶鱼，几十个品种不等"，列得人口水都流了出来。这些鱼在我们羌圩河段都有，甚至更多，如肉质细腻如膏的猪嘴鱼，是我最爱吃的。

世界长寿之乡巴马的旅游开发现在主要是盘阳河流域。而同为县内重要河流的灵岐河，似乎还是一个无人问津的"剩女"。前两年百林乡搞了个什么"木棉花节"，这是个很好的开端。据说巴马县也出台了灵岐河旅游开放规划，值得期待。

我故乡的羌圩人倒是有先见之明，比如说那良村下社屯的群众，有一半以上搬到百林街上建房定居，他们看好百林的发展前景。百林本来是巴马那桃的一个村，地处巴马、大化、平果、田东几县交界处。在古代来说，是咽喉要道，兵家必争之地，很有战略意义。放到现在来说，这里很有商机。百林独立成乡后，原属羌圩的阳春、罗皮、那弄三个村被划了过来，所以说，羌圩和百林的关系非同一般，在两乡百姓的心中，它们没有县属的区分，而是"皮侬"（兄弟）的关系。共饮一河水，同讲一腔调，民间互通婚嫁，有事你我相帮。

即使百林没成乡之前，羌圩和那桃也如"皮侬"一般，都是灵岐河流过的乡镇，同讲一种壮话，同唱一调山歌。20 世纪 70 年代集体生产时期有这么一个笑话：那桃某大队党支书到公社开会，回来后，队里群众问："党支书，今天去开什么会呀？"

"哎，这回不是阶级斗争，而是纪念白求恩。"

"白求恩哪里人？"

"羌圩人。他不远万里，从羌圩那桃到民安工作。"

"噢，原来老白是我们'皮侬'。"

羌圩洪筹有个袍圩屯，有十几户人家都姓白，估计是白姓家族有女儿嫁到那桃一带，或者娶了那桃的妹仔做媳妇，所以那桃人对羌圩有白姓这个情况比较清楚。白求恩不远万里，从加拿大到延安工作，被这位党支书结合本地实际，听成"不远万里，从羌圩那桃到民安工作"。乍一听，也像那么回事。

虽然是笑话，但从中却可以看得出那桃跟羌圩民间群众亲密的关系。

河流除了水流汩汩，本身并不会说话。如果沿河群众把她当作母亲，不管是田东、田阳、巴马还是大化，都要对她倍加呵护，科学合理开发。而不是侮辱她，蹂躏她，让她以泪洗面，憔悴绝望。

逆流而上，我想看到桃源仙境，清风明月；顺流而下，我想看到波涛汹涌，万马奔腾！

黄高德 ....

黄高德，壮族，广西作协会员，河池网络作协副主席，河池市文联兼职副秘书长，《河池文学》特约编辑。现为河池日报副刊部主任，主任编辑。

河以观乡变 | 黄小芬

　　河流是文明的发祥地，大地万物的母亲，长江、黄河孕育了华夏文明，历史上的文明大多发源于大江、大河与平原、盆地。家乡的河流滋养着一代又一代的人们，它见证了故乡的发展变迁，河流的平静与汹涌、河流的宁静与喧哗与人们的幸福苦难紧密相连。与家乡河流相关的故事实在太多，难以一一叙述。

　　关于感恩与敬畏的故事。故乡依山傍水，四周被小河环绕，在还没有自来水的20世纪八九十年代，每天清晨，小河是最繁忙的地方。为了能够饮用最干净的水，人们认为越早起越好，因为早起时人少，牛羊鸡鸭还没有下河，河流的水是最干净的。壮族人尚来喜爱干净，对饮用水要求更高，为了保持水的洁净，媳妇们常常在河边挖一个坑，让河水透过石头、沙子慢慢浸入，经过自然过滤的河水犹如泉水一般洁净和甘甜。太阳升起，小河开始热闹起来，成群的鸭鹅在河里觅食，小孩子在河里游泳嬉戏。老人们在河里洗衣服、洗菜。夜幕降临，人们劳动归来，劳累一天的人们坐在河岸的石头上，双脚浸泡在河里，感受习习凉风，一天的劳累消除，好不惬意。晚饭过后，无论是春夏还是秋冬，人们都会到河里沐浴，男子在上游，女子在下游，井然有序，互不打扰。小河不仅方便了人们的日常生活，也滋养了家乡大片的水稻，壮族依那（壮语意为稻田）

而生，赖那而存，水稻的丰歉与人们的生活密切相关。每年开春，村里生产队队长召集大家开会，准备加固水利、水库事宜。这时小河的主要任务是灌溉农田，由于分流，小河变小了，河床露出来，孩子们跑到河里找小鱼、小虾、河螺。每当遇到节日，村里人趁着枯水期，把最深河段上游的水分流，堵住，用水盆、水桶把深河段的水排干，每当这个时候，小孩子们就在河边焦虑地等待，当看到河里的水即将排干，活蹦乱跳的鱼儿浮现，小孩子们兴奋地跳起来。他们开始下到河里，与大人们抓鱼，辛苦了一天的人们收获了各种各样的鱼，每家每户都能分到一两斤河鱼和一两斤河虾，那是河流给人们的最好馈赠。在生活比较困难的年代，人们把河鱼、河虾视为最美味的食物。曾有一个哥哥觉得鱼儿太香太好吃了，于是规定每日三餐只吃一条鱼，此故事在村里传开，人们以家乡鱼儿的美味自豪。每当炊烟四起鱼虾飘香、每当金稻飘香稻谷满仓时，人们对河流充满感恩。

然而，鱼儿生长的速度赶不上人们对鱼儿的需求，河里的鱼越来越少。20 世纪 80 年代末，人们大量开垦，造成水土流失严重，昔日温顺的小河一到夏天雨季，就会变成吞噬稻田和村庄的难以驯服的猛兽，波涛汹涌，风高浪急，人们对小河既敬畏又恐惧。小时候，为了经济发展，人们砍伐树林，大量种植木薯，每到农历五、六月份雨季时节，村庄里常常是洪水滔滔，瓜果、木头、树根随着泥土被冲到滔滔洪水中。随着雨水越下越大，河水不断上涨，一片片稻田被洪水淹没，遇到水稻扬花时节，乡亲们面临着颗粒无收的景况；遇到稻谷成熟时节，乡亲们则面临着谷物在田里浸泡发芽的景况，收获随即变成泡影。记得有一次，伯父去河对岸的田里割稻谷，随着雨越来越大，河水快速上涨，伯父被围困在洪水中，村里人一直悬着心。后来，一个年轻力壮的小伙子把绳子的一头系在身上，一头绑在大树上，冲过湍急的洪水，游到伯父身边。伯父抓住绳子，身体随着年轻人的导向，一点一点地挪动，其他人一个个去接力拉着绳子。在全村人的努力下，伯父得救了。从此，人们对小河充满了敬畏，他们意识到植树造林，保持水土的重要性。

关于柔和与宁静的故事。大自然与人类共处在一个生态系统，命运相连，只有和谐共处，才能互相推动彼此的发展。森林涵养水源，水源滋养稻田，稻田养育人类，人类保护森林，如此循环往复，才能实现天人合一。经历过数次的洪水和山体滑坡，以及一次次面临减产、稻谷发芽的绝望，人们深刻意识到保护生态的重要性，20 世纪 90 年代初，在国家植树造林、退耕还林政策的号召下，村里人积极响应，主动退耕还林，逐步减少木薯的种植，取而代之的是种植杉木、松树、茶油等经济林。人们由过去主要依靠农耕稻作为生，逐渐到城市里打工，或者到县城里做生意。山慢慢绿起来了，水也变清了。为了防止洪水泛滥，村里修起了河堤，昔日汹涌波涛的河流变得柔和与宁静。即便在雨季，洪水变少了，水也不像昔日般浑浊。它就像一只温顺的小牛，陪伴故乡的人们细数流金岁月。

关于寂静与喧哗的故事。随着植树造林的增多以及人们对森林保护进程的开展，河水变得清冽甘甜。随着扶贫攻坚和乡村振兴工作的推进，故乡有了自来水，每天清晨，我不再看到媳妇们挑水忙碌的身影，也不再见到孩子们在河里嬉戏的场景，只听到叽叽喳喳的鸟叫声，小河失去了往昔的功能。它静静地流淌着，没人打扰。随着土地被逐步征收，乡村逐渐城镇化，往日只有灌溉功能的小河变成了家乡一道独特的风景，小河的石桥成为人们的乡愁记忆。每天晚饭过后，人们或者是在村口望着小河，思索家乡发展的印记，或者在河堤上散步，欣赏河边的小花小草，享受着凉风习习带来的惬意。小河也是喧闹的，随着生态的恢复，河边的鸟窝增多，每天清晨，成群的鸟儿在河边觅食。河里的小鱼、小虾、河螺等生物也多了起来，他们和谐共生，独享着不被人类打扰的宁静；他们愉快地游来游去，尽情享受着这份成群结队而不怕受到伤害的喧哗。

小河承载着故乡太多的故事，见证了故乡的发展和生态的变化。习近平总书记指出"绿水青山就是金山银山"，家乡的人们在时代发展浪潮中坚守着朴素的生态文化，他们爱护家乡的一山一水、一草一木，在时代洪流中牢记人与自然和谐共生，坚守着生命健康和绿色发展的生态理念，努力守住绿水青山。今天，部分乡村为了发展，种起了桉树，而家乡的人们为了保护水源，自觉互相监督，禁止种植桉树，而是种植既能保护生态环境又能增加收入的杉树、松树、油茶等经济作物，实现生态与发展互动共赢。

水洗涤万物，包容万物，家乡人们在时代发展中不断更新观念，适应社会发展，由依靠农业为主到依靠商业为主。人们像小河一般包容万物，邻里和睦相处，家乡人们的精神生活不断丰富，既有传统的山歌，也吸收现代的舞蹈，人们性格如水，柔和，包容并蓄，家庭团结，邻里和谐，达到人与自然、人与人和谐共生。

黄小芬

黄小芬，壮族，博士，广西民族师范学院讲师。

生命的河流 | 黄秉战

当年乔羽为电影《上甘岭》写的插曲《我的祖国》开头一句是"一条大河波浪宽"，乔羽说灵感来自他第一次见到的长江，而影片导演沙蒙却问为什么不写成"万里长江波浪宽"。到底是写长江还是写每个人心中的"一条大河"，经过交换意见，制作方最终以共同的情感体验为据达成"水是故乡甜""河是家乡美"的共识，"一条大河"通过歌声流进了祖国的每一寸土地，在每一个中国人的心中，掀起澎湃波涛。一代人不惜以生命为代价捍卫美丽的祖国，撼天动地，以一条河流为介质表达心中与生俱来的满腔家国情怀，那是一代人的悲壮与荣光。语境上的"一条大河"无疑是祖国的河流、家乡的河流，它在你的成长岁月里流淌，奔腾在你的生命里。它是真实的更是精神生命的，任何语言都写不尽流淌在我们内心深处奔腾不息的情感涛声……

在我流浪的半生中，我反反复复进出村庄，离开河流又走回河流的岸边。我借用时光之河表达人生苦乐，虽然没有乔羽笔下的河流那么宏大的叙事，但依我个人而言，河流对我的影响就是一种患得患失的悲凉与温暖，我是一个摆渡时光的人，到不了远方又不能困滞于故乡。这个"燕子飞时，绿水人家绕"的家园鼓励我每一次快乐的出走，接纳我每一次沧桑的归来。故乡有几个"永久居民"值得我负累一生，比如坟地、村庄、古榕和母亲河盘阳河，特别是盘阳河，因为流动的特性而显得鲜活，似一个时刻都可以聆听我倾诉的人。有时候我天真而美好地想象盘阳河是会说话的，而且说的是壮话，它日夜哗啦啦地叫喊，想必是在呼唤我的乳名。从"少小离家"到"归来已不是少年"，时间多半是被我用在盘阳河与邕江之间来回折腾而流走了，走着走着就有了岁月。这造成的结果是我以轻狂的人生成本换来堆积在心里越来越厚重的乡愁记忆，而我在碎片化的人生旅途中所丢失的章节与段落，最后还是由盘阳河帮我打包收藏并整理成阶段性的人生传志，毕竟盘阳河是我生命的原乡，尽管它在慢慢变小、变瘦，失去了原来的样子……

我看过很多关于写河流的文章，作者们常常把流动的水比喻成流逝的人生，以河流这一客观存在的自然物来象征自己生命存在的另一种方式与形态。可见，河流对每一个人都可能是另一个自己。一个故乡没有河流或者不曾在水边生活的人，他们往往只会以"沧海桑田""时过境迁"等宽泛空洞的词语来装载自己潮起潮落的人生，总是缺少感性和温度。对人生之路的动态化或意象化隐喻还有很多词句，比如"滚滚红尘""人生如梦"，但无论是指纷纷攘攘的世俗生活，还是驱车穿过沙土路所扬起的尘沙，都让我们联想到人生在奋斗的疆场，而"流水无弦"却让我们的眼耳视听同步，感受到人生是一条悠悠的长河，多多少少让人从河流中体验生命的精彩与哀愁。盘阳河就有这样的特性，它的流程坎坷，时而穿山入洞不见天日，时而又涌出地表流动着阳光；水声随着河流冲山谷、过田园的曲直变换而弹拨出不同的"琴声"，像一个充满才情的音乐人。

盘阳河发源于广西凤山县的乔音乡。从世界喀斯特地质公园的千千万万块岩石缝里渗出的纤纤细流，汇集成河，孕育无限绿水青山之后流入红水河，完成了全长142.8千米的盘阳河。虽然她在巴马县境内只有51.6千米，但她却是巴马人民的母亲河，缔造了闻名世界的"长寿之乡"。我并不关心她名扬天下的荣耀，她尽其所能地为沿岸人们提供灌溉、水运、牧渔等服务功能，也为巴马的自然风光不亚于漓江的美做出实质性的保障，更占有我更多的情感。在蓝天白云的风景下，她沿线的山水神韵让无数的文人骚客有江郎才尽的惭愧。身为在她身边生活多年的人，她的汛期与枯期、流速的缓急、涛声的大小我是那么熟悉，像从我身体里流过似的，或许我就是盘阳河里的水吧。

盘阳河一路穿山入洞，缔造了三门海、百魔洞、百鸟岩等几个著名的旅游景点，以独特的岩洞奇观，每天都迎送游山玩水的人，收获世人的羡慕与惊叹。她在群山之间千转百回，急流时似万马脱缰般呼啦呼啦地冲出山谷，也似勇往直前闯荡天涯的浪子。她在平缓的地方绿如玉带，竹影婆娑，悠悠流淌着白云，要有帆影经过才能打破倒挂在水底的蓝天；试着丢下一枚黄叶，黄叶浮在水面似动非动，如含羞的女子与岸上的花草依依惜别……她就这样反复或快或慢地曲曲折折地前进。沿岸的群山有的植被葱郁，也有的裸露着岩石，在季节的更替里扮演夏绿秋黄；岸上的田野绿浪金波地变换着四季的色彩，常流于笔端的名句"青山不墨千秋色，流水无弦万古琴"是对盘阳河沿路风光和律动的真实写照。沿河密集的村落依水而生，亭台篱院亲水为邻，"小桥流水人家"的田园景致比比皆是，哪怕一个人的旅行正处在"断肠人在天涯"的境遇，盘阳河移步换景的亲水之旅一定让你的心情迎来柳绿花红。盘阳河就这么任性地以她多变的风貌与灵性教我学会与自然对话，纵情山水，释放流浪他乡、身在江湖时必然背负的伤感。

自百魔洞至巴马镇盘阳村，有20千米左右是盘阳河展览水乡特色的河段。无论顺流而下还是逆流而上，都会遇到水坝、水车、木桥、石桥、铁桥、码头、凉亭，有年代久远的，也有新修建造的。多数的桥比较小，有能通车的，有仅限人行的，各具特色，横跨两岸，连接着村庄与田野，连通着村庄与远方。在平安村至百鸟岩短短几千米的河道上就那么应景地自然形成几个河心岛屿，有的生长着天然的树木，有的种植着庄稼，而河水悠悠从两边流过。随着"咔嚓"的快门声，山不转水转，小岛以与游人同框的方式流向远方。不得不提及的是一条小河，因为形态弯曲似草书的"命"字而称奇，故被称为命河，有人说她是上天留在人间的墨宝，日夜恩泽身边的农田，成为盘阳河的一个源头，她由此当之无愧成为巴马旅游形象的"代言人"，占据很多旅游刊物的封面。

生活在盘阳河边，孩童时代光着屁股在水里摸螺捞虾的场景自然少不了，长大后无论走多远，水边的快乐时光依然是他依恋故乡最美好的情愫。这样的一个人，对撒网打鱼、乘船飞浪自然也不陌生。如果因为河的原因而产生落花流水的感情，那他的一生真是水养的命了。大地上的大河小河有很多，但凡其他河流能给你的美感和快乐，盘阳河都能给你，最起码她曾经是那样给过我。盘阳河作为流动的物体，她没有离开过我的村庄，尽管人们无数次地给她制造伤害，特别是现代文明以发电或旅游建设等名义以水泥墙取代岸边的草木，她都像一个特别的人一样对我们不离不弃。我亲眼看见过她的干涸，河床里裸露的石头总让我把它们想象成流水的骨头，大量的鱼儿在众人狂欢的争抢中挣扎几下就上了人们的餐桌。逐年变小的流量，越来越少的鱼种，难见踪影的水鸟，河岸日益缩小的绿色植物……以上所述正在形成一种不可阻挡的力量让早已脆弱的河流慢慢失去获得赞美的资质，事实上她的涛声越来越微弱了。我曾引以为傲的盘阳河，正如我无法留住的青春一样，日渐衰老！

不可否认，盘阳河在诗人的眼里曾经是碧水如蓝、两岸山青。牧童在牛背上吹响的笛声把一段田园流水剪进夕阳——那个少年是我；挑水的少女给远方来的过客回眸一笑——那是我的妹妹；洗衣的妇人在岸边扬起臂弯捶打生活——那是我的母亲；渔夫在晨曦里网开希望，收获满船渔歌；几个顽童在水里嬉闹……这些美丽的景致和浓郁的生活场景就是我真实的过去。如果现在对盘阳河还有如此落俗的描写和赞美，在我看来无异于小朋友在画布上涂色，不是出于天真的认识，就是成年人可怜的弱智。都说似水流年，如果一个人不能从流水中感受流逝的伤感，那应该是不曾有过在河流边生长的经历；不能学会让岁月的流水在心里一次又一次泛起波澜，那他的生命是多么的苍白和干涸；无论亲临河水还是回想曾经在朝暮晨曦里相依为命的河流，如果只是关心流量大小影响捕捞的收获，那在他的内心世界里，河流只是他学会游泳的地方。

青少年时代，我生活在盘阳河中上游的平安村，连百魔洞至百鸟岩有多少个河湾、几座桥都了如指掌，这一段是盘阳河风景最为拥挤的地方。可能是山水养人吧，这一带村庄密集，文人辈出，思想开化，民风淳朴，寿星众多。早在巴马获得"世界长寿之乡"称号之前，这里就已经成为巴马本地游的一个亮点。我庆幸生命有这样的河流，所以本能地反感有人对河流的破坏，这是对人们因水而生的习惯的亵渎。

盘阳河是我走向广袤时空的始发点，她从不计较我的得失与荣辱，她像一个无形的胸怀、无门的家，时刻欢迎我的入驻。自从我知道修辞手法以后，我真真切切感受到河流有生命的存在，在四季更迭中，她也能感受冷暖。我常常自我比拟成河流的一部分，无论我走到哪里，盘阳河都是我的上游，她日夜不停地把流水送出山外，时常在我的血管里回响着涛声，诉说一方土地的岁月与流年。

没有人能拒绝健康和美景，现在盘阳河已经是享誉世界的长寿河，她的生态山水画廊吸引着来自天南地北的旅居者，远离故土家园来到寿乡，晚间遥望天上明月，白天徜徉眼前河流。他们大多是中老年人，都经历过人生的起落沉浮、快乐与痛苦，尽管身为异外乡人，但一定也能从盘阳河身上看到自己吧。我曾经在长寿村采访过一位时常静坐水边的东北老人，她说之所以久久地静坐在这里是因为喜欢看上游的流水缓缓地从远处流到身边，像是远方的女儿向她走来……我无法得知她经历过什么，但我深信，她一定在对盘阳河的凝视中看到自己的过去与现在。

我的有生之年，冥冥之中与盘阳河有一种命运上的相似，她急流险滩的时候如龙腾虎跃，咆哮的时候如青春在怒放；平缓慢流的时候又那么的安静、婉约，水面上漂移的落花像一段依依不舍的时光；她有直道也有湾角，有汛潮期也有涸水期，有浑黄也有清澈；有潜入地下的沉静，有重生于地面的喧哗；经受雨水打得哗哗啦啦，就算大风吹起层层涟漪也不改变她一路冲撞岩石、滋润着田野的姿态……这多么像我的一生，在激流勇进中成功与挫败，在岁月静好里感受悠长。我以河流的形态比拟自己，是对命运的一种拯救与解读，所有的得失最终都获得释怀。

地上有很多大大小小的河流，她们或生于雪山，死于荒漠；或涌于岩层，流进大海；或生于乡野，死于城市；或始于山涧，隐于田野……她们各有各的命运与归宿，但她们都像时间一样让一些事物死去，再生长出新的事物。河流承载着世间的快乐与哀愁，以她们的方式为我们诠释了一个哲学命题：我是谁？我从哪里来？我要到哪里去？

盘阳河虽然是一条小河，但也流动着宏大的叙事和旷日持久的奔忙，从她留在沿岸上高出水面十来米凹陷的痕迹，可以断定在遥远的年代她的流量是现在的几十甚至上百倍，联系起她现在的弱小，就似乎是一个人正走向暮年。我担心她在将来某一天真的流走了，只剩下一堆错乱的石头躺在干涸的河床里回忆曾经的涛声，在星月空茫下死一般寂静。

如果没有了河流，没有了水流，我拿什么来比拟我的一生，还能有什么更好的路径能让我回到人生的起点，回到故乡！我又能怎样向谁诉说！

黄秉战

黄秉战，壮族，广西巴马瑶族自治县人。南宁市作家协会会员，河池市网络作家协会会员。广西某图书出版公司编辑、记者，现居南宁。有散文、诗歌、通讯、报告文学等多篇（首）作品发表在众多刊物及入选相关选本。

一条小河波浪宽 | 来　去

　　站在我家门口，就能看到一大片广阔的稻田，长禾苗的时候，一片碧绿，稻谷熟的时候，一片金黄。在稻田中间，一条小河流从村子东南边蜿蜒而来，另一条小河流从对面的村庄流来，两条小河在正前方交汇。两条小河交汇之后，还是小河，向村子的西北方向流去。

　　这两条小河交汇之前，灌溉着各自村庄的稻田。小时候，河水丰富，河水灌溉稻田，似乎是很自然的事，并不值得我们去特别关心。我们关心的是河水什么时候会少一些，让我们好下河捉鱼。那时候的我们，太希望下河捉鱼了，有时甚至为了久而未碰的腥味，会咬着生鱼吃起来。所以，每到河水枯少时，我们都顾不得寒冷，冲进刺骨的河水中摸鱼。

　　大人们捕鱼是不用等到河水少的时候才去的。他们一来不怕水深，二来总会有好多办法在深水中捕鱼。比如村里的林爷爷，他家有一个用竹子编成的大竹篓，如我的身子一般大，也和我差不多一样高。这个竹篓结构很特别，分成前后两大部分。后半部分很大，中间鼓起来，然后往头部和尾部慢慢收缩，往头部收不了多远就停了，留下一个和我脑袋一样大的口。而往尾部收的那部分越收越小，到最后只有一个和我小腿一样大小的出口，这就是取鱼的出口。因为它中间鼓，两头小，我们叫它做篓肚子。竹篓的前半部分，是整个器具的精妙所在。

它是一个漏斗形的器具，狭小、深长，开口处很大，收口处比我的拳头还小一点点。在出口处，编织的人故意留下几根手指长的一小截竹篾不收，并削得尖尖的。这部分漏斗篓往里一装，压紧，再用竹篾之类的东西把两部分固定起来，就是件很精妙的捕鱼器了。

每年，林爷爷都拿着这个大竹篓到河里捕鱼。他总是在前一个晚上把大竹篓扛到河里，先找一个比较安静、水面没过腰、有水草的地方，在篓肚子里放入一些半碎的玉米粉粒，还有一些剁了几节的蚯蚓，然后把大竹篓的出口扎得紧紧的，再放入水里，用几块大石头压住固定。装好大竹篓后他就回家了，第二天一大早就把大竹篓捞起来。每次我都看到他是扛着大竹篓上岸的。上岸后，他把大竹篓那个和我小腿一样大小的出口对着一个大木桶，然后解开口子，一些鱼虾就会呼啦啦地倒入桶中。那些鱼有的像我的小手掌那么大，有的像我小手指那么大，还有很多小虾。那些鱼是被玉米碎粒和蚯蚓引诱进去的，但它们吃了玉米碎粒和蚯蚓之后，为什么不出来呢？为什么在里面等着林爷爷来捕捉呢？我每次想问个究竟，林爷爷都只是笑而不语，只说他会魔法，让鱼钻进他的竹篓里出不来。我相信林爷爷真的是施了魔法来捕鱼的，心里佩服得很。他每次都会用水草给我串起两三条不大不小的鱼，让我带回家，我觉得他就像慈祥的老神仙。

林爷爷每次捕到的鱼，都会在当天全送出去。他先是在自家的茅屋门口，大叫几个人的名字，叫到谁，谁就跑到他家里，把鱼领走。有些人他是不叫名字的，而是让那些被叫来的人多带一份，送到那些他不叫名字的人的家里去。该叫的叫了，该送的送了，最后，林爷爷才亲自端着一个小盆子，向苏奶奶家走去。这个苏奶奶比林爷爷年纪大好多，听妈妈说她原来有几个孩子的，但不知为什么一个都不在了。她行动不方便，只能拄着拐杖，每天坐在家门口，看着太阳从头上经过，然后慢慢地落下山坡。林爷爷每次来，她都抬起头来，嘴里不知说些什么。林爷爷也不搭话，而是径直走向屋里。一进屋，林爷爷就忙着给苏奶奶做饭、煮鱼汤。很多时候，村里的一些媳妇，包括我的妈妈，一看到林爷爷拿着鱼到苏奶奶家里，就会赶过来帮忙，然后喂苏奶奶吃。林爷爷捕的鱼，今天送给这个，明天送给这个，不是每个人每次都有份的，只有苏奶奶，林爷爷每次都送给她。

林爷爷有些怪异，他平时温和、爽朗，但有一件事是他不能容忍的。那就是每年春天，他总会盯着村里的小河，从河头盯到河尾，看有没有人捕鱼，如果发现哪个下河捕鱼，那可是天大的事了。一个春日，刚下过一场春雨，田野上万象更新，河里蛙鸣阵阵。我放学回家，刚到村里就看到大榕树下围了一圈人，里面传来愤怒的叫骂声。那声音不是林爷爷的吗？我挤进人群一看，林爷爷正拿着一根棍子在抽人，他一边抽一边骂："这断子绝孙的事你们也能做出来，你们是人吗？这是断子绝孙的事，你们知道吗？"那两个被抽被骂的人竟然跪在地上任由林爷爷抽打责骂，他们的面前，是一个盆子，里面有几条鱼，其中有几条鱼肚子鼓鼓的，还发出黄色的光泽。我正奇怪，林爷爷的棍子又抽到另一个人身上了，紧跟着骂道："叫你再打三月鱼，叫你再打三月鱼！"我不知道是什么意思。当晚我问了爸爸，爸爸说，现在是三月天，他们去河里打鱼，林爷爷就生气了。我还是不明白是什么意思，直到长大了，念到了"劝君莫食三月鱼，万千生命在腹中"这句话，我才知道林爷爷生为什么发那么大的火。

接下来的日子，我对林爷爷捕鱼的事居然渐渐淡忘了。而他去世的事我记得很清楚，特别是抬他上山那天，全村的人都跟在棺材后面，虽然那天下着很大的雨，但人们还是把林爷爷送到了山上。他的坟包，面对着的是奔腾的小河，河流发出哗哗的叫声。

相比于田里的稻谷，小河里的鱼，更让我能够知道小河是能影响我的生活的，它在我家断了食油的时候，总是让我家的餐桌飘出鲜美的香味。不过，这还不足于让我对小河有切身的感受。我第一次觉得小河能够决定我人生的时候，是我上四年级的那个夏天。

我上四年级后，就得离开村里的学校到村完小去读书了。村完小离我们家不远，有半个小时路程，所以，学校为了把宿舍安排给那些离家更远的学生，我们就没有住校的资格了。这样，我们每天上学就得有两次往返，即上午从家里上学，中午从学校回家，吃完中午饭后又上学，晚上放学后又回家。

我们那里，虽然夏天过去了，但总会经常下雨。刚上四年级不到一个月的一天，我和村里的几个同学早上上完课后，就赶回家吃午饭了。一出学校，我们就感觉天色不对，天空乌云密布，风从山上刮过，树都被压弯了腰。比我们大的同学，带着我们往家里跑。可是跑到半路，还是被一场猛烈的大雨困住了，我们几个人就躲进路边一个破旧的砖窑里，等雨停了再走。可这场雨一直下个不停，一些雨水已从窑口流进来了。我们搬来旧砖头，手忙脚乱地堵住外面的雨水。听着外面哗哗的雨声，大家在惊恐担心中期待大雨歇息。不知道过了多久，雨终于停下来了，我们钻出窑洞，快步往家里走。可一来到河边，大家都愣住了，再次陷入失望。眼前的河水漫过了河堤，湍急地冲向坝底，平时往来的小石桥，看不到一点踪影。大家不知如何是好，几个胆小的同学开始哭了起来。这时，我突然听到对岸传来呼叫声，原来在百步开外的对岸，有个人在向我们招呼，而那个人正是我爸爸。我一阵惊喜，叫了一声爸爸。可这时候，叫爸爸或不叫爸爸都没多大区别，我和同学们一样，同样过不了河。爸爸好像在对我们说什么，可声音都被河水淹没了，我的叫声也同样传不到爸爸那边。

突然，爸爸脱下衣服，向我们挥舞，然后就向河的上游跑去，一边跑一边看着我们，不停地挥舞衣服。爸爸叫我们往上游走！我和几个大同学这才知道爸爸的意思。于是我们就沿着河堤，往上游跑。跑了几百步，看到一个宽阔的河面。这里的水平缓多了，水声也不大，我们听到了我爸爸的叫声。他叫我们不要动。我们就站着一动不动，看他一步一步地从河对岸蹚过来。他身子好像有些不稳，但毕竟还是过了河，来到我们的身边。他就对大家说："我一个一个地背你们过河，不要急，不要乱动。"大家以为他会最先背我的，可是他却对一个最小的同学说："来，我先背你。"说着，就把那个小同学背在了身上，一步一步地蹚过了河。他把小同学放下，又一步一步地返回来背我们。12个孩子，爸爸在湍急的水里穿梭了12个来回。等他最后一个把我背过河了，大家才又一起手拉着手回家。

以后的每年，一到洪水期，爸爸都会准时出现在河边。村里人也曾经商讨过修建一座桥，但河面太宽了，村里人是无论如何都建不起来的，所以每次商讨都不了了之。这样，村里只好想出一个退而求其次的办法，每年都安排几个大人，在洪水期负责接送孩子过河上学。爸爸就是村里人首推的摆渡人。虽然两年后我上初中了，不用经常渡河上学了，但每次发洪水，爸爸还是第一个来到河边，护送孩子们来回。几年后，修建岩滩水电站时，通往电站的路经过我们村，也经过我们村的小河，于是，在小河原来的渡口，建起一座大桥，爸爸这才结束了摆渡人的历史。他一步一步蹚过小河时摇晃的身姿，也随水流逝了。那不息的河水，把我带到更宽阔的海面。让我的心里，除了奔腾着小河湍流声，还鼓起大海拍岸的涛声。

在大桥修建之前两年，小河被发现有黄金，远远近近的人，都跑来淘金。黑压压的人群，排在两公里长的小河里，一段一段地挖着小河。他们先是在没水的河床或少水的河边缘挖，等河边挖完了，再把河水引过因挖掘而形成的槽道，原来的河水就这样改道了，水就浅了，甚至没了水。于是，人们就在原来的河底，挖出一阵阵兴奋的惊呼声。当惊呼声不能满足他们的快乐时，爆炸声就在河边响起来，有时一响就是大半天。人们的力量很大，能把整条河翻个底朝天，那些比一辆汽车还大的石头，都被人们用智慧翻转过来。两年时间不到，整条河就被从头到尾翻了一遍，有的地方甚至翻了两遍、三遍、四遍。这条不知流淌了多少个年代的小河，在不到两年的时间里被改变得彻彻底底。从那以后，河水不知为什么少了。照理说，就算河道改了，水还是水呀，总不会往天上流走了吧，可水怎么会少了呢？有的河段甚至断流了。河水一少，发洪水的次数也少了，爸爸的摆渡任务也没以前那么多了。

河水是突然少的，我好像也是突然长大。突然长大的那一年，我才发觉小河的意义不仅是能改变餐桌上的味道，也不仅是把我从小学摆渡到县里念高中那么简单。那时我已上高三，正在为挤那座金色的独木桥而没日没夜地钻进书本里，一个月都很难回家一次。在高三最后一个学期的一个周末，我回了一趟家，到家时天已黑了。妈妈和姐姐一看到我，大吃一惊，她们认为那时候我应该是在教室里做练习题的，怎么就出现在她们的眼前了呢？直到我说是老师专门给我们在高考前放一个周日假，妈妈才激动了起来，马上给我张罗晚餐。还没做好饭，妈妈就让妹妹去叫爸爸回来，爸爸也还没吃饭。妹妹回来时，妈妈早就做好了饭，我也在等爸爸回来一起吃。可妹妹说，爸爸让我先吃，他要过一会儿才能回来。妈妈于是就让妹妹陪我吃了。我以为爸爸很快就回来的，可是直到快要睡觉了，他还是没有回来。于是我决定出去叫爸爸。

我家有几处田，那晚爸爸就在小河旁边的那一处。我向小河走去，田野上时不时出现一道道手电筒的光，那是有人在看田水。这个时候，应该是蛙鸣阵阵的季节，可是却只有几声断断续续的蛙声响起。我走田坎路时，也没有像小时候那样一不小心就踩中水洼，或者一不小心就滑到田里了。可那晚田埂上一点都不湿，我走得健步如飞。我很快在我们家的田头找到了爸爸。他看到我，显然也吃了一惊，说了一声，不好好睡觉，出来干吗？明早快点回学校啊。我没有说什么，看了田里一眼。田里已灌了一半的水了。妈妈说过，明天无论如何都要把这块田给种了，要不就没有水了。原来，村里在轮流引水入田，如果轮到的人家错过引水，就要等下一轮了，而等下一轮，肯定是错过节气的。那天正好轮到我们家，所以爸爸一定要守到水不可。我们家那块田，是块吃水的沙土田，前一晚刚灌得满满的，但只要一停水，第二天就会干了。为这爸爸已决定要守一夜了。他担心一走开，上游的人就截我们家的水。我要爸爸先回家吃饭，我替他一会儿。爸爸当然不同意。他干脆说："你既然来了，就和我一起去再搭个槽吧。"说着就叫我过河对岸。原来，爸爸除了从灌溉水沟引水，还想在田头搭个水槽，把河对岸的一条小水沟的水也引过来。那是用两根楠竹接起来的水槽，差不多 20 米长。爸爸是在傍晚时分搭的水槽，可是因为只有他一个人，无法把两根楠竹接好再架起来。见到我来了，他就叫上我，一起把水槽搭起。我和爸爸把水槽搭起来了，天上的下弦月已偏了西。看着两条水道的水不急不缓地流入田里，爸爸似乎才敢安心回家，他对着模糊不清的夜色叫了一声："我先回家一会儿，不要偷我们家的水啊！"我想，鸡都叫了三遍了，谁还来偷水啊。回到家，爸爸吃完饭后，本还想去田里的。我说："水都已经满了，再说了有两条水道呢，天又快亮了，先睡一会吧，天亮了还要干活。"妈妈也说："你不睡，孩子也睡不着的。"爸爸这才躺下睡觉，他一躺下，就发出了雷鸣般的鼾声。

一大早，我和爸爸还在睡觉，就被姐姐的叫声吵醒了。姐姐刚从田里回来，发觉家里的田水被人在上游截走了。爸爸一骨碌爬起冲向田里，我紧跟在爸爸后面。来到田里，才发觉下半夜还流入我们家的两道水，已经断流了。好在断流时间不长，加上昨夜已灌得差不多了，水田还没干，还能耙得动。爸爸虽然火冒三丈，但眼下耙田要紧。他急急忙忙地把牛拉上，趁水未干就耙起田来。同时，妈妈已从水道的截口和田里的水，判断出偷水的人家了。妈妈和姐姐就直奔那户人家的田，和人家理论。那户人家开始不承认偷水，但田野上的人一看，就也说是他们家偷的水，他们家不得不承认了。可水已经被偷了，致使我家的田没水了，再耙一会儿田，水就不够用了。这时，村里的几个队干也已闻声赶来，按规矩，在这种情况下应该让那户人家到河里给我家的田灌水。好在我们家的田就是河床上的那块田，他们家不用背水，几个人站成一排，传递着水桶就能给我家的田灌水。当然，我和妹妹也不得不加了他们的行列，一起给田里传递水桶。一个上午下来，我们家的田到底还是能耙好了，能插上秧了。

那天下午，我和妈妈、妹妹插了半块田的秧后，不得不赶回学校了。从田里上来的那一刻，我突然觉得这田里的水就像我身上的血，既养育着我的生命，又掌握着我的命运。我跳到小河里洗腿上的泥时，似乎怎么洗都洗不干净，不知道是由于河水太少了，还是我的身子需要太多的水。

　　直到现在，当我对着家门口那片一年比一年少的稻田，心中还是不敢相信，它们是因为没有足够的水而被一点一点地缩减的。它们的命运，完全维系在一条小河的命运上。而小河的命运又该如何维系呢？我怎么都想不明白。对这种无法明白的东西，最好的办法就用曾经的美丽景色来维持它的存在，比如对于家门前的小河，我再次面对它的时候，就想着它向我奔涌过来，比大海还宽，浪也比大海还大。

来　去

来去，本名黄忠发，巴马瑶族自治县那桃乡民安村人，现居广东佛山。广东省作协会员，佛山市文学院副院长，长期从事地方志、年鉴编辑工作。

写在大地上的"命"字 | 莫景春

我在世界长寿之乡巴马那社看到一个写在大地上的字：一个大大的"命"字。

登高俯瞰，在那片绿油油的禾苗中间，一个遒劲流畅的草体"命"字映入眼帘。那平坦的稻田就像是一张巨大的绿纸，那"命"字笔迹发亮，似乎刚刚草就，墨迹未干，墨香若有若无。若是金秋时节到来，金黄的稻谷和青绿的字迹相互映衬，让人惊叹不已。

那笔法之流畅，那笔力之深刻，书法家们看了都自叹不如。一起一落，一折一钩，张弛有度，粗细和谐，连提笔之时力度轻重，都让人感觉清晰明了。我们好像看到一个书法巨人摆开架势，横跨这片田畴之上，大笔尽情挥动。这个"命"字随着笔锋移动而蜿蜒，预示这里的生命非同寻常。

在美丽的传说中，这"命"字是巨龙受伤逃难时艰难挪动所留下的痕迹，生活中苦难重重，就连神通广大的真龙也逃脱不了恶人的危害，更何况是凡夫俗子了。

是呀！人的命本来就是一条弯弯曲曲的河流，从来就不是一帆风顺的。这田野里的"命"字，笔画所到之处，都是随形就势，没有强拐硬折。拐弯处，河岸角度缓和，草木茂盛，没有冲垮践踏的痕迹。千百年来，这条命河从上游的地下河缓缓冒出，这是大地母亲甜美的乳汁，在慷慨地哺育着一切。

这里的人们清心寡欲，精心守护着大地母亲的馈赠，就是两岸的草木也不轻易惊扰。那社人日出而作，日落而息，日子就像这涓涓而流的河水，没有波澜壮阔，没有惊天动地。天人合一的最高境界在这里得到淋漓尽致的展示。

一个呈现出韵味十足的草体"命"字样的河流，不能不让人徒生好奇，这是一种巧合吧，并不是一件人为的事情。那一撇一捺都是河里的水一日复一日流淌冲刷而成的。竖那一笔，直直一段，那是河水急急而过，任何阻拦之物都被冲走。弯钩那一笔，河水又小心翼翼地绕过，让弯的继续弯，让折的继续折，生怕流得太猛，把岸边泥土冲塌，河床加宽笔锋消失了，字就不像字了。一切的一切，仿佛都事先精心构思过了。如果上天没有任何想法，这个命字会如此逼真吗？人无法理解天意。

上苍要写字，雨水就是充足的墨水，一条河流就是它的笔画，一座高山就是它的标点。春夏秋冬，就是它的喜怒哀乐。上苍尽情地在大地上书写，表达着自己的愿望，只有能感应天地的人们才能在它的怀抱里舒适的生活，达到生命的极致。

命河很会克制自己，一年到头都这么不紧不慢地流着。在干旱的秋冬，河水还是那么潺潺流着，没有一丝减少的意思。在雨水充沛的春夏，外面的河流汹涌澎湃，夹着泥沙滚滚而来，而命河担心自己淹没了两岸庄稼，伤害了生灵，清澈依旧，缓缓流淌，似乎这狂风暴雨与它无关。日子一天一天地过，我们不用着急，也不用怠慢，掌握规律，运用自如，人生就如命河一样顺顺畅畅了，这也许就是生命的真谛。徜徉在河边安详的村庄里，脚步不敢放重，唯恐惊扰了一草一木、一人一物。门口坐着的几个老人安安静静地聊着，有一句没一句，没有高亢粗暴的声音，让时光似乎停止了流动，只有几个顽皮的小孩偶尔发出几声清脆的笑声。

我看到"惟仁者寿"这块牌匾。岁月已经将它涂染得颜色深沉，但它依旧不屈不挠地反射出生命的光芒，几百年的时光让它更见生命的质地，皇帝的荣光早已消失在时光的尘埃里。不知道当年光绪帝御笔一挥，是在宣扬臣民奴服的说教，还是真正领悟了生命的内涵。但牌匾明确地告诉我们：生命本是相辅相成的，只有一个生命对另外一个生命仁慈，才使万物生生不息。

我必须向一棵树微笑、致敬。它是生命的维护者，吸走污浊的东西，留下纯净的空气，不让生命受到伤害。如果树一棵一棵地走了，那么人也会跟着一个一个地走了。命河两岸的树木无忧无虑地生长，慷慨地吐出清新的空气。这里就是一个天然的氧吧。人们热爱树，树也疼爱人们，遮风挡雨，守护着这片神奇土地上的人们。

空气都是树们呼出来的气，带着绿色的清香，呼上一口，透心入肺，像是给身体内部注入一股清新营养，令人为之一振。这里的空气是看得见的，绕过嘴边，特别清甜，轻浮在树间，那空气是绿色的；弥漫在水面，那空气是乳白色的；贪婪地吸上几口，润喉润肺，清洗身体。

树是养人的，但凡树木繁茂的地方，人丁也是兴旺的。想想遥远的沙漠，草木凋零，人烟稀少，即使在一些看似水土沃润之处，草木稀稀拉拉，人也无法生存。这里的树能够尽情地长，没有特别需要的时候，人绝不轻易砍伐。房前屋后，繁树如荫。劳累困顿之时，人只要往树下一躺，不需几分钟，即鼾声如雷。树就像是母亲舒适的怀抱，还招来股股清风，轻轻吹拂。

野外的树是一坡一坡的，长满金黄的果子。榨油机嘎嘎作响，晶莹剔透的茶油缓缓流下，那么金黄，那么清香。这些从树上摘下的果，有着一个有些典雅意味的名字——茶果。油茶树长得漫山遍野，有的老枝遒劲，四处伸展，没有人知道它们活了多少年。

这些透明的油像是汽油，一加上，马力十足，突突往前跑。人呢，一喝了，神清气爽，浑身是劲；又像是排毒良液，入口入胃，体内的污垢随着汗水尿液排出体外，令细菌无处可逃。

我想到任何东西被涂油漆以后，都变得坚硬，虫儿无法啃咬，岁月无法侵蚀，历久弥新，那么人的躯体被这黄金一样的茶油涂抹，五脏六腑也会越发光亮坚韧，不易被病毒侵害，长寿岂不是会在无意之中来到？

天在哪里？人在哪里？怎么天人合一？命河就流淌在这片神奇的土地上，不是夸张，也不是巧合，而是上天实实在在的赐奉。因为上苍特别眷顾巴马那社，所以才给了这里一份特别的关爱。苍天在上，俯瞰一切，不停地思索，静静看着大地上芸芸众生的一举一动，一颦一笑。

大地苍茫，张开胸怀，拥抱那些为生命而努力的一人一物、一草一木，如慈母般默默地滋养。我们相信天人合一，大地最高贵的儿女，享受着大地赐予的一切，如花草树木、山川河流。只要把大地当母亲看待，好好爱护，上天有眼，就会伸出温暖的手，温柔地呵护着这芸芸众生，使他们健康快乐。

外面的世界，有人在贩卖阳光，贩卖清水。阳光本是澄澈透明的，朗朗地照在宁静的原野上。小鸟在轻轻歌唱，微风在柔柔拂过，小河弯弯流过。只要抓起一把湿润的泥土，就可以闻到青草的芳香。

于是千里迢迢来巴马找命的人很多，带着对生命的渴望，对生活的眷恋。他们离开繁华都市，纷纷寻找生命最后一根稻草，似乎传说中的巴马就是唯一的一根。命河附近、大街小巷、山村野屯，"候鸟人"随处可见，南腔北调此起彼伏，甚至时不时传来叽里呱啦的外语。憨厚淳朴的壮话被悄悄挤到了一边，期颐之年的老人时不时吐出一两句生硬的普通话。

命河的"命"是人们用树、用河水、用阳光写出来的。

莫景春 ···

莫景春，毛南族，广西环江毛南族自治县人，曾就读北京师范大学，硕士，中国作家协会会员，河池市作协副主席，现供职于广西河池高中。曾在《民族文学》《文艺报》《广西文学》《四川文学》《青春》等全国文学刊物发表散文数十万字，有多篇被《散文选刊》等刊物转载，文章入选《2016年中国年度精短散文》《建国六十周年少数民族优秀文学作品选》等各种选本，曾获广西"花山"文学奖、刘三姐文艺奖、叶圣陶教师文学奖等，著有散文集《歌落满坡》《被风吹过的村庄》。

命河长流 | 罗伏龙

命河是世界长寿之乡巴马的地域标志。

中央电视台《走遍中国》之长寿之乡——巴马节目的开始镜头，就是命河汩汩流淌于寿乡沃野上的图像，因而吸引了海内外众多游客纷至沓来寻幽探秘。有位游客观光后留下《题巴马寿乡命河》这么两首诗，其一："九曲清流荡碧波，形如命字意如何？应为彭祖行踪迹，化作长河咏寿歌。"其二："命河永世荡清波，绕寨环村润稻禾。水味甘甜滋百姓，千家万户寿星多。"这两首诗概括了命河的生动形象以及它滋生万物、孕育长寿生命的奇特功效。

水乃生命之源。但凡人杰地灵之境，都得益于一脉长流的好水的润泽，命河之水就是滋润了巴马寿乡这块"上天遗落人间的净土"，流淌这方净土悠久的历史、古朴的寿乡文化。然而，它从何处来，又往何处去？实地仔细勘察，它源于巴马西北面那社乡的深山野岭之中。这里被重重大山簇拥，山上是莽莽苍苍的原始森林，终年云漫雾绕，水蒸露滴，渗透地表，形成无数泉眼从山岩石缝间喷涌而出，聚为细流溪涧在那社村屯集合，汇成了命河（形如"命"字而得名）。也许是上天有意彰显水与宇宙万物的密切关系，特地让河水在这山间留下一个形如"命"字的命河，以启示人们对自然生态的崇敬和珍爱呵护。因此，命河从地老天荒的远古丛林流来，在那社这大山中迂回之后，为了保持含而不露、洁身自好的品格，又稍稍地潜入地下溶洞，经过一二十公里的默默潜行，到凤山的江州又涌出地面，吸收大气阳光，映照蓝天白云，好似休闲漫步，优哉游哉荡漾三四公里，再潜入地下溶洞，穿岩过峡几十公里，溜达到凤山坡心山脚崖前涌出，形成长寿之源的"三门海"。这河水继续奔流数十里，又潜踪隐迹进入巴马，途经良湾九龙洞、百魔洞、百鸟岩后，又喷涌而出，形成盘阳河源头之水，在巴马寿乡土地上长流不息。接着，流到大化，之后与红水河汇合，奔腾千万里流入珠江，直达南海。可谓"命河之水洞中来，历经曲折志不衰"。它沿途经众多地下溶洞岩缝沙石层层过滤，至此，水色更晶莹碧透，不染半点尘埃，如碧绿甘乳常年流淌，滋润寿乡青山碧野，缠绕两岸田园农舍，舒展寿乡一幅幅桃源画卷。"命河碧水荡清波，绕寨环村润稻禾。"游客的诗句在这里得到了印证。沿河两岸时不时能看到绿树掩映的村落，炊烟袅袅，鸡犬相闻。村前田园阡陌，一片片泛绿的稻禾与一棵棵红棉树和一丛丛翠竹相映衬，如诗如画，村后簇拥的大山上林茂草长，鹰飞鸟鸣，牛羊咩叫，生机勃勃……这一切，无不彰显当地绿色环保、旺盛强健的生命力。这绿色的生命力是在吸吮命河毫无污染的天然纯净水中茁壮成长起来的。

因此，命河中流淌的是生命的"长寿液"，是万物的"益寿汤"。它"应为彭祖行踪迹，化作长河咏寿歌"。这命河的长寿歌自古流传，历经沧桑，却主题不变而神奇迭出。很早之前，巴马的长寿现象就已经闻名山外，惊动了朝廷皇帝。清朝同治三年（1864 年），广西地方大吏受皇上之命，给所略乡力那村百岁村民题赠"寿比岗陵"的寿匾，同治八年（1869 年），又给甲篆村寿星题赠"春圃烟霞"的匾额。清光绪年间，巴马那桃乡平林村甘烟屯 60 岁的邓诚才仍是年富力强，勇武超群，他毅然从军远征，参加保家卫国、抵抗英法联军的战斗，并屡立战功。解甲归田后，他用自己的俸禄购买甘蔗种和香猪送给村民种养以提高收入、改善生活。他的善举，得到村民敬仰。光绪皇帝得知他的邦土上有这么一个卫国功高的战士后，钦赐他"惟仁者寿"的匾额，以嘉其行。当御匾送到邓家时，邓诚才已年逾百岁，但童颜鹤发，精神矍铄，仍能上山打柴，令传旨官和文武随行钦羡不已。

巴马的长寿奇观就如命河之水，自古至今源源不绝。而今，巴马长寿人群猛增，成为闻名遐迩的世界长寿之乡。世界长寿之乡的标准是每10万人中至少有7.5位健康的百岁老人，而目前有30万人口的巴马就有健康百岁老人92人，每10万人中拥有百岁老人30.67人，为国际标准的4.09倍。现有80岁以上巴马户口5714人，80至89岁的有4870人，90至99岁有752人，100至109岁有87人，110岁以上有5人，最高龄者116岁。

一方水土养一方人，这方水土养育众多寿星的神奇，得益于命河之水的滋润。命河以母亲的胸怀哺育沿岸儿女，沿岸儿女与她结下不解之缘，一个个村落依山傍水而居，青山翠岭围护成绿色的家园，清风爽气（每立方厘米空气中含负氧离子2万～3万个）洗涤山民的肺腑。环村绕寨的命河水，碧透清甜，滋润着山间的土地。只要撒一把种子，就长出五谷杂粮，栽一片树苗，就绿一方山野。家在山林掩映中修建，人在青山绿水间生活劳作。渴了，两手掬一捧清水润喉；热了，自由散漫地浸泡在柔柔的水里。那水，经大山母体层层过滤和溶洞长年封存酝酿，极纯净而无杂质，清甜透明且含多种矿物元素。所以，其水质温和滑腻，以之灌溉，植物长势旺盛，果实丰美。人类饮用，清甜爽口，健胃强身，用来洗漱，能养颜美容。因此，饮水思源，爱水如命，以水为礼，是巴马人根深蒂固的意识。这里民间有"圣水节"的热闹，足见巴马人对水的崇拜与珍视。农历七月七日凌晨时分，河畔泉边挤满少男少女，他们烧香祭拜天地，感谢大自然，追述父母的哺育之恩，诉说报恩之情，掬一把命河之水抹脸，饮一口命河之清水润喉，然后挑一担清清的命河"圣水"回家，当作"仙水"并作为礼物恭恭敬敬地送给父母或者亲戚养生。如今，命河渗出的巴马活泉水，质地清冽甘纯，现在已经被开发成为巴马的支柱产业，产品畅销海内外。

水，给巴马人孕育长寿的奇迹。巴马人性格恬淡、与世无争，寄情于山水间。

夜朦胧，月朦胧，河面上歌声不断，笑浪迭起。朦朦胧胧的河面，此时展示着人体的朦胧美，彰显着古朴自然的艺术风韵，更流淌着自由浪漫的笑声，怎能不让人沉醉流连？

远离喧嚣，躬耕田园，乐山乐水，成了巴马人谱写长寿的一曲乐章，命河之水就是这乐章中永不枯竭的潇洒音符。

这潇洒的音符同时也奏响和谐的旋律，陶冶人们的心灵。因此，互敬互爱，以礼相待，孝敬父母，和睦邻里，行善施舍，助人为乐，成了巴马山民起码的道德修养。巴马人有"补粮"的习俗。民俗相传，六七十岁的老人，稍有不适，会因疑惧上天赐予他的口粮不多了而忧心忡忡。孝敬的儿女，就选定吉日，在堂屋设计供桌，摆上三牲供品，点香对上天祈祷，儿女和亲戚们向老人跪拜献上一碗碗大米给老人"补粮"，并祝福他寿比南山。老人看到儿孙如此孝敬，自然心花怒放，乐享天年了。巴马人对父母如此孝敬，对乡亲邻里也仗义相助，有的人会拆下门板给去世的邻里当棺木，以解他人一时之急，还有些老人一个劲把儿孙为他准备的棺材让给他人，让了一副又一副，置了一次又一次，如今都100多岁了，还活得好好的。这一良风美俗就如命河之水，一直在巴马寿乡的土地上汩汩流淌，浇灌孝敬和谐之花，令其永久烂漫鲜红。

什么样的水土就长出什么样的五谷杂粮。巴马的特产火麻、墨米及油鱼全得益于命河水的滋养。这水长年累月经过地下溶洞熔岩浸泡酝酿及层层沙石过滤，无杂质且饱含利于养生的多种矿物元素，水质清冽，不冷不热，最适宜动植物吸收生长。一种被称为"鱼中珍珠"的油鱼就在地下河的溶洞中繁衍生息。这种鱼体形拇指般大小，骨细如丝而无硬鳞，肉质肥嫩，用文火慢煎则自然冒出油来，故得"油鱼"之名，其香无比，有"一家煎油鱼，全寨闻鱼香"之说，吃起来油而不腻，不仅美味可口，而且有润肠益胃之功。所以，油鱼又得"水下人参"的美誉，乃巴马宴席上之极品，到巴马吃不到油鱼，是令人非常遗憾的。

巴马人有这样的顺口溜："巴马山水真奇异，盛产火麻油鱼和墨米。巴马请客重完全，五色糯饭豆腐圆。"这种概括虽说不上尽善尽美，但也基本上道出了巴马的特产和巴马人饮食特色以及一些生活习俗。他们平时饮食以玉米、火麻、黄豆及蔬菜为主，崇尚"三低一晚"（低盐、低碳、低脂肪、晚婚晚育），且以唱山歌及劳动为乐，保持勤劳、简朴、乐观、和谐的生活态度，即"以清为寿"：清心，和谐为重；清白，行善助人为乐；清静，恬淡生活为佳。这种生活态度往往在他们平时的饮食习惯中得到反映。

饮食，是人类生存的首要条件。它既反映一个民族的生活习性，也体现一个民族的精神风貌。巴马人的饮食自有其独特的风味；平时煮菜少不了火麻油，佐餐用的是命河水酿造的墨米酒。火麻及墨米是巴马特有的油料及粮食作物，是餐桌上的珍品。火麻含丰富的蛋白质、不饱和脂肪酸、卵磷脂、亚麻酸，还有钙、铁等人体必需的微量元素，食之可以润胃助消化，滋阴补虚。而被人们誉为"粮中黑皇后"的墨米，颗粒饱满呈紫黑色，以之酿酒，色质紫红。饮之可健脾暖肝，而且酒味甘甜柔绵，即便喝醉也不会头昏脑涨，只觉得像做了一场甜酣的梦，醒来神清气爽，活力倍增。因此，巴马一般人家都酿有一两坛，以待来客享用。

巴马人常说这样的话："家无墨米酒，对不起朋友。待客不做五色饭，主家无脸面。宴席不上豆腐圆，心意不完全。"一桌丰盛的宴席中，墨米酒是必备的饮料，而五色饭和豆腐圆更是不可缺少。五色饭以红蓝草、黄花草、嫩枫叶及紫香叶的汁液浸泡糯米而成红、黄、乌、紫、白五种色彩，味道香美，能清热解毒，吃起来意味着享受五彩缤纷的生活。豆腐圆是以煎油鱼、猪肝、木耳、香椿叶配以香料剁碎制馅，用白豆腐块搅碎捏揉成豆腐皮，包裹馅料成豆腐圆，再放入锅中以本地的所略山茶油炸熟，捞起再与竹笋之类焖后即可拼盘上桌。这是宴席上一道传统的古老名菜，象征诚心与团圆之意。在巴马命河边的人家做客，看到摆有这道菜，即可知主人待客非同一般。一旦开宴，主人会请客人先尝尝五色饭，让你品尝丰富多彩的生活。接着给客人夹上一个豆腐圆，既表示诚心诚意，又意味着喜庆朋友团圆。之后，主人会连续给客人敬上三杯墨米酒，边敬边唱或诵"敬酒歌"："甜酒装在白瓷杯，酒到面前客莫推。有缘千里来相会，人生相逢能几回！"主人的这般诚意，往往会使客人感动得兴趣勃发而毫无顾虑地一饮而尽，渐渐便陶醉在主人浓浓的情意中，陶醉在主人五彩斑斓的生活情韵里。

巴马人的生活情韵既有大山般的厚重与真诚，更有清溪碧流般的自由与浪漫。悠悠一条命河水，既灌溉两岸的五谷杂粮和芳花野草，也滋润两岸人家的歌喉。以歌代言，是巴马壮家人的一种天赋。过去，壮族尚无文字，山歌便作为他们记事传史的工具而代代相传。山歌出自口头创作，触景即兴而歌，语言通俗易懂，形象生动，为群众喜闻乐见。所以，他们人人生来爱唱歌。在巴马壮家人的理念中，唱歌被视为人生一种高雅的文化修养，山歌深入到社会的各个领域，成为人们交际的方式和重要手段。出门走访，用歌问路，做客赴宴，唱歌答谢主人款待，离亲别友，哼歌以叙恋情，聚会欢歌，以庆团圆，喜庆诸事，发歌以示恭贺，劳作耕耘，作歌以解劳困……形成了"男女老少会唱歌，时时处处皆有歌"的寿乡山地文化。山歌，在每个人感情深处酝酿，犹如命河之水绕村串寨涌流，汇成情感的韵律、歌海的波涛，在这片古老的土地上荡漾……

北方民族有庙会，巴马壮族亦有三月三、七月十四、八月十五等歌圩盛会。歌圩往往在村寨郊外空旷的地方，或在木棉簇拥的河湾，或在桐花飘香的坡脚草地，或在山花灿烂的坳口。大清早，青年男女，带上五色糯米饭和彩色鸡蛋，高高兴兴出门赶歌圩，一路踏歌而来：

> 一路唱歌一路来，一路唱得红棉开。
> 花开引得蝴蝶舞，花开引得蜜蜂来。

歌圩，这时变成了花的海。身着各色艳丽服装的姑娘，像喧腾的命河之水沿山绕寨奔涌，五彩缤纷的头巾和小花伞，随着歌声翻腾起舞……

　　　　三月河水绿悠悠，鱼儿成群结伴游。
　　　　八方歌仙来聚会，敬请歌朋放歌喉。

这边唱了那边和：

　　　　结伴游来结伴游，阿哥你先带个头。
　　　　小康路上手挽手，共奔富路争上游。

人似海，歌如潮。句句优美的山歌，发自一个个激情洋溢的肺腑。叙说生产生活的情况，表达崇高的理想和美好的爱情。

碰蛋，是歌圩上男女青年初会结交连情的精彩场面。男女双方各自拿出煮熟的彩色鸡蛋，紧抓于手心，仅露出蛋尖，只听"一、二、三——咔嚓"一声，双方彩蛋碰到一起，以是否受破碎定输赢。在瞬间"咔嚓"声中，破碎的彩蛋壳如缤纷的花瓣伴以阵阵笑声满地飘洒，男女双方在笑声中开始了连情歌，听——

　　　　男：我的彩蛋多又多，红红绿绿好颜色。
　　　　　　哪个妹仔有心意，拉她过来做老婆。
　　　　女：笑你傻来笑你傻，粗言粗语来问歌。
　　　　　　劝你莫学浪荡仔，文明礼貌好好学。

歌声、笑声，一浪高过一浪。歌情，逐步推向高潮。这时，是情侣们互送定情物的时候，歌声委婉而动人：

男：双凤布鞋九百针，妹你情意深又深。

哥穿妹鞋走千里，邀妹同路并肩行。

女：一双布鞋九百针，针针牵着妹的心。

勤劳踏出小康路，妹挽哥手并肩行。

歌，醉了心，醉了情，尤其醉了远道前来观光的海内外宾客……

啊！悠悠命河水，永不枯竭，长流在世界长寿之乡的沃土上，涌流的是"圣水""寿液"，流淌的是寿乡人生活的欢声笑语，奔涌的是这方净土温厚的民族文化的潮汛，流出了山门，流向世界文化之汪洋大海……

罗伏龙 ···

罗伏龙，壮族，广西凤山县人，广西巴马民族师范学校校长，特级教师，南京中山文学院客座教授，中国散文学会创作中心创作员、中华诗词学会会员、广西作家协会会员。《河池诗词》主编。至今已结集正式公开出版的有散文集《山情水韵》《爱的回音》《春华秋实》《天高地阔》《罗伏龙散文选》和诗集《罗伏龙诗词选》《卧龙宫诗词选》《伏龙诗吟》《人生步履》等，并被中国当代作家代表作陈列馆及中山文学院当代艺术家作品陈列馆收藏。2010 年被广西壮族自治区人民政府授予"八桂名师"荣誉称号。

淌在心中的盘阳河 | 潘莹宇

　　明明知道，这是不可实现的奢望；但是，每每面对焕然一新、潺潺流动的盘阳河时，我的心禁不住又是一片失落和苍凉，只能默默对着她的陌生与喧哗，无声祈祷着：

　　如果时间能够倒流，我愿意再次回到你朴实无华的年代，在长满水草的河床扎猛子，在灌木及野草丛生甚至偶有垮塌的河岸奔跑，在赤裸硌脚的鹅卵石上打水漂，在柔软细腻的滩涂上架锅煮饭、游戏青春……而现在，你一脸的庄严与神秘，浑身充满喧哗与功利！

　　仿佛虔诚穿过时空的壁垒，熟睡心底的盘阳河，就像一个清澈如洗的处女，从悠悠远远的30年前潺潺而来：她静静地蜿蜒盘旋在苍翠如凝的崇山峻岭之间，这里闻一闻，那里绕一绕；偶尔，还潜入幽深的地底，到龙宫打个旋，甚至还在暗洞里打个盹，然后再次扭摆着婀娜身姿，蹚过袅袅的村庄，在翠竹掩映之下，拨弄着两岸荡漾的山歌古谣，又同春种夏收、秋熟冬藏的农田，卿卿我我一番四季轮回，作一次款款深情的回眸凝望，最后悄悄地注入奔腾的红水河，在大江大海中抒写着少女的羞涩与憧憬……一切都那么的原生态，一切都那么的朴素，一切都那么的宁静，山清水秀人相依，风轻鸟鸣炊烟起，天地时空水乳交融，仿佛亘古至今，春夏无恙，秋冬如常，浑然一幅长卷在天空徐徐铺展，了无痕迹！

青春的记忆总是那么的柔美和刻骨。那一年，正值十五六岁的我实然受到命运之神的垂怜，能幸运地跋山涉水，来到盘阳河畔的"巴师"（巴马民族师范学校）就读；像小泥鳅跳过龙门，我万幸地免除了高中"千军万马挤独木桥"之苦，那种发自肺腑的喜悦之情，就像怀春的三月飘荡在春风里，心脏蹦蹦跳跳个没完没了。

"巴师"坐落在巴马城区西边，秀郁的松山脚下，大门对着一条老旧的街道，街道有一个响亮的名字——文化街，街名由来不知道，兴许是那一条街散落着几个与文化沾点边的单位吧，如教育局、城厢小学、巴马一中等，当然，"巴师"应当是其中的重头戏。据说，当年是为了向"东巴凤"革命老区输送更多的人才，才把这座中等师范学校冠以巴马名称而落户寿乡，成为河池教育人才的摇篮。文化街说是一条街，其实也是凤山经巴马到大化通县公路上的一小截；以"巴师"为坐标，向右，是通往凤山方向，美丽的盘阳河就是从那里流入巴马；向左，公路穿过一片低矮的城区后，便沿着巴马河畔，驶向赐福村，与自东而来的盘阳河交汇，跨过赐福大桥，经凤凰乡，过巴龙渡口，通向大化……每一年，在回校与返乡路途上，盘阳河就像一位大姐姐，静静守候在大路口，把青涩而活泼的我们迎来送往，一脸的亲昵和恬静。

而抢占着地理上的优势，到甲篆河畔去野炊、游水，到赐福水边捡红豆、写生，成为"巴师"师生乐此不疲的课外活动。当然，那时候我们是否受到《论语》中"知者乐水，仁者乐山；知者动，仁者静；知者乐，仁者寿"所影响，而热恋上这条碧玉一样的河流，如今也无从说起。但是，在 20 世纪 80 年代末 90 年代初，在巴马这样一个僻静和幽雅的地方，人们的思想就像当时的盘阳河一样淳朴，大家的生活都是那么的朴实无华，山野是野生动物的乐园，河流是村庄取水濯足之处，仁义是人人应当具备的品德，长寿老人就像山边大树一样平常无奇……没有谁会去关心，盘阳河畔的空气，每立方厘米含有多少个负氧离子；也没有人去测验，盘阳河水含有哪种有益于身体健康的稀有矿物质；更没有人去统计，盘阳河沿岸，有多少个百岁老人，他们每天吃什么喝什么；就连盘阳河的传说——"牛魔王为了表示对玉帝的不满，惩罚人间，让百姓罹患疾病；天庭的盘阳公主为了拯救百姓于水火之中，就化身为甘霖，洒满盘阳的每一寸土地，人们来到湖泊沐浴，疾病就得到了解除；乡亲为了表达对盘阳公主的感恩之情，将盘阳的湖泊命名为盘阳河……"——也没有谁会去刻意流传。大家对待盘阳河，也像对待邻居大姐姐一样，想念了就去走走，心累了就去坐坐，伤痛了就去诉说诉说，心态不染一丝尘俗。

其实，美丽的盘阳河只是巴马人的叫法，这条属珠江水系西江干流红水河段支流的河道，它的干流源自天峨县更新乡当里村西北，一路向东南奔流，经凤山县乔音乡、凤城镇，汇聚三门海，凝成坡心河；河水三出三伏，至京里村东南方位，汇入坡月地下水系，之后，又从巴马的甲篆镇坡月村那个叫百魔洞的神奇溶洞钻出地面，从此才被称为盘阳河；沿着青山对峙的峡谷，穿过一洼洼田畴，盘阳河一路向东，蹚过袖珍小镇甲篆圩，穿过千姿百态的百鸟岩，一直奔赴巴马镇；在坡腾村头，秀丽的盘阳河来了一个漂亮的飘移，往左打了一个转，错开熙熙攘攘的县城，绕道山涧僻壤，漫过瓜果飘香的盘阳村，拥抱美丽吉祥的赐福村，最后跨界潜行，来到大化县乙圩乡那当村；在那里，盘阳河长发如流，裙袂飘飘，怀揣着140多公里的乡情与眷恋，一步三回首，依依不舍地投入壮乡瑶寨的母亲河——红水河的怀抱……记忆中的盘阳河，从此就定格在那里，不再有丝毫的改变，即使今天它已历经沧海桑田的变迁！

那时候的百魔洞是一尘不染的清朗，没有"天下第一洞"的称誉，也没有"候鸟人"的蜂拥和脚踵接着脚踵。现在"候鸟人"们不仅把洞口堵得个水泄不通，还一张一翕对着洞穴吐纳、赤裸着脚丫浸泡河中……那时候，更没有人会在石板上学着豹子、老虎爬行，幻想自己能够返璞归真、百邪不侵。

地理老师只告诉我们，这个岩洞分三层，下层为内水洞，流淌着最纯净最甘甜的水，可以直接喝；中层是近水旱洞，里面有天窗、深潭，形成一间间集水、洞、厅于一体的，具有很强观赏性的大溶洞；上层为玉洞，内有三绝：扁体石笋群、大面积石珍珠和造型细密、洁白如雪的石瀑布……然后地理老师就像放羊一样，把我们赶进山洞，让我们成群结队地去探索，去发现大自然的造化！

那时候的甲篆风景如画，还不是"候鸟人"的天堂；陈旧的土街上，行走于其中的都是当地的百姓，一身土布裁剪的民族服装，脸上洋溢着自然、豁达与满足；男人的腰带上，总会悬挂着一支竹竿烟斗，和一个装满黄澄澄烟丝的绣花烟袋，他们时不时就会装上一斗过把烟瘾；姑娘的头上扎着黄色的头绳，如果当了媳妇绑的则是红色的，以示区分；而老妇人则戴上头巾，背着装满山上特产的背篓，在街边摆个小摊，把一家人的油盐钱艰难地挣到手……从街圩到盘阳河边，最近的地方才两三百米，除了田间地头稀稀拉拉的农人在施肥、除草、耙地，那里静寂得让人耳朵嘤嘤响；当然，到了星期六星期天又有所不同，好山好水好人家，那一带就成为野炊的好去处。记得有一年夏天的周末，我们全班骑上自行车，一个带一个，浩浩荡荡向甲篆进军，本地的同学还借来三轮车，把锅碗瓢盆拉上，一路播撒着夏日的激情，让欢声笑语拨动盘阳河的寂寞，使河面泛起一个个闪亮的涟漪。松枝是最好的柴火，熊熊的火焰舔吮着黝黑的鼎锅，把盘阳水烧得响滋滋，就像果树上的秋果，全都咧开胖嘟嘟的小嘴。

到9月、10月，我们就会跑到婀娜多姿的赐福村，风吹拂着盘阳河，我们像一群放飞的鸽子，一头扎入路边那一排排多情的红豆树下，拨开泛黄的秋草，把一滴滴相思之泪捧上掌心，幻想着青春的爱恋和纯洁无瑕的牵挂……多年之后，我们发现一颗颗红色的火苗依然沉睡在落寞空瓶里，无人与共，心中的怅然就像无边的暮色，把踽踽独行的来路和茕茕孑立的身影，一寸一寸地吞噬！

唯有千载盘阳河，潺潺悠悠，日复一日地摇曳着、荡漾着，把我们的忧伤、我们的欢乐，一一地影印心中，直至今日，依然不离不弃。

潘莹宇

潘莹宇，壮族，广西都安瑶族自治县人。现供职于政协都安瑶族自治县委员会。著有诗集《灵魂与家园》、小说集《跨越门槛的一种姿势》，另有长篇报告文学《石头开花——都安扶贫三十年见证》（与人合著）。曾获首届《上海文学》文学新人大赛短篇小说新人奖佳作奖、第六届壮族文学奖。

一湖赐福 ｜ 十 月

当坐着船儿从湖面穿过，我就想象自己是一条自在鱼，翔于湖面，激起的水花，不被时光搁浅，不被时空忘却，这简直都是一场场幸福与快乐。

——题记

她原本是小家碧玉、活泼可爱的河，整日走啊跑啊，奔腾欢畅。不想浪漫，宁静宽阔了就成为湖，成就了水之阔大与壮美。

我想说的是赐福湖。

高峡出平湖。赐福湖与他湖不同，有源头有出口。它原来只不过是盘阳河中下游的一个河段，1992年3月岩滩电站建成、关闸蓄水后才成了湖。水，站立起来就深厚，就宽阔，因为宽阔，人们就叫她湖，正好地处赐福村，就叫赐福湖。

身边的人把她当母亲养，过往的人把她当书本读。

从金城江方向过来，她是巴马的封面；从百色方向过来，她还是巴马的封面。不管如何倒翻顺掀，她都那样都有容有物，都那样宽阔与宁静。她不刻意拴心留人，只是有心的人遇上了她心里可能会"咯噔"一下，然后陷入某一情境。大多过往行人，要么陷入，要么逃离，皆如此。车子匆匆一过，会有几分留恋的，便下了车，漫步湖畔，慢慢地就贴近了内容，悄悄地就成为内容的一部分；专程而来的，可能就会和这里的村民一样，成为湖中之景、景中之景了。

一

这些年，来看湖的友人不少，我自觉或不自觉地充当导游，却一次次地犯难。我守候在她身旁，作为她的小分子水一滴，我想叙述她的全部，实在太难。有好几次要认真翻阅或者记叙，都发现自己并不十分理解她。好像一个儿子，天天吮吸母亲的乳汁，却不知道母亲的身世与心事，我真担心说不准自己的母亲。

而今，让我不再犹豫的是居住在赐福湖下游老家的我的母亲，得了风湿病。我给母亲买药时，像医生一样对母亲的风湿病进行深度分析，我必须准确地知道母亲的真实症状，才能对症下药。母亲身体微妙的变化，幸福欢笑背后浅浅的一两声叹息，作为儿子的，如果觉察不到，那是多么的不孝。

面对赐福湖，我很担心误读了她。

从县城西北三江口至东南那坝村坡贵屯，周边有九座山，护佑着绵延数千米的水域，就是赐福湖的整个身段和姿态。所谓三江口乃盘阳河、龙洪河、巴马河三河的汇合处，位于城北。我的叙述和阅读就从这开始。

从县城到湖心，不到 5 公里，陆路水路皆可，晴雨昼夜都行。若泊舟前行，则一开始就在湖上。白日泊舟前行，可看水岸风光；月下游弋，月光渔火对湖光，光怪陆离。清空了内心，放旷了心地，一湖皆美景，一心皆胜境。起步之处就是三江汇合处的岜马山山脚，据《田州志》载："（岜马）山极高峻，周回而上……相传石上有骞驴迹。"又载，"唐罗隐曾游此。"唐代著名散文家、诗人罗隐曾游巴马；明代诗人岑永正也有诗描写岜马山曰："削同太华顶，纡似七盘山，仄蹬芒鞋滑，悬流瀑布潺，人家临树梢，鸡犬入云间，昔日罗昭谏，骑驴数往还。"起步于唐代、明代诗人旧迹旧诗之处，我多少有些自豪，同时也难免遗憾，毕竟迄今为止，除了明代岑永正的诗，我们还没有看到罗隐关于岜马山或者三江水的诗句。

我还是斗胆给赐福湖写了一句导游词："拜水三江口，问道赐福湖。"此句虽称不上佳句，却是我发自内心的崇敬。有地理先生称："三江汇合聚福气，九士护佑纳吉祥。"不知道此话有何根据，但以水其母性的品性，三江汇合之处水中之鱼确实繁多，岸边的商铺也不少，水中水边皆聚散地、"金三角"。走出县城不足一公里及那塘桥，"三江澄碧"的景象立即呈现。然而，此处曾是商贾云集、风生水起，三江上游蕴藏金矿、钛矿、大理石等矿产资源，20世纪90年代，数十几家矿石加工场、冶炼厂于此生根发芽，淌金流银，生产了财富，真有先生所谓的"聚福气"。可几年下来，赐福湖慢慢地就露出了愁颜，当村民发现有些小鱼浮死湖面的时候，一种不祥之兆也便浮动心头。这哪是先生所谓的"纳吉祥"呢。后来，一场护水爱湖的行动开启，厂矿、企业随之销声匿迹，赐福湖这才再现了"三江澄碧"景象。

赐福湖周边的山格外葱郁，像忠诚的侍卫，日夜守护着这里。赐福湖母性的娇柔与静美，得以尽情展现。在那塘桥的农家乐东二楼的阁楼上，倚窗凝望盘阳河注入三江口，夕阳辉映，微风轻拂，沿着泛着金光的水面往正前方眺望，盘阳河水悠悠前来，给人诸多遐想。其实，赐福这名称是从壮话"水淹荒凉之地"音译而得的，原义与译义意义相差甚远呢。未成湖时，河水调皮得很，一到洪水期就不循规蹈矩，不时淹没田园。《巴马瑶族自治县地名集》曰："赐，壮语音译为淹没；福，意为荒凉。村址在河边，古时常被洪水淹没，显得荒凉，故名。"也许人们太渴望幸福和谐了，于是把这份向往寄托于大自然的恩赐，才音译出这么一个名称来。

若在早晨，三江口的水面罩着薄薄的雾气，周边的山峦氤氲着淡淡的云霭，水面更显静谧迷人。随着日头的徐徐上升，过往县城的船只次第突突而过，李白《望天门山》"天门中断楚江开，碧水东流至此回。两岸青山相对出，孤帆一片日边来"的意境便慢慢显露出来。

而此时，我端坐在农家乐二楼的阳台上，内心深处已经萌动着这样的诗意：

千年之约，于此汇合
兄弟三人唱着山歌
怎么都静默了下来
是跑累了要慢步，还是相遇了就闲聊
哦，轻柔的涟漪似乎在回答
大家都在寻找幸福的谜底

有山有水便有了福，农家乐和周边的村庄以三江为镜，日窥夜照，不知财源抵达三江了没有，反正那么奔突而过的船只、那些星罗棋布的渔灯……传达给人们的都是温暖的词句。

二

从三江口泊舟前行，不小心就划到了一块宽阔的湖面，前方迎来一座桥，桥就叫赐福桥。桥长396米、高39米，据说还是广西多结构组合型大桥之冠，其横跨西北，像赐福湖的腰带，恰到好处地把赐福湖分为东南湖和西北湖两部分。在桥上，可以大致扫视到赐福湖的上半身与下半身，对其婀娜多姿作一个整体性泛读。有的人喜欢登上桥头两边的维汉山和直立山，站取高位以俯瞰，尽览数十个大大小小的岛屿和半岛，以及湖边的十多个村庄农舍。它们错落有致，与周边的山峦一起，以湖为镜，映照自己的雄浑与壮美。

依湖而居的村民、渔民与移民，常常宁静而沉默，和湖一样宽心和净心，他们舍弃了田园和村庄，贡献水电万千。读湖，我无法回避湖边的村庄和移民，不得不面对湖面的渔网、水中的鱼群这些真实存在物。而跨越两岸的大桥，日夜穿梭而过的车辆，穿过城市和乡村、呼呼而过的风，又搅动起人们怎样的联想。渔民、移民的生动壮观的生活图景又是怎样滞留在湖面上。

立于桥上，向东南极目远眺，水碧山青，湖阔水长，峰回水绕，波光粼粼，绵延数千米，水天一色。若是晴日晌午，岸边青山翠竹、村落民居，倒影水中，阳光射入湖面，水光交融，透亮璀璨；若是在早晨，只见雾霭缥缈，山气茫茫，渔网空蒙，仿佛一幅水墨画；若是在傍晚，湖畔万家灯火，湖心渔火点点，月光融融，互相映照，"湖光秋月两相和"，仿佛夜之街市；夜静时分，间或听到渔歌从岸边和湖心传来，歌声月光浮动水上，波光潋滟，加之两岸村民夜间互访，渔民泊船夜行，伴着几声犬吠，水声歌声犬吠声对映互答，更添几分幽静；倘若细雨绵绵，"水光潋滟晴方好，山色空蒙雨亦奇"，于秋色中，可见白鹭翩翩，翔飞湖畔，近岸迷蒙，远山隐形，勾起人们无限的畅想。

倘若深细一些品读，赐福湖可能就生情有物了。水绕山，山环水，水高山就多情，湖中有岛屿则湖更幽，有网箱渔网则湖更盎然，单看那倒影的山峦、翠竹、岛屿，就感知湖之宽阔、水之幽静。若是贴着水面看，网箱、渔船、船屋、跳跃的鱼群、流动的涟漪，令人想把自己还原水体，亲水，做幸福的油鱼、鲤鱼，在水底作幸福的穿越。而当船只滑过水面，岛屿静、网箱静而船移动，再加上水鸟从湖面划过，整个湖面就构成了动静结合的一幅画，目睹此景此物，人自然就进入无我之境，物我两忘了。难怪罗文秀先生游玩此景，诗曰：

> 凌波漫赏醉寿乡，两岸青峦竖画廊。
> 水映丹霞舒壮锦，峡飞白鹭缀春江。
> 高山林秀绝尘埃，幽润风清夹异香。
> 慕效陶潜谁似我，寄情天地任徜徉。

"慕效陶潜谁似我，寄情天地任徜徉。"多么豪放的诗意！

　　我无意效仿陶渊明，却有意放怀于赐福湖，常常无事没事地来，又无声无息地走。其实，最惬意的感受还是漫步湖畔或者轻舟漫渡，于湖光水色之中，尽情品读湖的广阔、山的伟岸、岸的青翠、水的湛蓝、波的迷蒙。有游客称，赐福湖畔若有亭子或者塔楼之类的景致就更妙了。其实，赐福湖边有个村庄叫望楼，传说宋时村后建有一座魁星楼，人们常登楼瞭望远山近水，很可惜至今没有谁能够找到与望楼、赐福相关的宋词片阕。魁星楼呢，也了无踪迹。不过，无亭无塔更显其自然纯粹，岸边的村舍民居质朴地闲居着，炊烟于楼舍翠竹丛中袅袅升起，远远近近的皆吐气如兰，生机盎然；清澈幽静的湖面，坦坦荡荡地映着蓝天；大大小小的渔网，悠闲自在地泛着波光；不时而过的船只，"突突"地向各自的目的地驶去，在湖面划出一道道水路，轻轻地划着优美的涟漪，像一条硕大而悠长的鱼，鳞光片片，在幽绿的湖面上闪烁着银色的光芒，把一大片平静的湖面勾勒出一缕缕情丝。

　　此情此景，不由得令人移情赐福湖，那激情澎湃的涟漪为何开启？

　　不问理由只问心。我是每月都要去一趟赐福湖的，没有多大目的，就走一走看一看，看得差不多就回，就当作是小城的一个后花园或者门前的广场。我们每个人都是移民，即便我们有固定的工作生活场所，却不时寻思要走出去。那些来寿乡巴马、来赐福栖居的养生族，或者叫"候鸟人"，或许也是这般的心境。交通便利了，来往就密切了，空间也就大了。赐福湖每日每隔半个小时都有一趟公交车往返，很方便，每一次过去，我都像鱼一样自由自在地呼吸畅想，那些大大小小的船只，还有星罗棋布随意自在地泊在湖面的渔具网箱，都会给我新的感触新的体会：是湖光山色，是船影渔灯，是垂网渔歌……最令人心动的是她们的宁静与深邃。

　　没有机动船划过的时候，湖中鱼群十分多情，把它们的幸福与快乐一一甩出水面。湖里有草鱼、鲤鱼、鲢鱼等，湖里还自产"三白"即虾、蓝刀鱼、小银鱼，湖心的生动与湖边的热闹，往往都因为鱼群的欢腾，让游客大饱口福而闻名各地。

盘阳河变成了湖，就有了船只，就有了渔火渔民，就有了垂钓者，它们的自由组合那么惬意自在，那么快乐富足，那么的大肚能容。在赐福湖畔，那些垂钓者，静静地和湖中的鱼相峙，不时传达欢快的信息，一圈圈涟漪荡开了他们的欢乐。

有个别垂钓者还是不满足于这小不点的鱼类，反而生发出更大的期待和欲望。湖呢？也还能够做到让多少外来的人满足与慰藉。而更多的垂钓者特别是寿乡人图的更多是一点点满足，一个个荡开欢乐的涟漪，在一拉一放中享受着活生生的内在变化。我总觉得这样的垂钓和赐福湖十分般配，因此，每当我看到湖畔一个个自在的垂钓者，就认定他们是风景。而当我坐着船儿从湖面穿过，我就想象自己是一条鱼，翔于湖面，激起的水花不被时光搁浅，不被时空忘却，这就是幸福与快乐。

三

不静难以知福。静是一个硕大的心湖，倘若有一块小石子漂过，一串水花就是一串心事。如果只有微风轻送，万事都静默在未来里。能够守静的人，通常都有巨大的自省自控。垂钓者的心胸也许能够纳一湖静水，容一湖月光，藏万卷漩涡。

以静对湖，是垂钓者的境界。来赐福湖垂钓者，多是有些涵养的人，故而湖景丰富了许多。不信，请看翠竹之下，钓鱼的浮标在湖面颤动，而他们却以不动应万动，甚至不在乎其动，有的拉起了鱼竿，看到一个白皙的鱼头后又放了回去，垂钓者重复着这样动作，释放一种对自然的善意的挑逗，和谐的对垒。不知他们的目的是更大的鱼？或者是整个湖的幽静？

与其说他们在钓鱼，还不如说他们在钓湖，垂钓湖之幽静。

他们当中有来自异地的钓友，闲居周边的游人，还有城里的钓鱼爱好者或者发烧友。他们好多人来到这，目的只有两个：一是为了湖中的鲤鱼、鲫鱼、鲶鱼、草鱼、罗非鱼等，湖中的实在物；二是逃离现实的处所，融入自然的怀抱，找回原始的纯净、天真与宁静。很明显，前者给予他们的是物质生命上的补给，而后者则是精神上的抚慰。我从不怀疑他们的食欲或者贪欲的本性，但我还是愿意相信他们的精神寄予或者渴望。面对湖，他们的态度，不会缺少善意与纯净。面对湖，我也不该有偏激与异想。

一个秋日的双休日，在赐福中学的湖岸，我看到一对父子，父亲静静地躺在树下，儿子双手托腮，定神地看着湖面的浮标。而我和我的同伴则小心翼翼地观察他们父子俩的举动，我们试图等待一种答案，比如浮标激烈颤动，一条硕大的鲤鱼上了钩，比如持续而无比宽阔的静。答案很快出现了，浮标动了，浮标四周泛起了层层涟漪，急躁的儿子忍不住拉起了鱼竿，一条小鱼跃在空中抖动了一下，又掉进了湖里。父亲弹起身，说这样的动静没必要拉鱼竿的，我们要的是大动静，当浮标急速沉入水中时，才可以拉竿，而且是不动声色地拉竿。显然，这是父亲的"阴谋"。因为按照垂钓的常识，这样的地段是极少有大鱼出没的。

我们开始了对话。我们的问题自然和鱼有关，例如收获几许。然而，他告诉我们的远远不只这些。他说他的儿子定力不行，总静不下来，上课小动作不少，课堂适应性不够，成绩不理想。为了改变儿子的多动症状，他双休日没什么事就带儿子出来钓鱼，以锤炼一下他的耐性。当然，如果遇上大鱼，还可以改善伙食，何况这湖鱼还特别鲜美。还有一个小秘密，他这么做也是为了逃避双休日的应酬，远离尘嚣，贴近自然，择一片幽静之地，静养一下自己。

真是醉翁之意不在酒，钓翁之意不在鱼！这或许就是垂钓的境界了。

我之前有两位同事，他们很喜欢钓鱼，一到周末一个眼神就明白彼此意图：到赐福湖垂钓去。有时他们把在湖边的快乐带到办公室来，譬如傍晚的清静，譬如深夜的冷寂，以及在湖边听到的稀奇古怪的声息，当然还有钓到多大的鱼。在赐福桥头，一位同事曾钓起一条5.5公斤重的大鲤鱼。其实，真正促使他们持续赶往赐福湖的，却不完全是湖中的鱼。看得出，他们已经醉心于静夜里聆听自然的呼吸，听风声掠过湖面、穿过竹林和耳际，面对庞大的自然系统，人会渐渐地看清自己，收敛自己，回到纯粹。

前年夏日，我去同孟屯调查群众生活饮用水问题，在湖的东北岸，遇到了一位从100公里开外赶来的异地钓友，随身带着整套工具，便于风餐露宿。他来巴马赐福湖垂钓，除了贪图湖水的幽静，鱼之新鲜，更是贪图这里空气之清新。据专家测定，赐福湖四周空气中负氧离子平均含量高达4万个/立方厘米，不仅远远高于国内一般城市的1000~2000个/立方厘米的含量，还高于巴马空气中的平均2万个/立方厘米的负氧离子含量。可以一边钓鱼一边养心养生。从大老远来的那位朋友，他的最大目的却是湖面之上的空气。

也许静就是湖里乾坤，长寿之一道。老子"上善若水，水善利万物而不争"的境界被他们运于行、动于心。湖边的寿者无不是垂钓的自在者与休闲者。寿星韦汉儒就是一位垂钓迷、游泳迷，100岁时应邀在电影《宝贵的秘密》中扮演老寿星的角色，他那清静的状态真的令人惊叹。还有106岁的杨卜发老人，他所遵守的"鱼+米+菜"的清淡饮食规律，或许也可以告诉我们一些长寿的秘密。一湖即景，一湖一世界。是的，人在完成社会必要劳动时间后，可以自由选择自己的另一种生命状态和行为方式，譬如垂钓，譬如观湖，在与自然之湖观照中可以愉悦心情，陶冶情操，获得身心宁静，如此生命之湖就无比开阔与辽远。

在闲散的时候，人们还会想起睡美人和情侣岩，想听一听凤凰女神斗恶赐福的感人故事，听一听男女对歌化岩的动人传说。

四

没山，难显湖之幽静；没湖，山显不出其秀丽。两者相得益彰，相映成趣。若是雨中游目，观山则山色空蒙，观水则水之渺渺，一如"江流天地外，山色有无中"。当然，在赐福观山，最抓人的景致要数睡美人山了。有的景物在心外可看，回到了内心可窥，睡美人就算其一。

睡美人不是人而是一座山，但美若天仙，令人浮想联翩。立于桥上往西北方向的三江口看，可见整个山形如一仰卧的姑娘，上半身十分逼真，鼻子嘴巴小巧玲珑，颈脖修长，胸间高高隆起，头、头发、面部、鼻子、眼睛、睫毛、下巴等部位轮廓清晰，它们组合透露出少女的娇羞与柔美。而总体感觉是静谧与安详、圣洁与丰美、高贵与典雅。

欣赏睡美人最佳方位是自东往西，最佳位置是赐福湖大桥至下里巴屯一带。晚霞下的睡美人总是特别迷人，或许她在尽情享受这傍晚的时光，在夕阳下沐浴情思，不知那缕缕思念到底寄向何方；或许她在等待，等待一船的柔情从东边划来；或许她什么都不等，而是一直在祝福赐福，静静地聆听那些与山与水有关的幸福与快乐……

每个人都有自己的想象，内心有美丽的向往。然而，面对她的传说，我的内心并没有多少波涛汹涌，因为我知道这传说故事离现实太过遥远，而她的精神又只能存储心中细细品味。而此时李清照那孤独与悲凉的词句从心头掠过："风住尘香花已尽，日晚倦梳头。物是人非事事休，欲语泪先流。闻说双溪春尚好，也拟泛轻舟。只恐双溪舴艋舟，载不动许多愁。"盘阳河的传说，不仅没有上述的浪漫，反而特别沉重。而九道士拜凤凰女神的传说，其情节更是跌宕感人，还是不说了吧，不如身临其境尽情品读神形俱备的山水。

凤凰女神并不是一个生活中的人物，九道士也不可能出现在我们的生活境域里，他们只是生活在传说故事中，赋意于山水田园，显形于观瞻者的物质世界和精神世界中。我们不得不敬佩先人，敬佩他们敬畏天地、敬畏自然的虔诚与智慧，这种虔诚与智慧远远超越了文字，超越了时空，穿透我们的灵魂。

一湖好水有歌就有情，两岛突兀有故事，故事里有迷人的景致。往东南方向看，可以看到"情侣岩"的景致。

在赐福湖中段的共和屯与同孟屯，屯前有两座突起的石山并排而立，一高一矮，两座石山顶上都有繁茂的榕树，仿佛一对情侣撑着伞在相视私语，当地人称其为"情侣岩"或者"夫妻岩"。

我通过水路陆路亲近情侣岩的次数有过两次，一次是在夏天，另一次是在秋天。它独特的自然造型，加之人们赋予的美名，都让目睹它的人们或多或少地联想到情与爱。

爱和被爱是人类幸福的酵母。外在的形体表现就是相亲相随、相拥相爱。不管是大自然造化，还是人类自身的繁衍，都是如此，这说明人类和大自然都是需要和谐共处，共生同荣的。赐福湖的情侣岩给予我们的遐想就是默默地爱和被爱……

情侣岩的夫岩高约 5 米，方圆 6 丈，一棵硕大的榕树耸立顶端，像一把巨伞。我曾经和游客朋友作过描述，有人说这是爱的象征，他正在给妻子撑伞呢，我继而发挥，爱是抗拒风雨的力量，让他们千秋不改爱的誓言。妻岩高约 4 米，方圆 5 丈，顶上也有一棵榕树，和夫岩的那棵大榕树相交叉。远远看上去，就像一对携手共度风雨人生的美丽幸福的夫妻。

据说夫妻闹别扭的，只要有一方或双方来这里默祷，便一祷即灵，彼此不再吵闹。至于怎么默祷，他们一般都不会正儿八经地向人说，生怕因漏了风气而失灵。如果真有人要讨教法子呀，老人会提醒你，还是学学娣俏和日材吧。

娣俏、日材是什么人？

相传很久以前，盘阳河流域人民为了表达幸福美好的生活，创造了山歌，以歌传情达意。不管生产生活，都可以随编随唱。劳作之余，青年男女都成群结队到盘阳河边唱山歌、传爱情，一旦唱出感情、唱出情意，就会一同成家。彼岸的那坝村有位美丽的壮族姑娘，叫娣俏。此岸的赐福村有个英俊的壮家小伙子，叫日材。两人都能歌善舞。有一天，娣俏当着众人的面对日材说："日材哥，你若能唱赢我，我就嫁给你！"日材一听高兴极了，就对娣俏说："阿妹，你的山歌如能唱得过我，我就到你家去当上门郎。"三月初三这天，他们相约到这个小山顶上，对歌互答。他们唱了三天三夜，情歌阵阵感天动地，天神把他俩点化为两块硕大的岩石，凤凰女神也为他们衔来两棵长青榕，栽种于情侣岩上，两棵榕树受山歌的滋润，越长越旺盛，变成了两把漂亮的绿色大盖伞，为这对相亲相爱的情侣遮风避雨。后来，当地的人们就把这两块巨石叫作"情侣岩""夫妻岩"。

　　跟这传说比起来，现实的故事才是真实感人。盘阳河流域因对歌结成夫妻的到处都有，壮汉瑶群众都会编唱山歌，有情歌、功德歌、孝敬歌等。每年农历三月初三、三月二十五为对歌节日，而在平时，农民群众都喜欢自得其乐地自唱自歌。在赐福湖的下游就有一个叫岩设的歌圩，歌圩里更有神奇感人的故事，还有关于布洛陀和姆六甲的传说故事，都可以由此顺水而下，一一追寻，那些传说故事说不完道不尽，一如这湖之水源源不断。

<h2 style="text-align:center">五</h2>

　　自然之湖可以窥见人的心湖里，而心湖中的赐福湖，常常会在梦里和精神世界一点点地立体起来，成为一种精神的观照。

　　情侣岩的逼真造型令人惊叹，睡美人感人的故事传说令人遐想，九道士拜凤凰的传说又如影随形，周围的自然存在物都可以导引我回归内心的自省。我不想细说赐福湖的景象了，那温柔的细部只有最亲近她的人才可以触摸到，此外，零碎的叙述不可能给予她饱满的形象。

　　这么想着，我的内心竟然有些凄婉起来：

　　　　无路可走的时候心地无比开阔

　　　　开向黑夜的道路实在太多

　　　　不确定的选择还在昨夜偷睡

　　　　漏网的梦吧亮着

　　　　流浪者的泪因此有了方向。

　　　　静静的夜里没有水声

只有鱼群穿着美丽的梦网在徜徉

谁在水的中央泊舟

月影那么淡目光那么伤。

听到了风过耳的声音吧

摇不动灯影摇不动渔火

只有往事在偷渡无眠。

记住了，这样的日子

一叶舟远去了多年

那桨声还能持续到今夜

一个人听着，还有淡淡的渔火对愁眠

还有清清的月光散淡……

2007年5月我写了这首《渔火》的诗，当时，我满脑子都是赐福湖，以及赐福湖的意象。

初夏的湖水微澜，渔民正在奔忙，鱼群正在活泼生长，岸上的果树和玉米竞相苗壮。突然间，一些忧伤竟爬上心头，那些曾经过往，随着渔火来到跟前。我想起了下游的母校乙圩中学，还有我依稀的年少时光。初三那年，我的梦想一点都不远大，对于幸福的概念也不是十分的清晰，但我知道我的每一点想法都离现实相当遥远。那一年，我第一次一个人远行。当时这水还不叫湖，我绕过她，走了大半天的路途去了一个叫作巴马的县城。当我抵达并栖居在了那里时，却依然没有感到特别的亲近，当我很想学着梭罗在瓦尔登湖边搭建小木屋栖居那样，想到赐福湖边搭一间草屋的时候，我惊奇地发现这里的土地、这里的湖水比金子宝贵，比时间珍贵。因此，我决定要多看看赐福湖，祈祷她年年和春住。觉得能够看到赐福湖以及看到和春住的赐福湖，便是自己的福分了。

在一个深秋的傍晚，我两次走近赐福湖，试图寻找夜的内容。当静谧的湖面突然划过一艘船，远远近近的渔火渐渐点亮，这一刻就仿佛春天的大地冒出稚嫩的绿叶，一种纯净无邪的喜悦油然而生。亦仿佛某种希冀的闪现，轻柔而真实。当湖面恢复了平静，我也不再有春风吹皱一池春水的心情。直面湖，人自身的复杂与浮躁总会暴露无遗，也只有直面悠然清静的湖水，我们才渐渐地感觉到纯净埋藏于深深的心底，感觉到她确切的存在领地。

然而，纯净往往是短暂的，不愿读到的内容不时出现，各形各色的垃圾和异物浮动在湖面上，一如某个时刻内心醒醒的妄想，这些不速之客、侵略者，十分可恶地把一切纯净与恬静掠夺了。有一位生态学家说：人类作为绿色植物的客人生活在地球上。面对赐福湖，我想说的是：每个来这里的游人都是湖之客人，其实，我们也都是地球的客人。我们与自然界是否做到了和谐共生、相濡以沫。

赐福的旅游热浪已经无法阻挡，这里的移民和渔民把它当作一种春来福至。到赐福湖游玩的人越来越多了，岛屿上的设施开始多了起来，湖岸的建筑似乎也长了翅膀。所有的这些举动或者行动，让人产生惊喜的同时，也生发出种种担忧。不管来自何处，游人都不应该忘记作为客人应该承担或者坚守的德行。每一位撞入者或者慕名而来者，请丢弃猥琐与暴戾。面对湖水，只把自己当作一条净洁裸体的鱼。生依水，游依水，友好地游过，洁净地涌来。

"别小看水，它是宇宙的缩影。"一位作家说。

一湖好水，可鉴诸类纯澈，自然的、人类自身的，甚至人的内心世界。

湖心亦是镜心，可以照见任何镜像。赐福湖是有记忆的，她能记住人的言行举止，包括此时此刻我祈福赐福湖的内心……

十 月

十月，本名谭文胜，壮族，广西作家协会会员，西部散文学会会员，出版有散文诗集《审视与谛听》《面对一株芦苇起舞》。

那花河，串起的记忆 | 罗文秀

戏荇鳞梭附叶虾，流清入眼趣尤佳。

朝腾缥缈百湾气，暮炫斑斓一带霞。

峰影千姿涟动苇，岩雕万态水穿崖。

诗仙若演流觞赋，玉濑悠悠灿墨花。

我把涂鸦之作《那花河》发到群中，有位远方吟友陡然升起一游所略那花河的想法。可他担忧，文学作品往往夸张，怕乘兴而来，败兴而归。

我说，这并非是情人眼里出西施。那花河在故乡的胸怀里温柔流淌，游览过很多名山大川后我眼中的这条河流就如一个清纯朴实的乡间少女，不施粉黛，略沾尘土，却有自然独特的野韵，让人魂牵梦萦，情缕依依。

我想，那花河应是九天仙女在玉帝宫前舞动的绿色缎带飘落在巴马寿乡这片土地后，化成的悠悠碧流。

这条河，以千万年亿万年的韧性在喀斯特断崖下开凿出幽深的洞府，将坚硬的岩石雕刻成琳琅满目、千姿百态的艺术杰作，让慕名而来的游客流连忘返，神醉其中。

少年时代，我在蜿蜒于山谷中村落旁溶洞内那蓝幽幽的水道中，经历过听闻过的一幕幕，在风尘里慢慢下沉。花甲之年，这一切又在城里喧嚣过后的午夜中从记忆的深潭里轻轻泛起，漫开在悠远的意境中，化为玉笺上一页页生涩拗口却又满含深情的诗行……

一

50多年前，我是所圩初中的首届学生。师生自己动手搭建的木杈草顶的简陋校舍就像衣衫褴褛的病人，无精打采地斜立在所圩通往公社的车道和那花河之间的一小块平地上。早晨，那吊在树下作为吊钟的水轮泵敲醒众人后，我们一骨碌翻身起床，打开自己的木箱，将要笼蒸的大米或玉米头装入乌黑的粗瓷圆钵，牙刷挤上牙膏，一把拉上毛巾，带着这些冲到河边。

钵中的米淘好，加上水，然后洗漱。

那花河，变成了我们的大水缸，也变成了我们的洗脸盆。

河边，踩得油光滑亮，河底，沉淀着淘出的米屑。大米白如玉，玉米黄似金，小鱼群聚，米屑成了这些生灵的美食。

那是困难时期，学生一日两餐，常常是有饭无菜，更是难见一点荤腥。而河中有鱼，只要天晴，每到星期六、星期天我就跟着几个大一点的同学到六照峒捕鱼。

这里是那花河主流的上游，也叫六照河，有个深一点的河湾。那水绿幽幽的，能让人看见水底的绿色荇带在流水的柔抚下轻轻招摇。一到这里，纯"所略式"的捕鱼就闹哄哄地开场了。

起初，人们先在弧形的水潭上部简单筑坝，并挖一条直沟，让上游的来水流入沟中，直接引到湾下，以此减少湾中的流水。接着，将一个密编的竹篮抬到潭中，竹篮里装的是香喷喷的粉状茶麸。故乡几乎寨寨有油茶林，将已榨过油的茶麸圆饼砍碎舂细，就是晕鱼的药粉。

竹篮在水中提上提下，不时停下来搅拌茶麸，篾缝里漏出的黄液将潭水弄得一片浑浊，水面上漂浮着一层薄薄的油花。没过多久，激动人心的场面就出现在眼前：

"啪啦"一声，有鱼受不住开始浮到水面跳起来了。接着，"啪啦""啪啦”声，接连响起。看准了，便伸出手，轻轻松松地把鱼抓了过来，丢入篓中。

最先受不住的，多是有鳞的鲤鱼、鲢鱼和鲫鱼之类。过一阵子，什么声音也没有了，可是还不能离开，无鳞的鲶鱼就在草丛中静静地浮着，露出油黑的脊背，虽然已经变得傻乎乎的，但没有翻身跳起，伸手一抓，黏糊糊滑溜溜的，不小心还会落回到水中。那些泥鳅虽然也在潭里，可它们钻入泥洞，药力难及，成不了我们的美餐。

那时的那花河，不仅多鱼，虾也特别多。因此，“所略式”的捞虾也是我们的所爱：将带叶的小树枝折来，扎成小束，日暮时放到近岸浅水中，第二天腰后挂个虾篓，手持篮球圈一样的抄网直往树叶底下轻轻推过去，把整束枝叶提起，一抖，附在枝叶间的河虾便纷纷落入网底，我们一把抓起，放入篓中……

初中两年，那花河就这样不时地在寒家学子的饭钵里添上一星半点的荤腥，那种自然的鲜香深深铭刻在记忆中，回味绵长，即使是坐在今天的星级酒店中那些金碧辉煌的餐厅里，脚下踩着鲜艳的红地毯，品尝着玉盘珍馐，那种鲜香也不因眼前的色香味档次多高而有所变淡。

而更难忘的，是学校的教学活动还离不开这条河流。

那是中苏关系闹僵的年代，随时可能打仗，初中以上学校都参照部队编制编号，所圩初中首届两个班和第二届一个班就被编为三个排，班长就叫排长；全校是一个连，选个大一点的学生当连长。体育课，除了打篮球乒乓球，我们还要练习跑步和武装泅渡。

武装泅渡，就在那花河中进行。

学校东边两河汇聚处有一段河流，水面宽一些，水也深一些，开始时，学生没有带上自己制造的木枪，大家就先学游泳。一到这里，数十人，无论男女都齐刷刷地褪下上衣和长裤，家近河边已会凫水的就扑通扑通地往深水区一跃而下，溅起阵阵浪花。我和一些同学来自大石山区，是“旱鸭子”，只能小心翼翼地步入浅水区，浮在水面上，胡乱扑腾。那场面，热闹非凡，有从公路上走过的社员都禁不住放下担子或锄头，露出讶异的神色观看这水花飞溅别开生面的课堂。

靠着那花河提供的平台，我由"旱鸭子"变成了"浪里白条"，俯泳、仰泳、潜泳，挥洒自如。

二

然而，这位山乡少女也曾经大病缠身，有过不堪回首的一页。

那花河，因那花垌而得名。而那花垌方圆不过一公里。所略乡的所圩、尚勤、六能、平六、坡帮、百久六个村和那社乡的那勤、祥兰两个村辖区内的沟壑流水，大多都汇聚到那花垌这里，一起涌入一个幽深的溶洞中。几十公里的潜流，去到燕洞镇赖满村的一处山谷后，汹涌而出，然后，曲曲折折数十里，与灵岐河相拥相融，一起奔赴东边的岩滩，扑进红水河的怀抱中。

那花垌入水的溶洞，就叫那花洞。悬崖峭壁的下部张开一张大嘴，倒垂的千奇百怪的钟乳石就像参差不齐的利牙。若驾舟入洞，渐行渐暗，一个多公里便豁然开朗：顶上是一个笔直的天窗；右侧是一个斜上的洞口。小舟再行，越进越窄，最后一定是触壁而归。

那是 1967 年的雨季，一连三天，豪雨倾盆，昼夜哗哗，天地一片混沌，小队的社员都出不了工。

第四天，我们寨子有人在赶所圩街途中折回，刚到寨子旁边就一阵呼叫：

"啊——不得了啦——所圩被大水淹啦——一片汪洋啊……"

原来，山洪裹挟着大量的野草稻梗一股脑儿卷入了那花洞，造成了堵塞，导致水排不了，越积越高，终于，那花垌和所圩一带六七公里山谷内的村庄田垌变成了水乡泽国。

很多人去看水，我也在其中。

站在高处望去，眼前展开一片阔大的水域，就像一片巨大的湖泊。黄涛涌动，昔日屋舍俨然、商摊成排的所圩街全在水底，没了踪影。欲散还连的木寮、脱离房架的茅草、凌乱的篱笆、带根的树木……在那骇人的洪流中时隐时现。石山中人，做梦都没有见过这么大的一片水，众人惊得目瞪口呆，双腿发颤。

老人们都说，这是本地历史上没有出现过的洪灾。

洪水过后，所圩街一片狼藉，惨不忍睹。

这里，不但是所略最古老最有名气的圩场，也是所略区公所的所在地。洪灾过后不久，区公所搬到了十几里外的坡帮村，所略粮所、所略中学、所略完小和所略榨油厂等直属单位，一同迁出。喧闹的所圩，一下子沉寂了许多。

三

那是个"激情燃烧的年代"，"愚公精神"深入人心，又加上河南林县（今林州市）红旗渠榜样力量的鼓舞，所圩村公所组建了一个几十人的施工队，走进那花洞，踩着搭建在洞壁上的栈道去到那个斜上的旱洞里，扎下营来。每天，他们乘着竹筏深入到水道狭窄的地方，掌钎挥锤，装药放炮。这些朴实的农家汉子，一心要靠钢钎、铁锤和炸药将几十里的山洞拓宽，想要祛除那花河这位山乡少女的病灶，让她永葆青春的秀颜。

上初中的第一个学期，老师就带我们到里面参观。那岩壁上用石灰水刷出的毛主席语录，遒劲有力，透着阳刚：

下定决心，不怕牺牲，排除万难，去争取胜利。

……

然而，洞里铿锵的打钎声，轰隆的爆炸声，才半年左右就沉寂了下来。传闻成立不久的县、区革委会决定把那花洞封住，把原来的灾区打造成大水库，开挖隧道将库水引到城关公社（现在的巴马镇和燕洞镇）灌溉良田；这一工程，可以媲美名扬天下的红旗渠。

接着，很多技术人员在这一带的山间爬上爬下，身后跟着肩扛仪器的农民工……

可后来，听说项目工程浩大，迁移人口太多，公路改道线路太长，那期待的光环并没有出现在这里的山谷中。

然而，我16岁高中毕业来到那花垌东侧的弄么小学做民办教师时，看见洞口对面和附近公路的两旁搭建起一片片油毛毡盖顶的简易工棚，看见来自全县各地的农民工一群群、一队队，头戴柳条编成的安全帽，衣裤沾着黄泥，进进出出，忙忙碌碌。

原来，"广西红旗渠"的名声虽然没有唱响，"所略电站"的牌匾却在人们的传扬声中高悬。十几年后，纸上的蓝图变成了现实。

这是一举两得的工程。

在那花垌北侧的六能大队河段筑坝，建一级站，部分坝水被引入明渠，通过几公里的隧道向东滚滚流出，来到城关公社境内的上达坡后灌入巨大的水泥管，向谷底二级站压冲，几百米高程带来的狂喷之力推动着轮机呼呼飞转，接着，又到甲篆公社公路旁的三级站完成自己的使命；最后，碧波荡漾的盘阳河张开博大的胸怀接纳了来自高山峡谷的那花河清流……

由于分流发电，进入那花洞的水流几乎减少了一半，那花河这位乡间少女原来那种令人忧心的浮肿病没有再发，她那自然清纯的本色在岁月的风尘中，依然动人如初。在县城工作几十年，每当夜幕降临，霓彩艳灿，我总觉得如梦如幻的景色中，悠悠飘荡的乐曲中，那花河的精魂在天地间浮泛着、散漫着……

四

在县城，上菜市场时我总要走走停停，东张西望，那些摊主一看见我就知道我在找什么。

数十个菜摊，上百种蔬菜，我情有独钟的是那花河浇灌的所略白菜。

"所略白菜"在巴马县城甚至是桂西、桂西北其他一些城镇也已是众口皆碑的品牌，有的商场、菜市场，货架上、菜摊上往往要给所略白菜一个显眼的位置。那些装修豪华、霓彩迷人、透着现代气息的商厦，外包装图案精美的一些方形礼盒，里面装的竟是所略产的几团青蔬。

一位乡间女子，天生丽质，身穿绫罗绸缎制成的旗袍在金碧辉煌的大厅里，体态娉婷，几分文静几分腼腆，透着贵族的气质……

所略白菜，真的不简单！

小时候，所略圩圩场有这样的说法：拉盘的石灰，甘楼的白菜。

拉盘瑶寨就是我的老家。那时，几乎所有的乡下人都穿着自家用蓝靛染的粗布唐装，要制作蓝靛则少不了石灰。而我们寨子烧出的石灰和那花峒北侧甘楼壮寨种出的白菜都是公认的佳品。

快过年了，早上一担担一篓篓的石灰进入圩场，傍晚一担担一篓篓的白菜进入木楼。买不到两分钱一斤的白菜，年都过不好。

那包心白菜，叶子包得很紧，拿在手上很沉。外面的几层叶子，白的水灵灵，洁如润玉，青的皱巴巴，色如翡翠；那卷曲多皱的菜心，黄如金箔，嫩似花蕊。真让人慨叹：此蔬疑是仙家物，少昊移来惠世人。

所略茶油炒上所略白菜，散发出一股不可名状的诱人清香，吃在嘴里总有一种柔软嫩滑的感觉，让人食欲陡增、心舒意惬。如今，南方的一些大棚白菜，徒有其表，并无其味，两品差别，几如云泥。

我想，所略白菜这些独特的禀赋，应有那花河的润泽之功。

在弄么小学当民办教师时，小队划给我种菜的一小块自留地就在那花峒附近，那花河的岸边。那花峒田畴沃土，应是那花河携带的腐草枯叶经过千年万年积淀而成。菜苗种下后，就算是不施肥，只是浇上那清亮的那花河水也可以长得绿油油圆滚滚的，令人惊叹不已。

所略白菜是青蔬皇后，据说跟寒霜有关。

广西各地，气候炎热，大多地方几乎见不到冬雪，霜染枫红的景象大多只是文人墨客的芸窗臆造。而所略不同，这里人称"云贵高原的起端"，是巴马的青藏高原，云气生雪，白露为霜，这是真真切切的自然演绎。那花洞里，那花河蜿蜒流淌，水气特别充足，秋夜霜凝，晨起入眸，一畦畦的大白菜银装素裹，茫茫一片；等到东曦既驾、地气温升之时，又见白霜渐化，绿叶之上玉珠淋漓，然后，款款滑落于泥土之中……

夜露凝霜拥翡翠，朝阳抚叶化膏脂，由秋至冬，周而复始，就这样酝酿出素味中的名珍，那花垌也因此变成了所略白菜的第一产地。

为了增加菜畦，这里有个河水改道工程。读初中的头一个学期，我们学校师生曾经来到工地，帮忙施工一天。

那花垌，两河交汇，随地势起伏弯弯曲曲，挖一条大沟引水走直道可以多出十几亩平畴。

我们一路上高举红旗，高唱红歌，敲锣打鼓，昂首阔步，一到工地就和社员们一起挖土搬泥。

赤日当头，我们喘着粗气，汗透青衫，身沾黄泥，没有人稍停一刻……

今天，我在城里自家的书房里敲击着键盘缀词为文的时候，一种家乡情怀总是游弋在那花河的碧流上，和那清风白鹭一起，搅起微澜。此前，我曾经几次乘车顺着河百高速回老家，穿出弄怀隧道后即见满地青蔬的那花垌。车窗外，流水清亮的那花河映入眸中，我心底里的愉悦一下子脱出岁月的沧桑，油然升起。

今天，那花洞景区建设还是政府抽屉里厚厚的一沓蓝图，而所略人早就按捺不住了，很多年轻小伙子小姑娘在每年春节的出游中，在那花洞的岩石上留下了盘桓的履痕，在光滑的洞壁上拍打着呼唤臆想中的深宫龙女，在凝眸洞顶那倒垂的钟乳石上张开想象的翅膀进入梦幻的童话世界款款徜徉……

城中立业，桑梓情真，旧川入韵，是表衷曲：

情寄那花河

岩幽履印存，玉濑总牵魂。

烟霭浮西嶂，乡情入酒樽。

罗文秀 ⋯⋯⋯⋯⋯⋯⋯⋯⋯⋯⋯⋯⋯⋯⋯⋯⋯⋯⋯⋯⋯⋯⋯⋯⋯⋯⋯⋯⋯⋯⋯⋯⋯⋯⋯⋯⋯

罗文秀，瑶族，系广西诗词学会会员，河池诗词学会副会长，巴马瑶族自治县职业教育中心退休老师。

一条小河两岸青 | 韦 峰

一

又一次被故乡的文字掐停了思绪，又一次拨打故乡人的手机查询，我才意识到自己的肤浅。20多年来，我一次次不厌其烦地抒写家乡物事，像一只闲散的猴子一根一根翻找窝藏皮毛下的故乡记忆细节，自以为热爱之至、熟悉之极。谁知真要入里究源，许多事物如同披上一层朦胧的轻纱，在我臆想里站成一副似是而非的模样。

我问村主任："贯穿我们整个健康村的这条小河，官方名叫啥地？"党支书在电话里自晒："真正的汉名我也不懂叫什么，我们壮话都叫'达拉林'，就是'芭林山下的河'的意思。"这里的壮话"达"是"河"的意思，"拉林"就是河名罢了。

这让我想起读初一时填一张表格，在父亲名字一栏里踌躇了半天也写不出来的尴尬一幕。这个尴尬可以借年幼无知或是小愣青之类的借口来开脱。但对于现在的我来说，一个中年游子如果说不出生养自己的母亲河的名字，就算摆出一万个理由也无法辩解。

现在懂也算是亡羊补牢吧。当"拉林河"三个字键出电脑屏幕，一汪清流随即荡漾出来，满载那些乡音、乡情、乡事，流经一个丰腴的田野，流进我一个个不眠的夜。

二

拉林河发源于六达山，其丰沛的林木积水和地下泉水顺沟沟壑壑流下，在安马屯西边村头汇聚成一方水洼，然后顺着地势往东流泻，依次流经塘池、却洪、却伦、那朝、那康、那巴、那米、那农、那庭、六外，在那良村拉巴屯汇入浩荡的灵岐河，全长5000米左右。在航拍里，拉林河像一根巨大的红薯藤从健康村头爬到村尾，健康村十几个自然屯像一张一张红薯叶，长在拉林河两岸上，在十里春风里，泛着祥和的绿意。

拉林河，三四米宽。河水不深，大约没膝的深浅，常年清流澄澈。河床满是鹅卵石，长满小河藓，大大小小重叠着构建了小米虾、水蜈蚣等的"幸福家园"。当然，拉林河也是水鸭们的天堂。村上养的水鸭，都放养在这条河里。它们是拉林河的主人，哪一处水岸的草丛有虫子，哪一段水洼虾米多，秋来了河水哪天凉了，春到了河水哪时暖了，鸭子们都能先知晓。拉林河把鸭们养得骨香肉甜，在家禽市场里被冠名"健康水鸭"而脱销。当然，鸭们也有"生计艰涩"的日子，这时它们就一直在河里埋头苦干，直到月出东山都忘了归栏。父亲催促我下河赶鸭，我就踏着月光，蹚着没膝的河水，沿小河上下寻找。我手里抓着一根一头系块烂布的长指挥杆，嘴里不停"哩哩"地发声，这声音穿过月光，穿过河面上升腾的水雾，向鸭们召唤。平时在栏里时，我都是这样"哩哩"地招呼鸭子们过来喂食，鸭子们早已听懂这个声音所包含的友善，所以它们一听到这个声音，就条件反射起来，在河水不远处"嘎嘎"应和起来。人类与其他动物的内心交流，就这样被一些平常里和善施舍的细节简单化。于是便斜生出捡鸭蛋的趣事来。每天放学归来，我们几个就挽起裤脚，沿河蹚水而上，手拿一根小棍子，在两岸的草丛里翻找水鸭有可能下的蛋。我们也常有收获的时候，当发现粉嫩新鲜的鸭蛋躺在草隙里，先是一声惊喜大叫有了！也不急着伸手捡起，而是用手掀开草叶等着伙伴们围过来，小河里顿时沸腾起一小阵稚嫩的欢呼声。

拉林河最大的功能是蓄水灌溉。一般每一个村屯都会用大块石头砌成一个小坝，引河水灌溉稻田。有的村屯的稻田因地势较高，还得打通水沟引上一个村屯小坝的水才能种植水稻。可以说，整个健康村的水田，90%都依靠拉林河来浇灌保收的，再加上那朝等几个村屯的饮用水也依赖拉林河，从这意义上说，拉林河绝对是整个健康村民的母亲河、生命河。

小水坝也成了我们童年的欢场。炎热夏日，我们像一只只水鸭在小水坝里戏水，打水仗。全裸的小身子爬到高水坝上纵身跳下，溅起高高的水花晶莹剔透。有时候，鸭子就在我们水坝上游不远，我们还学着鸭们溺水的姿势在水坝里舞弄，顺水而下的鸭毛沾上露出水面的小毛头，起身穿衣时，身上还散发着淡淡的鸭味。

多年以后，我在这个世界著名长寿之乡的一片松林下回望这条河水时，不由得感慨幸好还有这些味道，留住了往日温馨记忆。其潺潺流响和款款流姿，在这秋风轻拂的夜晚，幻化成我若隐若现的乡愁。

三

却伦屯，坐落在拉林河上游左岸，依山傍水，男耕女织。在拉林河升腾的水汽与晨昏饮烟的氤氲里，依稀可见"阡陌交通，鸡犬相闻，黄发垂髫，并怡然自乐"桃源景观。地形上与左岸塘池和右岸却洪两个村屯呈三角构架，很多时候，这三个村屯是"同饮一河水，共打一坡柴"的共处生态。

但这三个村屯的历史渊源追溯起来有一段曲折的故事。

却伦屯属"外来妹"。20世纪50年代末，为整合各生产队劳动力，更好完成各项社会主义建设事业，党和政府把原先从都安山弄里逃生到羌圩公社健康大队灯朝坡林里居住的几户韦姓家庭，搬迁到拉林河左岸来居家立业，并安名为"却伦生产队"。而塘池和却洪两个生产队是健康大队的"土著居民"，他们操着健康大队本地壮话，行着本地习俗，带着陌生的眼光审视这几个说着令他们半懂不懂的都安话的却伦人，在试探与接纳却伦人中度过了一段磕磕绊绊的日子。

经拉林河长年浇灌而土质肥沃的那桃（村周边那一片田地名）水田，原来是归属却洪生产队耕种的。自却伦屯搬迁来之后，政府把其划拨给却伦生产队。这好比自家的肥牛被谁活生生抢走一般，却洪生产队的人大为不满。有几个早晨，到出工的时候，却洪小队组织本队十多个队员到那桃水田地头，对正要进入水田耕作的却伦队员进行干涉，声称这是他们却洪先祖留下的自家地，不能就这样被人不明不白抢走了。却伦队员说这是羌圩公社革委会（当时乡政府）指派给我们耕种的。双方剑拔弩张，在地头上闹成一锅粥。最后双方不欢而散，农耕也无法继续。有一两个季节，那桃水田都因纠纷而丢荒着，田里长满了杂草，像两个生产队员们的心田一样的荒芜。

龙焚是却洪队里的一个古稀长者，两鬓苍苍，一撮山羊胡时常挂着星点口沫。在两个队为那桃水田纠纷争斗事件之后，龙焚一连几天天刚亮就拄着手杖来到却洪村头大榕树下，面对却伦队大声叫骂："你们这帮流民，无故来占了我们的土地，小心我赶你们回灯朝坡林里去住。"他一直叫骂，累了停，休息好了又骂，直到夕阳西下，黑夜才吞没了他的叫骂声，那架势像是却伦队的人挖了他的祖坟。

令龙焚没想到的是却伦队从没有人理会他的叫骂。很多人说，他年纪大了，糊涂了，不用理他。而且更让龙焚觉得徒劳的是，整个却伦队的人甚至都不知道，他们哪一点招惹了他。大家只形成一个共识：不要轻易过河与布侬（说却洪本地壮话的人叫"布侬"，搬迁来的人说的都安话叫"安定"）交往，如果可以，他们会老死不相往来。

那阵子，拉林河成了却洪、却伦两个队的楚河汉界。

事情闹到了健康大队部，大队支书带上协调队伍多次进驻两个小队做工作，仍未见明效。羌圩公社革委会也派人前来多次协调，主要是对却洪带头闹事的骨干队员解说政府搬迁政策。最终，却洪队员们慢慢地接受现实，停止了对却伦队正常生产的干扰。但他们中的很多人对河左岸上的搬迁来的

"安定"人总是心存芥蒂。

四

月转星移，时光如白驹过隙。拉林河两岸春风几度，庄稼青了又黄，河草黄了又青。放眼拉林河两岸山水人物，都呈现一派新时代的气象风韵。一排排青乌瓦房已换成一幢幢漂亮楼房，满坡的旱地长出一片片苗壮的经济林木，右岸上那条沙质公路已硬化成笔直的水泥公路，连接两岸的"卵石块桥"（在河里摆平几块大卵石让人踏过河）已被一座座小型石拱桥所替代，汽车小车突突过河驶进村庄。龙焚早已作古，他的孙子们过河来娶了却伦屯的姑娘当媳妇。

却洪屯能人梁源忠，很早就在南宁市邕宁区养殖山羊，他采取天然放养的方式养殖了生态羊，还引进其他品种培育了杂交羊，这让他的羊供不应求，在当地比较出名，梁源忠凭此走出了一条致富新路。2019 年，驻村工作队积极动员他返乡创业，并交心说："打工不如创业，金窝窝，银窝窝，不如自己的土窝窝。"这句话深深地打动了他。他认为富了不能忘了乡亲，决定回乡创业带动乡亲致富。开办却洪农民专业合作社，接纳却洪、却伦两个屯的贫困户一起创业致富。2019 年却伦屯硬化入村水泥路，梁源忠慷慨解囊，把却伦屯建设视为自家事情。在竣工宴桌上，梁源忠举杯动情地说，我们这一代人，早已忘掉那些时代造就的两岸隔阂，都是乡里乡亲，大家都要过得好。话语间洋溢一种浓浓兄弟情谊。

却伦屯阿富、阿和两个年轻人在县城合股买了辆大货车跑运输。前几年却洪屯自建篮球场，他们也尽其所能来帮助。免费帮运材料，还发动却伦屯年轻人捐款相助，说这球场建好了，也是我们一起运动，这是大家的球场。球场倒板那天，却洪却伦两个屯的男女老少一起上，协助机械作业，整个场面热火朝天，像 70 年代某个小队的生产劳动场景，铲刮声哐当哐当，笑谈声此起彼落。

祠堂，是灵魂的栖息地，祠堂周围都是同姓人家聚族而居的血缘村落。却洪屯的梁姓祠堂和却伦屯的韦姓祠堂坐落在拉林河两岸，门对着门，里面盛满了两个屯的历史沧桑。每年大年初一晚上，村民们就自发提上供品，毕恭毕敬给先祖祭拜，然后在祠堂里摆桌喝酒聊天。年轻人还带上音箱，搞各种娱乐活动。有几个大年初一晚上，我回到家参与祠堂盛会，酒正酣畅时，却洪几个年轻人乐呵呵赶到，先给韦家先祖们斟杯酒，烧炷香。再入桌端杯，觥筹交错，亲密无间。等酒到七分，又邀约却伦年轻友仔们过河，参与梁家祠堂的狂欢。左右岸两个祠堂，彻夜灯火通明，欢声笑语不断，一派乡下新年的味道。这时，我凝望祠堂院门上赫然刻着的字：宗功祖德流芳远，子孝孙贤世泽长。我想，这副对联表达的不仅是一种对传承的需要，更是一种对希望的期待。两个祠堂里的先祖们看到他们的子孙如此和乐无隙，他们该会有什么感喟呢。

有一段时间，拉林河因为生态环境原因，流量锐减，几近枯竭。但随着退耕还林政策的行之有效，两岸的坡林重新繁茂，水源渐足，拉林河又恢复了昔日的青绿。十里春风里，两岸的稻田绿油油，绿草青青，抬眼望去是一片怡人的绿意，泛着希望的光。

这像是两岸上"布侬"和"安定"人的生活。

韦 峰

韦峰，壮族，现在广西巴马民族师范学校任教。热爱读写，发表散文多篇。

在盘阳河边上闲散 | 十 月

闲散是从容，是淡定，更是一种生存方式、一种人生态度、一种成长自信、一种生活能力。在巴马，闲散可能还是益寿因子。在盘阳河边上闲散，沐浴到的是负氧离子、地磁、小分子水，还有远红外线，浸润的是自然之神韵与生命之壮美。

——题记

总觉得，一个人能够有礼数地撒野，不伤自然不伤人地放肆，能够有一定时间和空间，把自己安放到一个自由领地，随意闲散，自由逛荡，是一种福分。

譬如在自留地种下自己喜爱的作物，在遥远的他乡放飞思绪，在闲暇的时光里享受快乐的气息，在匆忙的日子挤得半日清闲……

在盘阳河边上，我看到许多这样的人。他们不为生计烦忧，也不为远离家乡发愁。他们像盘阳河边上的自由飞翔的候鸟，闲荡的马匹。

看着他们，我不由得怀想童年，回到稚真。怀念孩童时的水边游玩，水中的嬉戏。童年仿佛是富足的负氧离子，晶莹剔透的小分子团水，总是让人畅快欢愉、酣畅淋漓。童年的时间也好空间也罢，到处充盈着欢乐的气息。童年的我们拥有澄澈透明的思想，敞开的闲态，没有忧虑，没有苦恼，快乐总是随身随心。

人啊，年纪大了，就没了童年的纯粹的轻松与欢畅，那些轻快的时光也没有那么富足了，时常有着"缺粮"的惶恐、"填堵"的苍茫。故而有人慨叹：人长不大多好。

然而，又有谁能拒绝成长。能够做的，或许就是一个字：挤。在时间里挤，空间里挤。把自己调动起来，挣脱内心的枷锁，尽量删繁就简，清除令人磕磕绊绊的障碍。让空间挤出清爽的气息，放射出额外的快乐，挤压出自由的滋味；让自己的时间与空间变得阔绰一些、畅快一些。如果还能赚取额外的清静与轻快，为什么不去尝试一下。

我的额外轻快是挖掘出来的。和许多人一样，我平时常常被时间和空间锁定，快乐时常被自己和外在的东西给禁锢着、挤压着。由不得自己的东西太多，每天都被一大堆的事务缠绕，它们如丝似缕，挥不去遮不住，挣脱不了搁置不得，谁叫我们身负此担怀有所属呢，因为责任，该担当的我们一定得担当。可是，时间一长了，就感觉自己的生命似乎被积压着、磨蹭着，仿佛冬野里石头下窝着的种子藏匿的根系，没有成长，只有困顿与空耗。我们得调节自我，找到内在的和谐路径。后来，我还真有些觉悟了，在时间与空间里洞开一条隧道，找到了些许边角光阴和一小块空间，就像穿过时空隧道的百鸟岩一样，空间虽小，却有清新的负氧离子，时间不多，却充盈快活的气息。没时间没精力跑外头去，就守住这么一小块还算不错的空间，过好自己的小日子，消受着些许小清闲。徒步攀登周边的小山，侍弄一些小文，把玩一下小石，慢品一些清茶，闲散一下小水……虽然狭小了些，却还可以自由呼吸，可以自由地甩一甩膀子，喘一喘气息，深深地呼吸。

在写字时，排解一些积郁，梳理一下思绪；

在品茗时，忘怀一些琐事，及时舒畅地排泄；

在侍弄文字时，忘我无我，然后安稳地入睡……

如此，就亲切地感觉有空间，感觉有自己。

忙碌之后，自己还有那么一小点清闲，可以有丁点儿时间到野地走走，虽然不是真正意义上的旅游，却可以说是心灵上的一些放逐，生活就不那么忙乱，内心就不会抓狂。

我总觉得，这样的时刻有点小幸福、有点小满足。

哎，实话实说，我对小幸福的认识就这么肤浅：可以在还算清澈如水的日子信步，可以在一条还算清澈的河水边徜徉，可以不用双手遮眼捏鼻地放开手脚闲散，可以弯腰一掬却没有什么恐惧，可以在双休日到水边垂钓或者写生，翻翻河滩上的石子，可以把工作把事业暂时搁置，把远方忘记，找回亲近的自己，回到亲近的自然，回到清澈的水边，感觉鱼与水。

在盘阳河边上，我曾经和朋友们打发一些还算休闲的时光。游泳、寻石、垂钓、摄影，还有漫步。我们有时就端坐岸边，看着人们钓鱼、游玩、取水、漂流、闲散、游泳、写生、绘画。我们看着他们，心中的诗意如水在流动。

采撷一点清澈

盘腿而坐

日子就安静下来

没有远方，没有渴望，没有喧嚣

河水流过河床，流过石块，流过村庄

小桥不动，村庄不动，过去不动

我也一动不动

不用努力，不用激动

河水静静地匀速前进

我们的呼吸也一样细细地温驯下来

哎，这感觉真的安在，在自然野地，在灵魂家园。人是一个浑圆的整体，没有散架，没有走神。

我喜欢盘阳河的四季，更喜欢秋收过后，盘阳河畔坦荡真实的景象。秋水无痕清见底，有木筏划过，涟漪如花舞。空荡里走动的，往往才是真实的灵魂。没有欺诈，没有恶搞。大自然的本真从不与人藏匿，藏匿的是那些不珍视自然的人们，是他们内心隐藏的阴谋与不可告人的目的。

收割过后的田野一片空旷，此一堆彼一堆的稻草垛，静静地敞在那里，白鹭轻飞或者栖落在上面，像白皙的帆点。有时，有一两处燃烧着的稻草、马粪，袅袅地冒着白烟，好像大地轻摇着洁白的手绢，示意高天秋空的云朵，不是再见而是呼唤。你看呐，岸边的农家，间或冒出细柔的缕缕炊烟，与其说它们是一场出发，倒不如说它们在溜达，仿佛秋收过后的农人，舒缓的脚步、富足的表情里多了一份厚实与笃定，比任何时候都显得休闲。放学归来的孩童，大幅度的奔跑与跳跃，让田野村落都生动了好多。盘阳河边上闲散的牛马，它们在田野和河岸自由信步，间或地嘶鸣，似在一条乡村道路走着的欢愉的行人，悠然惬意。它们是这个季节最休闲的劳动者，在硕果累累的领地闲散，不用细数收成，不用寻找旧迹，也不用考虑是不是还在春天。这不能不说是一种坦荡，一种对生命的自信与自足。

没了这份洒脱，此时此刻，人们最想做什么？把自己当作马匹，放牧于河边野地；当作河中的鱼，随意游弋；当作渔夫，戴斗笠、执鱼竿，"一壶清酒一竿风""山月与鸥长作伴""自庇一身青箬笠，相随到处绿蓑衣"等，宁静、恬淡、闲散、自由，这该是何等的幸福。

这样一种精神置换，不是什么时候都可以做到的，但如果现在置身于盘阳河边，它可能就油然而生了，而且还可以立即加入其中，或垂钓，或泊舟，或漂流，或漫步，或游泳，或汲水，或作画，或者干脆就坐于岸边眺望，远山近水，还有行人，都可以作为观瞻的内容。也许我们的闲荡可能有意无意成为画里的内容，诗里的意境，增加了欢愉的厚度，还在意那个裸泳干吗？

在坡腾水湾口，我总能看到老渔翁在晨雾未散的时刻，戴斗笠、穿蓑衣，撑起小舟沿着河岸收网、撒网，那些白花花的鱼跳跃在空中，有那么一个时刻我把它们当成阳光，温暖、透亮。老渔翁抖落网上的小鱼，让它们又回到水里，偶尔有一两条卡住网上的，就摘下往背篓里塞。早起的农妇，在河边浣衣、打水、侍弄菜畦，一幅乡村晨曦的水彩画，就活生生地铺展在眼前。每当身临其境时，我总觉得自己好多余，有那么一点的不自在，大概是因为自己没有一叶舟，没有网，没有那些与自然河水亲密接触的物质，而又不能趁着秋水清凉痛快地裸泳而去。尽管有空间，有时间，我们却不能迈出半步，呆愣在河岸边，极目远眺，看晨曦把一点点红晕迸射出来，把身子的一茬茬想法蒸发了去。

提到甘水桥边，还是不能回避停靠在岸边的木筏，没人搭乘的时候，很是闲在，却看不出孤独与寂寞。有影子相伴，有鸭子相随，有休闲的人儿相伴，不是充实又是什么。一旦有人坐了上去，木筏慢悠悠地晃动起来，让河水笑着，让木筏欢快地向水中荡去，人欢了，水乐了，岸跑动了。还有水中那些小鱼，一下子积极游动了起来。我不喜欢停靠在边上的车辆，那光亮的釉光，隔人隔天隔水。我特别讨厌那些呛人的汽车尾气，风一旦不听话，轻轻一吹它就窜进了人的体内，把刚刚活跃的气息扰没了。我敬重那些文明的驾驶员，他们靠惯性轻轻地滑入驻地，不鸣笛，不加油，不带尘埃，即使我不愿意，却也不讨厌，内心之境并不杂乱。

在坡纳屯，行走在河边的人行道上，这里自然清静许多。如果此刻正是早晨，我们可以看薄雾绵绵，看流水潺潺，看秀竹苍苍，看杨柳青青，岸边竹柳交集，透过竹柳，对岸百马村居如梦如幻。揣摩着，梦应如一尾漏网之鱼，与行人作深深地相望，梦与自然和谐了，人与河水和谐了，村舍诗意地栖居。省道顺着盘阳河水延伸，水流与车流相衬，人流与水流相随，竹守候，柳轻迎。沿岸风光更相待。再回望坡纳农家乐，便浮动几分诗兴：

天天与水照面，行人如流，水不断

竹影摇晃，柳条轻舞

摇来荡去的小舟，不曾搁浅

几多目光拴住，池莲小语，流连忘返

多少梦幻连载，鱼水绵绵

不想回去，想做水鸟

沿着坡纳的水岸低飞，轻歌

在巴盘长寿屯，我喜欢站在路口这边看桥，严格地说是观人。一是石孔桥，一是铁索桥。我感觉石孔桥上车辆行进得并不自在，铁索桥上步行的人儿才是风景。他们不慌不忙的神态才配岸边的古树、桥下的流水，才配岸边浣衣的老妪、水边牵牛的大爷。在这里，晨景最真实。这时大批次的游客还没有游动起来，车辆还没有穿梭起来。老人门前走走，孩童徒步上学，小鸟枝上欢叫，桥下流水潺潺，水面薄雾轻荡。在村道来回走动不久，一些老人便回到家门前端坐，朝着流水张望，不知道在畅想什么。等到中午和下午，这样安然的景象就被淹没了，大量的游客过来探索长寿的秘籍，老人的淡定与笃厚，有人看得出了，也有人不明白。每当我陪同客人随行巴盘屯，问起老人长寿之道时，我常常会想到盘阳河，想到三个词：自然、休闲、平静。然后，我一一解释起来，虽然不很科学，但客人都还认同。毕竟，人都是自然的存在物，人应该自然地安在。

为生活奔波劳碌是人生常态，但若能从繁忙里偷得半日清闲来执一壶香茶，斟一盏美酒，疏浚一下内心，人才更能体会生命的原本，感知生活的本真；为生计绞尽脑汁是人生常态，但若能抽出时间来放缓一下脚步，听两曲小调，聆几缕清音，看花开花落，望云卷云舒，那就不会把自个儿给弄丢了，就能感觉自己还真真切切地存在这里，就能感觉活着比什么都好，健康长寿比什么都幸福。

　　"仁者乐山，知者乐水。"在盘阳河边上，可以乐山，可以乐水，特殊的地理自然环境，高浓度的负氧离子、高强度的地磁、丰富的远红外线，这些看不见、摸不着的自然外在物，却暗地里助人一臂之力，让人的身心容易闲适下来，轻易就可以进入美丽的梦乡。然而，假使心事太重、念想太杂，无论是什么力量也帮不了。其实，空闲并不等于休闲，只有身闲与心闲的统一，那才是真闲。身闲而心不闲，那可能是寂寞与空虚。"遂造穷谷间，始知静者闲。"李白在这诗句里，以"静"诠释了身闲心闲的双重融合，乃闲之境界。境界的休闲才是真正的休闲，如庄子所说的"至虚极，守静笃"（《道德经》第十六章），如儒家所追求的"仁者静"（《论语·雍也篇》）。静里乾坤，仁者无敌。可是仁，需要我们终生修炼，像盘阳河边的长寿老人，仁爱笃厚，延年益寿。

　　在这个连上洗手间都要跑步的时代，有太多的人在狂奔中使物质生活的道路没了堵，却在精神生活上堆积了不少堵物，这堵物呀，都是自己添上的，都是自己的心思静不下来，沉不下去所造成的，因为他们从不知道闲适下来，从来没有及时清淤除堵。心里有堵，心不静，即使身体徜徉于盘阳河边上，还是在别的什么地方游荡，也不会栖居下来，"奈何之桥"还是渡不过去。

　　因此，在盘阳河边上闲散，最好清空好自己的心灵，不让那些堵物坏了眼前之美景。假如为了排解内心之堵而放马盘阳河边上，最好珍惜那些看不见、摸不着的自然之乐，努力让它们把内心之堵块一一清除，尽量让自己迈上境界的门槛。

　　好了，什么都不用多说，还是到盘阳河边走走看看吧。

风流灵岐河：天下最美味的河 | 陆寿青

故乡的灵岐河，是一条风光无限美的河。

在巴马县境内，灵岐河是仅次于盘阳河的第二大河。相比早已声名远扬的盘阳河，外人对灵岐河知之甚少。也因为少人惊扰，灵岐河生态完好，至今仍如养在深闺的少女，明眸皓齿，纤尘不染，纯净如初。

灵岐河是珠江水系西江干流红水河段的一级支流，又名清水河，源头位于巴马县那社乡公爱村所略山，流到所略乡六能村后潜入长 17 公里的暗河，到燕洞镇赖满村流出地表后，分成两条支流：

一条是燕洞河，古称里定溪，又称达参河，从燕洞镇赖满村流出，经巴马县燕洞、龙威、子帽、岩廷等村流入田东县境义圩镇的世木、东冠、甲芬等村。

另一条是那拔河，古称隆溪、隆江，又称达州河，亦从燕洞镇赖满村流出，经巴马县的所略乡，田阳县（今百色市田阳区）的玉凤镇流入田东县境，经田东县那拔镇的福星、那拔、六洲和朔良镇的杏花、宝达、朔良、巴鲁、南立、元色和义圩镇甲芬村。

灵岐河干流超过 150 公里，流经巴马、田东、田阳、大化四个县（区），流域面积达 1930 平方公里，其中在巴马县境内长 82.2 公里，沿途先后有车斗、那敏、周旧、坡羌、册巴等支流汇入。灵岐河进入朔良镇的元色村后流往下游的巴马县那桃乡、百林乡，再往下流经大化县羌圩乡的那良、健康等村，最后在岩滩电站下方的古龙村注入红水河。

我的家乡巴马县那桃乡那敏村那兰屯位于巴马县与田东县的交界处，也就是那敏河与灵岐河的交汇地带，属于灵岐河流域中下游。以河为界，河西属于田东，河东属于巴马。因为地理位置特殊，无形中，我们屯成了区域交通要道，县际之间的不同语言、民俗文化、生活信息在这里交集、碰撞、融合，形成了以"那"为标志独具特色的稻禾文化。

关于灵岐河，家乡一直流传着一个美丽的传说。传说上游的那拔河是"男河"，燕洞河是"女河"，这对恋人在燕洞镇的赖满村分手后，商定于凌晨鸡叫时分一同出发，相约走到我家附近的"高皮北"（山名，我们当地最高的一座山）山脚下汇合。然而，心急的"男河"为了早日见到"女河"，未等凌晨鸡叫就偷偷提前出发，结果跑到"高皮北"山脚下却不见伊人身影，只好又折回去找人，最后终于在田东县义圩镇甲芬村遇上了失联的"女河"，从此这对恋人再也没有分开。

地势的鬼斧神工给这个爱情传说注入了神秘的色彩。事实上，从空中俯瞰，可以看到沿着那拔河的来向有一道沟壑直通十几公里外的"高皮北"山，可因为中间有一道小山脉从中拦截，河水流到田东县朔良镇南立村后，不得不拐了个弯，形成了一个"U"字，往来向又折了回去，最后在甲芬村与燕洞河汇合，这给"男河""女河"的爱情故事提供了有力的注脚。

灵岐河是一条古老的河，孕育了流域两岸世世代代的壮家儿女，仅在我们家附近，就遗留有不少村落遗址，其中有的还留有文字记载。比如位于那桃河（又名周旧河）与灵岐河交汇处的明代恩城州聚落遗址。《二十四史广西资料辑录》有载："恩城周唐置羁縻恩城州。宋、元、明初因之。唐属邕州都督府。宋属右江道。元属田州路。明直隶广西布政司。弘治五年（1492年）州废。故治在今巴马瑶族自治县（旧恩隆县北）。"1954年以来，村民们先后在该遗址采集到碗、铜制秤砣、古币等一批文物，县文物管理所随后也在遗址采集到蝇纹陶片、澄滤器残片等。经初步鉴定，该遗址始于新石器时代，迄今约 5000 年。

相比于恩城州的久远，距离我家不过两公里远的"巴澜湾旧圩遗址"虽然没有文字记载，但因年代更近一些，历史脉络则更清晰具体一些。该遗址位于那敏河汇入灵岐河的河口交汇处，两河交汇，群山（龙）聚首，如犬牙交错般勾连，这里地势开阔平缓，舟楫通达，上可达田东义圩、那拔，下可通百林、羌圩、岩滩甚至梧州、广州。

据家乡老人口述，当年"巴澜湾旧圩"已有百来户人家，是灵岐河流域非常热闹的一座名圩。熙熙攘攘，人来人往，巴澜湾的繁荣惹人眼红，最后竟毁在了一位无良地理先生的手里。传说地理先生为了害巴澜湾人，给他们出了一个馊主意，他凭着一个巧舌，说服巴澜湾人在半岛边凿一座砖窑，说火是旺的，这样巴澜湾就会越来越繁荣昌盛。巴澜湾人不知是计，结果中了圈套，砖窑一建成烧砖，龙脉即被烧断，龙血奔流，河水瞬间变成红、绿、蓝三种颜色……从此，巴澜湾陡然没落，到最后，百来户人家的一个大圩竟然全不知去向，消失得无影无踪。

"巴澜湾旧圩"如今还遗留有许多遗物，比如古墙、砖窑，老百姓开垦还常常挖到瓦片、陶片、磨石等物。我们那兰屯一位老人（现已去世）曾不止一次说，他睡的床铺就是上辈人从巴澜湾扛回来的。按此推算，巴澜湾消亡的时间大概在清朝中后期，至今 200 年左右。

最后见证着巴澜湾历史的是一棵古老的黄葛榕树。这棵古榕树长在巴澜湾半岛的那敏河边，"树干差不多有一间房子那么大，连树枝都可以拿来锯大木板"，树枝伸到了河对岸，树冠占地大约 10 亩，树龄不下千年。1969 年，村里的老百姓为了垦荒造地，就派人去砍树。无奈这棵古榕太大，靠人力砍不倒。黄葛榕"外强中干"，树心是空的，最后人们改用火攻，点火烧树。据说大火烧了整整一个星期，树被烧倒的那一天，"轰隆——"一声巨响，震到了几公里外。"当时我们才十来岁，很多人都纷纷跑去看。"提起这棵硕大无比的"神树"，村里的老人无不痛心疾首。

　　"巴澜湾旧圩"如流星般一闪而过，留给当地人的唯有不尽的追忆与叹息。与之相比，在巴澜湾下游距离不到一公里远，被称为"美女地"的"巴比古村落"虽然也已经不再，但却是向死而生。

　　"巴比古村落"位于灵岐河的东岸，与"高皮北"山隔河对望。据说"巴比古村落"后面的山上有一口清泉，这口清泉哺育出来不少美女，所以"巴比屯"也被誉为"美女地"。也因为这里的女孩太漂亮，容易被附近的有钱人"抢"走，由此招惹是非，甚至招来杀身之祸。

　　为了辟邪，巴比屯的人纷纷逃离家园，一部分搬到了我们那兰屯，一部分搬到了下游的六纳屯，村落消失了，但后人还在，血脉还在……

　　追溯起来，"巴比古村落"消逝的历史也不过才几代人的事，现在遗址上仍遗留有一些旧墙，小时候我们去劳动，还常常蹲在墙边躲雨，如今回想起它，流走的岁月就如当年的那口"美女泉"，再也不见踪影，空留一地的峥嵘，让你不由感慨万千。

　　灵岐河还是一条红色英雄之河。当年烽火连天月，由邓小平、张云逸领导的红七军部分连队就是在灵岐河一带活动搞革命，其中红七军九连副连长陆德兴就出生在现在的巴马县百林乡平田村六纳屯（当年隶属田东县），在百色起义中英勇就义，其英名如今与3000多名英烈一道永久镌刻在百色起义纪念馆英雄厅的墙上。

　　在当地，我们习惯称灵岐河为"大河"。从我们家走到"大河"，大约两公里远。对于我，"大河"是真正意义上的母亲河。因为母亲就是从灵岐河上游——田东县朔良镇元色村那色屯远嫁过来的。

　　灵岐河流域，以壮族为主。不同的河段，人们口音都不一样。根据口音的不同，母亲那一带的田东人叫"布侬"，我们这一带人叫"布调"。这就好比我们管平果榜圩人叫"布忠"，而将都安人叫"安定人"一样。

　　难以置信的是，从母亲嫁过来直到离开人世，无论光阴如何流转，40多年间她的"布侬"腔调一直不变，真可谓乡音不改。也许，这就是灵岐河烙印在她生命里的永恒胎记。

在我的记忆中，"大河"那边的人都会划船和打鱼。尽管母亲身材娇小，但每到我们家门前的小河洪水暴涨时，她都自告奋勇划船到对岸渡人。看她操着船桨，划着轻盈的木船，在浪尖上来回穿梭，我就对母亲怀着一份崇敬之情，进而对"大河"那边的人增添了几分由衷的钦佩。

故乡的河流仿佛流淌在身上的血液，无论你走到哪里，都感觉热乎乎的。有一年我带父亲去广州游玩，我们站在广州塔454米高的顶端上，俯瞰美丽珠江，父亲不断地惊叹："广州河好大啊！"我说，我们家乡的河水就是流到这里来。"啊，原来这样啊？真的是这样啊？"父亲一脸吃惊，接着自言自语："这么说广州离我们家也不算远啊！"那一刻，珠江变成了家乡的河流，让父亲找到了亲近那座陌生城市的密码。

对我来说，如今的灵岐河，就是天下最美味的河流。灵岐河的鱼种丰富，有芝麻剑、桂花鱼、腊锥鱼、鲤鱼、草鱼、塘角鱼、花鱼、黄鳝、蓝刀鱼、鲶鱼，几十个品种不等。走南闯北，我吃过黄河、长江的河鱼，吃过北部湾、东海的海鲜，但还是感觉灵岐河的河鱼最鲜美。这里的河鱼无论是做鱼汤，还是香煎，就放油盐，不用其他任何佐料，便美味无比。在当地，客人到家，除了那敏鸭、那敏酒，要是能添一道灵岐河鱼，那就是最高的礼仪了。

而对我这样常年在外的游子，每次吃到灵岐河的鱼，我就仿佛吃到了家乡的味道，鲜美无比，回味无穷。

这就是我家乡的灵岐河，一条故事写不完的河，一条天下最美味的河。

陆寿青

陆寿青，壮族，现供职于广西法治日报社。

巴马：山川神圣，生命活跃 | 张演钦

谁不知道巴马？

她是如此的赫赫有名！

但深入探访，于我却是第一次。名、名气，在他人的眼里，是观看世界的望远镜和显微镜，是通向世界和未来的桥梁和几杖；于我，却是需要去破除的魔障。名，可能是迷雾，遮蔽着我们对真实的探知；可能是让我们出不去的井，给我们一片小得可怜的天；名，可能是一面镜子，它让我们看到的永远是自己，在明亮的晃动中，让我们的虚妄和偏见，及于山川四裔……

一

2019 年 3 月 25 日，艺术名家赴巴马采风团忽然就在从广州发往巴马的动车上了。一路春光旖旎，群山起伏轻舞，近者倏忽而过，远者一路欢歌。但当得知正式进入巴马地界时，团员们还是忍不住雀跃起来，齐刷刷地把目光投向了窗外。

窗外，亿万的负氧离子迅速集结，"突突……突突……突突……"地穿过重重的坚固的动车玻璃，朝人扑来，刹那间钻入每一个毛孔，融入每一条血管，流动、驳通、转化……

接车的同志迎我们上中巴，走高速。一路上，大家更是举起相机，拍个不休。

今天，回想起那个温暖怡人的接车时刻，回想

起那些明晃晃的天空和无处不在的绿莹莹的山川，回想起巴马的长寿老人和桃花源，回想起巴马的香猪与清酒，我们开始总结巴马的山水之美，它在于山奔海立的奇，在于草长莺飞的活，在于波澜不惊的静，在于天人合一的灵……

当天晚上，入住赐福湖附近的宾馆。

宾馆地势极高，可以容我们高高地俯瞰赐福湖，犹如俯瞰整个天下，斗转星移，而脚跟恒定如一。脚下近处，红棉开得正是时候，万绿丛中点点的鲜红，如天上纷纷扬扬飘下来的春的花瓣，代表着春天特有的野心和邀宠。再远点，赐福湖如一块碧玉，平整地安逸地横陈大地。它和地心垂直成一线。地力穿越狂暴的底下岩浆，突破重重的地幔，不顾一切，要挣破所有的束缚和暗黑。而在到达地壳时，忽成强弩之末。于是在此处，所有力量刹那消散，所有情绪安泰如春梦，所有欲望平息似止水。曾经不可阻遏的虺怒豹奋，如今竟然化成了一汪冰水、一块灵玉，掩映在群山万壑中，静观天地流迁，散发出迷幻的幽光。

睹此奇观，大家自是啧啧称奇。后各自散去。

夜来了。

只是如此美景，教人如何舍得安睡？

二

翌日，深入巴马采风、写生。

何谓深入？人到心到，心到意到，意到情到，便是深入。

今之旅人，但是匆匆过客，只为"到此一游"，而后发朋友圈以炫耀又一次对"诗和远方"的成功抵达。

我们渴望将诗带给远方，再把远方——拢入我心。

是日清晨，天气极得人心：虽小雨，但清爽；雨中朦胧的意境，带来心境的敏感和细腻。一路不断兜兜转转地上坡下坡，在丰饶而纯粹的绿色中，口是有说有笑，心是有起有伏，我们就这样到了水晶宫。

水晶宫的壮丽和奇美，令人难忘。它和别处的景观洞穴如此不同，爽朗大方，绝不阴森；它的总体造型给人以庄严而雅艳之感，如见武士执戟立军门之外，如睹美姝素颜劳绩于东亩之间；它是如此的堂堂正正，清明朗曜，绝非那种东施效颦般的扭捏和恶俗，又无那种装神弄鬼的神经兮兮。然而水晶宫也奇崛，这种奇崛，带有高古的气息，静穆沉重，不允轻佻。

出了水晶宫，继续行车。行到一半山腰处，导游忽然自豪地高声提醒："命河到了！"

下车，俯瞰。果然如导游所述，命河如"命"，只不过是草书。只见这条闻名遐迩的河流，穿过历史和地理的迷雾，亮晶晶地展现在了眼前。这是一条不算大的河，但大自然的伟大力量赋予了它独特的禀赋和深情，以及和人世间相交通的超自然能量。在丹霞山，我们惊讶于阳元石的刚强欲折；在黄山，我们叹服于迎客松的君子遗礼；在命河边上，我们竟然没有惊叹于大自然的绝妙呈献，只是觉得内心清凉，万化皆止，唯一条澄亮的河流，缓缓流迁，从心脏流到指尖，从头顶流到脚底，从一根发丝流到另一根发丝，从一条血管流入另一条血管……这样的感觉，前所未有。我们对生命总是保持无尽的渴求，因而忽略了死亡才是我们真正的归宿。但是，面对着命河，我们居然抛却了日常如影随形的耳提面命，刹那间平复下来。

子曰：逝者如斯夫，不舍昼夜。眼前的一切，何其缓慢和平淡。它舍，也不舍；它流，也止。它不消逝，也不增益，它饱满之至，它真实得渗入了大地和人心，它浪漫得让时间和身体一时合体。

它没有让我们更懂得生命的意义，它只是让我们在时间的草甸上感知生命的真实存在。现代哲学的贤者反复提点我们说：存在先于本质。是的，此刻的真实所感，就是生命的本质。生命不是一条匆匆而逝或缓缓向前的河，而是一次又一次对自我真实存在加以确切感知的所有组合。

下午，入百魔洞。

此洞，虽名百魔，而毫无魔性。相反，是一片清净之地。更奇者，是洞中有天，天里有梦，梦里分不清主客。这片广袤的洞窟里，藏着巴马许多的文化密码，每一颗水滴，每一寸岩柱，每一缕洞风，都带有远古少数民族部落生生不息的秘密基因。它随水流而去，它因岩柱而住，它被清风送还。它永远在洞窟里萦绕，向来客讲述一个个生动而单纯的故事。部落首领的号召，部落成员的劳作，男的壮实，女的贤惠，老的怡然，少的淘气……这样的片段和歌咏，穿越了千年，依然弦歌不辍。此情此景，令人思田园。西游记式的荒诞情节和尔虞我诈，终是与这里无缘。

出百魔洞，入百鸟岩。

百鸟岩外的一处广阔平台上，风光绝美：脚下是河，青绿得仿佛凝结了的寒冰；河对面，是两座山峰，不高也不低，呈乳房状，如武则天乾陵双峰。如在眼前，似乎触手可及。它粗粝而柔和，躁动而稳重。山后，是山的顾盼，是雾的蒸腾和起灭。画家们纷纷拿出工具，抚景写生。

忽有渔人披蓑衣踏一叶小舟，款款而来。在眼前，撒下了网。网下未几，起，得大鱼若干。河水阵阵涟漪泛起，往外一波一波地送出，由小而大，由急促而平缓，最后消失于山脚的白雾中。远山依旧白绿，不闻鸟语。

还是入百鸟岩吧，它就在附近。

登船，着好安全服。小船缓缓而进。两岸有青山如聚，山脚有田园连片。

忽然，导游说：大家注意了，百鸟岩在前！

周围只有沉寂。没有想象中的人声喧哗。河的尽头，两岸的绿竹，更加郁茂，河面突然加宽许多，前方河面之上，被浸了一半的山体，露出了巨大的黑洞般的大口，要将天地和我们一起吞噬。

这就是百鸟岩。

入岩。导游打起手电。一路解说，一路惊险。人在极度的黑暗中，不是胆怯控制了人心，便是勇敢战胜了自我。黑暗的意义，是让自己在极度单一和恐惧的环境内，激发出自己的力量和心智，迎向光明。光明在前，而黑暗在左，在右。岩内虽有景点"一线天"，漏下一线光来，但却是遥遥地自天而下，很是倨傲，与我等何干。洞内多景点，每到一处，导游便举手电，一一解说和渲染，声情并茂，竭力引人入胜。多数时间，我们还是在黑暗中行进——我喜欢这样的感觉，因为总是知道：黑暗只是虚拟，光明却是永恒。

三

晚上，和当地艺术家联谊、雅集。

巴马，果然是长寿之乡，处处展现出长寿文化对巴马的塑形。这样的形象是如此的真实，正是因为文化的文而化之之功。有的文化，是文而饰之、文而非之。巴马的长寿文化，是如此的真诚和切实。我们在一处深具地方和民族特色的地方进行交流。巴马的长寿文化，渗透到这里的每一个角落，它在高大凝重的长寿牌坊下，它在稳稳的泰山石敢当里，它在清末皇上对长寿望族的赐诰中，它在随处可见的皤皤老者的眉目间。

人们对巴马的长寿文化如数家珍：补粮、送寿、祝寿、备棺，独特的民间敬老爱老习俗；珍藏于民间的"惟仁者寿""寿比岗陵""春圃烟霞""誉重一乡"等皇帝御赐的礼赞仁寿的匾额；传颂于民间的"送寿歌""劝孝歌""祝寿联"；巴马民间世代言传身教的敬老习俗……

在巴马，我们常常遇到长寿老人，一问，年寿往往过百。有的老者，拉着我们的手，热情地讲述这里的历史和自己的际遇。有的老者，依然在田园中日出而作日落而息，不辞劬劳，怡然自乐。他们习惯了不变的生活方式，他们迎送过红色队伍，他们有过激情燃烧的革命青春，他们一辈子劳作、休息、歌唱、舞蹈，他们用一生的时间来感受欢欣、接纳悲伤、抚平伤痛、享受爱情，就这样，一转眼就已经过了百年。他们不知道，他们的土地和生活，即将发生重大变化。大健康、数据库……这些概念，他们虽然懵懂不知，但看到这块土地上忽然增多的人流，看到儿孙们日益饱满的热情，他们一定会注意到这么一句话：据说，更长寿的秘密只有一个……

巴马！准确地说，是未来的巴马。

巴马除了长寿文化，书法文化也是声名远播。是的，她是中国书法之乡。在巴马期间，我们去了巴马书画院，见识了当地书画家的激情和技艺，令人感佩不已。

四

3月27日这天，入巴马龙洪村。

是村也，有小溪绕过村西，折流向南，环抱村庄。屯三面青峰罗列，古榕、修竹垂岸吻波，水光潋滟，树影婆娑，渔舟出没其下，鸟喧歌嚓于原野。

画家们太喜欢这里了。

中巴将大家投放到村里操场上，大家便自由行动，一时四散。青峰仿佛正从四面八方笑着攒拢而来，迎接它难得一见的贵客，如竹笋出土，如馒头上台，如瑞兽蹀行，如仙人独步……

花了半天，走遍全村，回到操场，即可收获一路的心花怒放、心旷神怡。我对龙洪村的总体印象如下：前是大片大片的野花，开得肆意，令人止不住地神奔情逸；后面是刚刚收成的田畴，收获的喜悦还弥散在空气中；左边是溪流萦绕，忽隐忽现，跳腾着小鱼和小虾，裹挟着小草和落英，催发着香气和梦想，一路向着自由和浪漫；右边是一汪深潭，呈深绿色，寒气逼人，潭边芦苇极盛，踏过石头垒成的断桥，到得潭的另一面，全是桃花，可惜未开，否则，便是漫山遍野的粉红花瓣在天空中飞舞，越飞越高，最后消散在青天之上，如此情景，该是如何的让人情难自禁……

时近黄昏，炊烟四起。很快，空气中飘出了柴火饭特有的香味。夜幕降临，黑暗笼住了一切，也封存了一切。这个世界给我们的确定性越来越少，唯有黑夜和白昼不厌其烦、按部就班地轮替和接力，让我们内心安然。

整个龙洪村，自由自在，遗世独立，真是浪漫和美好的极致。晋人陶渊明所说的桃花源，亦不过如此吧。人类文化，向来重田园。

画家们发出特有的赞叹：原来，这里藏着一个中国最美写生基地！

是的，在巴马，我们想到了以下这些句子，它是如此的抽象，如此的放浪形骸，但唯有如此，才能形容龙洪村不着痕迹、不着边际、不急不躁、不枝不蔓的美与妙：

> 浓因于淡，
>
> 光英朗练，
>
> 清幽澹然，
>
> 彩丽竞繁，
>
> 方是妙手，
>
> 落纸云烟，
>
> 神与境合，
>
> 春水伊人，
>
> 媚语摄魂，
>
> 由工入微，
>
> 机锋侧出，
>
> 幽情单绪，
>
> ……

以前我们在汉语里找到桃花源，今天我们又在桃花源里思念汉语。

龙洪村，此刻就是我们的桃花源；此刻，因为它与词语的勾连，也就由此刻而成了永恒。归来后，我养成了一个习惯：早上在喜马拉雅上听听陶渊明的《桃花源记》和《归去来辞》，便内心充实起来，同时忽念龙洪。

回到巴马采风时。一日午餐，遥望远山如满月般缓缓升起，著名文学家、艺术家刘斯奋先生忽然拍案大叫：

取酒来！

时山淡而水白。

众人索诗：如此妙景佳致，如无诗，何申雅怀？

刘先生沉吟半刻，口占一绝：结队随春到寿乡，寻幽探胜兴飞扬。浑忘自非杯中客，入座豪呼索酒尝。

众人拊掌称好。酒来，纷纷大碗端起，大口喝下。

五

在巴马，画家画啊画。在田间地头，在深山老林，在山风习习中，在炊烟袅袅里，在笙歌之后，在了然之前。

马不停蹄，不辞辛劳，短短五六天，积稿数十幅。

最可圈可点者，是"美丽巴马长卷"——《江山如画》图。

非有山水长卷，不足以寄深情，不足以兴幽怀，不足以一展壮阔山川、如梦巴马。

一个普通的黄昏，广州画院。艺术家们开干了。

十米长卷，静静地躺在画案上。

国家画院专业画家、广州画院院长方土先生踱方步来，近前，左右挪动数下，眉头紧而驰，驰而紧，忽执笔，蘸墨，略停空中数秒，突然俯冲而下，如隼击狐兔，铿然有声，遂于纸上纵擒，来回数番——或迟或疾，或粗或细，忽上忽下，忽左忽右，后戛然而止。此时，川岳现形，草木滋荣。观者大叹精彩。

半小时后，方土先生退，潘小明先生进。潘小明先生退，宋陆京先生进。宋陆京先生退，陈一峰先生进。陈一峰先生退，蒋彦先生进。蒋彦先生退，陈辉荣先生进……

俯仰之际，进退之间，不觉已是夜阑。

长卷得以成！

长卷甫成，声震画坛。

一代画坛名手郭莽园先生展卷，见其山崔嵬以嵯峨，其水浃渫而扬波，有壮丽之目，慨然命笔，题名曰：江山如画。

刘国玉先生见长卷清丽，垒砢而英多，以为绝俗，亦欣然提笔，于卷末书自作诗一首……笔精墨妙，自是不在话下。

长卷中，山峰蜿蜒，水流仿佛若有声，而时间在此凝固。巴马的天造秘境——命河、水晶宫、百魔洞、龙洪村、百鸟岩，一一浮现；巴马的天空和山川，跃动着光芒四射的精灵；巴马的色彩和调性，明练，高雅，深沉，轻灵……

此时此刻，山川神圣莫名，生命活跃起来。

张演钦

张演钦，广东茂名人。现为中国国家画院、广州美院、广州画院"国家青苗画家培育计划"课题组专家，广东省美术家协会中国画艺术委员会委员、策展委员会委员，广州画院特聘画家，广东省中国画学会理事，羊城晚报艺术研究院执行院长。著有《新千字文》《文人画笔记》《展览新思维》《郭青序》等。

金水流香 | 韦炳旺

一个人总要与一个地方、一条小河、一家书店牵扯在一起的。因为它们是情感记忆的存储器、孵化器。

巴马县城有家小书店，搭建在巴马古城路的一条小河上，前面是横跨的小桥。小河叫巴发河，因小河的源头在定金山，加之下大雨时河水呈现着红土色，如流金般。因而当地人也叫金水，桥便称金水桥。自然，这家书店就叫金水桥书店了。

巴发河与南来的巴徐河汇合之后就向东流，叫巴马河，巴马河往下走两公里便与盘阳河、龙洪河相汇，叫"三江口"。它们是小城的血脉，滋养着小城。金水桥书店就在巴发河与巴徐汇合处上游百来米处。中间还有一座桥梁，是303国道必经的单孔桥。金水桥与之有50米之遥。从金水桥上的书店张望，颇有几分诗情画意。

有水有桥有人家有书店，小城便有了味道。金水桥书店不大，只有一层，大约70平方米，但精巧、玲珑、别致，像一本"日记"。书店离古城路约10米，路横在小河上，交叉处就是金水桥书店。小桥一直延伸到书店里，桥下河水潺潺，静谧自然。平时街道车辆行人稀少，是个读书看报的好地方。每个周末，我都会来到这里蹭书，晚风不时从河面吹来，河水的清香伴着书香即刻在书店里荡漾，我喜欢在这样的气息中翻阅静读。这味道，这阅读，牢牢地存储在我的记忆里。

35年前，命运把我与巴马小城连在一起。那年7月，我初中毕业，一纸录取通知书，把我带到了巴马小城，再把我和金水、金水桥书店紧密地联系在一起。

我就读的学校是广西巴马民族师范学校，坐落在小城北面的麒麟山下。学校宽阔、幽静、富有灵气，金水河就从离学校大约300米的正前方流过，左边还有一条小溪缓缓地注入金水河。校门对面是巴马镇文化街。说是文化街，大概是因为有师范学校、高中、教育机构等分布，但其实当时街道周边除了几排骑屋瓦房，几家加工厂，其余都是广阔的农田，文化街还是农耕文明的景象。当时小城的生活条件很差，城区脏乱差的现象相当普遍。穿过骑楼瓦房的人行道，随时可以看到拴在骑楼柱子上的水牛、黄牛，牛屎、牛尿自然就在人行道上暴露无遗。因为主人不及时清理，整条大街散发出一股难闻的骚味。我本来就不喜欢读师范学校，小城给我的印象不是想象中的"城"，还有城里很少有的这股骚味。一段时光里，我都十分抑郁。好在每个周末，可以越过它们经过古城路来到金水桥书店，加之校园幽静、老师们亲切和蔼，还有同学们团结友爱，那股骚味才没有那么讨厌与强烈。

因为金水桥书店、金水河，久而久之，我喜欢上了这座小城。

我的同桌卢纯光喜欢看书，我也喜欢看书。因此彼此就互相拉扯着往书店里跑、磨、泡，打发每个周末不太欢快的光阴。刚开始跑得最多的是新华书店，新华书店离学校不远，里边的书也是蛮多的，但多是政治类的，对我们这种十多岁的孩子没什么吸引力。跑得多，不是因为里边的书好看，而是希望每周新进的书里有我们喜欢的青春书籍。周末，就直奔着那些新书去了。而当书店无法满足我们的愿望之后，就开始闲逛了，我们三三两两地走街串巷，从学校漫步到新华书店，再从新华书店浪到巴马汽车总站，最后再从巴马汽车总站原路返回学校。这样的线路，几乎就是我们周末时光的行程了。

　　一天，我们从巴马汽车总站返回学校的途中，见到右边街道挂着"巴马金水桥书店"闪亮的牌子，大伙儿不约而同走了进去。书店不大，书却是我们极为喜欢的。书架上摆着各种各样的书刊，多姿多彩，琳琅满目。我驻足一瞧，随手翻翻《烈火真金》《地球毁灭》《人类生存》等，很快就被精彩的故事情节吸引住了。从此，几乎每个周末我们都走进金水桥书店，待上两个小时左右的光景。

　　前面我说过，我是不喜欢师范学校的。当时我有一种不太好的观念，认为读师范当老师，将来回到家乡与孩子打交道，没什么意思。因为家境贫寒，缺衣少食，我的内心总想读粮食学校，将来能够为家里帮大忙。至少读粮食学校，到县粮食局、乡镇粮所工作，吃穿不愁，至少不太寒酸。读师范毕业回到乡下当教师，就只能一辈子待在乡村做教书匠当"孩子王"，日夜守住孤灯和寂寞了。

　　可是，我的父亲坚决反对，非让我读师范不可。他说："你不报考师范，我就绝食。"父亲的态度让我感到绝望，我知道自己无法与父亲抗衡，他绝食，我也只能绝食。否则他会打断我的腿。隔壁邻舍、亲戚朋友，都来做我们的思想工作。可是他们全被父亲教育回去了。最终所有的唇枪舌剑，都化为了我的妥协，我只好让怨气与烦忧回流到内心深处。

　　我就是带着这样一种怨气走进师范校园的。在学校，除了文体活动稍微有点好玩，其余的课程得过且过。老师布置作业，我不主动完成，甚至课堂都浑浑噩噩的，老师检查了就应付了事。有的科目作业，搁置久了，变成"馊饭"。只有到了周末，能够跑到金水桥书店，聆听潺潺流水，享受课外休闲的阅读时光，内心的怨气才勉强有一些解脱。

　　曾有一段时光，我单独一人面对河水发呆，脑海里反复出现父亲威胁绝食的场景，以及自己向往的梦想，突然间脑海里闪过跳河轻生的念头。我全身发冷，然后双眼慢慢渗出了泪水。我问流水：可否带走我的忧伤？可是流水始终保持它的清唱，无忧无虑地向前进，向前进。晚风轻拂过我的脸庞，我仿佛听到了小河的回答：我的目标只有远方，只有大海。

此后的一天，当我再次面对金水时，感觉好像悟到了什么，内心那份烦忧渐渐隐形匿迹了，一股力量慢慢地在心里涌动着。

1986年11月的一天，学校带领我们乘车，沿着巴发河水流方向，来到东兰韦拔群陵园，再去巴马西山红七军二十一师师部旧址，我们接受了一次革命传统教育。韦拔群带领军民进行反"围剿"的战斗岁月催人泪下，我哽咽了。巴马原来是一块多难的红土地，这块红色土地下不知埋藏了多少英灵与忠魂。为了这块土地的安宁，为了劳苦大众翻身得解放，革命先烈抛头颅洒热血，前仆后继，视死如归，为解放革命战争作出了重大牺牲。巴马是革命老区，是百色起义的发祥地，是邓小平、张云逸、韦拔群等老一辈无产阶级革命家生活和战斗过的地方，是邓小平领导右江革命根据地的主要组成部分和革命腹地，在中国革命史上曾留下辉煌而厚重的一页。在这块红色土地上学习生活的人呀，能自暴自弃吗？我的青春，我的光阴，怎么能在这里虚度？那天晚上，我如往常一样来到金水桥书店，静静地俯视碧水微澜的金水河，不断对自己拷问。

在金水桥书店，连续一个多月，我都在翻阅着《韦拔群传奇》《张云逸的光辉一生》。革命斗争的场景不时进入我的梦里。"快乐事业，莫如革命！"我不再为学校和专业烦忧了，相反内心不断涌动着青春的雄壮。人啊！不能以物质衡量生命的价值，更不能用地位来评价一个人的时代意义。"三百六十行，行行出状元。"我要向革命英雄学习，快乐事业，莫如革命；幸福生活，依靠奋斗。我要向河流学习，认准目标，勇往直前，永不懈怠。

我开始感觉到父亲的良苦用心了。山里教师奇缺，生产队里好多人不识字，刚分田地到户时，有人买了进口的尿素，看不出说明书上的甲乙丙丁，给禾苗施肥过量，造成禾苗不旱而枯，不淹而亡；没医学专业的阿良，给屯里生病孩子打错针药，导致一孩子痴呆残疾……一幕幕悲剧，刺痛父亲的心。教人读书识字，当教师，是何等重要！

多少个日日夜夜，广西巴马民族师范学校，成了父亲向往的地方，父亲要我实现他的愿望，把他自己无法实现的理想目标强加到我的身上。这也许是好多父辈的想法做法，我说不出口拒绝的话，但止不住内心的怨气和悲哀。多么残酷无情的父亲，在父亲的心目中，知识永远大于金钱，永远那么至高无上。

我读懂了父亲的严厉，读懂了父亲志向。书，是人类进步的阶梯。读书，才能改变命运，只有教师才能让一个人的命运产生奇迹。渐渐地，我放下了思想包袱。我迈进金水桥书店，阅读着香气馥郁的新书《为自己鼓掌》《掌声从这里响起》……

此后的时光，是书支撑着我前进，是金水让我不忘初心。我独居他乡，举目无亲，彷徨的时候，书就像是一湾海峡上的灯塔，带我找到迷失的自我，金水像一剂清醒提神的药，启示我咬定目标、勇往直前；惆怅的时候，书更像是一位知心的朋友，教给我人生的解脱，金水更像一首进行曲，时时鼓舞着我前进……我拾回时光，追回青春，发奋攻读，在书店寻回失落，在金水里找到自信，重新扬起希望的风帆。

我的前途，也终于在巴马小城找到，在金水桥书店找到，在金水河里悟到。

1990 年 7 月，我离开巴马小城后，顺利毕业回到家乡——都安瑶族自治县，在偏僻的山旮旯里，做了一名光荣的人民教师。参加工作，走上讲坛，父亲笑了，我圆了父亲的梦想。

我深感富足，当年金水桥书店让我找到了人生航向，当年的金水让我顿悟了生命的意义，不哀怨，不忧伤，不虚度时光。如今我的梦里，金水的悠悠缓流依旧，书店的容颜依旧，阅读的喜悦依旧。

1993 年 7 月，我服从组织安排，走出了教师队伍，从事了新的工作。之后，我有多次出差巴马的机会，每一次都看到巴马小城的巨变。金水似乎更加宽阔畅通，小桥溪岸，绿树成荫。只是金水桥书店没有踪影，那一带矗立起一座座楼房，书城、超市、旅馆、书画院、养生馆……文化街的牛屎堆不见了，一座现代文明、美丽、和谐的城市，高楼、绿树、流水、花带、护栏等交相辉映，美轮美奂。我心中的小城、书店、金水愈发生机勃勃。

金水桥不见了，我心中的金水桥书店还在。即使金水桥不见了，但我还是到那里走一走、看一看。我要告诉金水桥书店，告诉金水，我现在不仅仅坚持阅读，而且坚持写作，用笔尖饱蘸墨水，记录着家乡的发展和变化，记录家乡的喜悦与快乐，也忘不了关注巴马小城的变化。我写作的文章《都安冒出 2000 个"微型农学院"》，在《人民日报》发表，还荣获 2004 年度广西新闻一等奖。我的一些论文写到巴马，甚至有几篇论文是专门写巴马的。

我在巴马小城，饮用金水四载，吸着营养长大；小小的金水桥书店，丰富了我的知识，鞭策我坚定走好人生路。业余时光，我忙里偷闲，写点新闻、论文、调研文章，也获得一些奖励。回想父亲当初为我做出抉择时，我伤感我流泪，甚至想到跳水自尽。是金水启示我，人要有目标，要有诗和远方。我终于明白，知识战胜愚昧，学习走向未来，教育阻断贫困代际。

一分耕耘，一分收获。得益于金水的滋润，得益于书籍的相亲相伴，我的人生变得越来越丰盈，我坚定做时代风云的见证者，时代变迁的记录者。我学着金水默默向东，向前，不放弃，无怨无悔。我不断写不断发表，即便身体出现一些状况，也依然服从组织的安排，不管走向哪里，始终挥舞手中的笔。2016 年 12 月，我来到县社科联任职，主编全县唯一的《都安社会科学》期刊，我写的万字调研论文《广西生态旅游产业发展对策研究——以都安应对高铁时代推动生态旅游产业为例》，在全区社科发展论坛征文大赛上，幸运地荣获二等奖。

弹指一挥间，35 年来，我保持同巴马的同学同志联系，关心巴马的发展，关心金水的变化。偶尔还动笔写一两篇关于巴马的文字。笔端触及金水，交谈提到金水。有朋自远方来时，我会自然向他们炫耀金水神奇的真实故事。

一路走来，我饱尝了笔耕的酸甜苦辣咸，也饱尝了工作生活的五味杂陈。

无论成功与否，无论遗憾多少，无论身居何处，曾经养育我的那座小城，曾经承载我的那座小桥，曾经容纳我的那家书店，曾经启迪我的那条河水，巴马小城、金水桥、金水桥书店、金水永远活跃在我的心中……

韦炳旺

韦炳旺，本名蒙炳旺，瑶族，广西都安瑶族自治县人。做过小学教师、乡镇宣传委员，历任县委宣传部副部长、县文明办主任，现任都安瑶族自治县社科联主席。爱好写作和摄影，有数千篇新闻通讯作品在《人民日报》《广西日报》《当代广西》等十多家媒体发表，有多篇新闻消息、人物通讯和论文获奖。

生命的守望者 | 夏益发

大河沟在故乡的天空下静静地守望，她几乎承
揽童年所有的快乐和烦恼。我完全可以从记忆深处
翻找自己的童年，可是大河沟已经不能完整地呈现
她的全部。

——题记

河流是有生命的。我的家乡有一条干涸的河，
说大不大，说小不小，当地人称之为大河沟。她咆
哮过、辉煌过，经过日复一日、年复一年的时间轮回，
如今水滴石穿，隐入地下，成为巴马盘阳河伏流的
一部分。就是这条河，在我的童年期，让我知道什
么是欢喜，什么是灾害，什么是敬畏，什么是生命，
什么是死亡。她似一位老者，揣着村庄的记忆，在
归于平淡的时间里，静静地守望着一方民众。

一

大河沟奔腾的样子，我是见过的。

大河沟不长，约一公里，一头连着沙宝沟，是
出水口，一头连着消洞，是入水口。每年夏季到来，
大河沟就活了起来。往往下几天大雨后，上游凤山
县的月里、坡心的洪水就如野马，一路狂奔，两伏
两出，从沙宝沟暗河奔涌而出，激起沸水般的泉柱，

其声如洪钟，在很远的地方都能听得见。站在岸边，看着滚滚洪水，不禁心生敬畏。河水沿着古河道流入消洞，再次成为伏流，过仁乡涌现后又隐入地下暗河，从坡月村百魔洞哗哗流出，成为盘阳河。每到洪水季节，大河沟有了水，通往两岸的路就被阻断，要到河对面，就得"包洞坎"（从消洞上方迂回绕路），我们当地就称这事件为"涨河水"。

洪水渐渐消退，"浮澡"（方言，意为游泳）成了最大的乐趣。不管会不会浮，都要享受一下河水的清凉。特别是酷热天，村民们打完苞谷后身体燥热、奇痒，都纷纷来到河边，趁着夜色，脱光衣裤，跳进河中，纵情沐浴，洗尽一天的劳顿。

我不会游泳，很怕水。但是，我喜欢河水冰冷入骨的感觉。一般涨河水的时候，我多数是在河边比较浅的位置潜水，一脚着地站在水中，手捏着鼻子，把头没入水中后旋即出来。我们一帮小孩子最喜欢的还是"坐跌跌"（方言，类似于坐滑梯）。大家光着屁股，从湿漉漉的斜坡上滑下来，飞入水中溅起漂亮的水花。这斜坡原本是两岸的道路，洪水淹没后留下软泥，滑腻腻的，最适合坐跌跌。孩子们一般会攀比，谁激起的水花最大，谁让水花飞溅得高，那是非常了不起的，他的地位、形象，会立即高大许多。

天色向晚，夜幕降临，河水变成了黑色。哗哗地流响，很是吓人。大人们会督促小孩子，不能再玩水了。这时，大家通常都很自觉地抽身，赶紧穿衣回家。每次我们坐跌跌，屁股都是红彤彤的，有时候还有长长的划痕，母亲总是责备几句。有时候，为了少些受伤和挨骂，我们也会穿着衣服坐跌跌，所以受伤的就是裤子了。因此，我们的裤子上总是补满了年轮似的补丁，一圈一圈的，那是我们坐跌跌的杰作，更是母亲亲手密缝纫的杰作。

老人们说，大河沟每年都会发洪水。但是，1983年的那次最大。那一年，暴雨连续下了十几天，每个有洞的坑都在冒水，每条小溪都是超水位，每个沟壑都有流水。刚开始，大家以为洪水会和往常一样，很快就会消退，但是水上涨的速度迅猛，洪水铺满河床以后，迅速流向低洼的古河道，沿着古河道注入龙潭（地名），龙潭很快也满了。看见消洞和龙潭竟然也没法容纳，大家开始慌了。雨还在下，水还在涨，已经威胁到村子的安全了，大家这时才意识到，得赶紧撤离。于是，各家各户急忙从低洼处搬迁到山上，粮食、家具、牲畜等，都抢着往高处转移。

村庄很快就被淹没了。看着自己的家园被吞没在一片汪洋中，大家都伤心地流下了眼泪。洪水过了半个多月才彻底退去。为了记住这个特殊的年份和特殊的事件，有人破天荒在这洪水期造了木筏，划到龙潭的绝壁处，刻下了"一九八三"四个大字，并用红色油漆涂抹，十分醒目。时间已经过去快40年了，这四个红色大字仍然十分清晰。这一年，母亲正怀着哥哥，都快要生了，但是也帮着搬东西，可能是因为操劳过度动了胎气，哥哥留下了后遗症，成为父母一生的歉疚。

二

大河沟曾为水库建设作出过贡献。她的沙子细软，很适合作建筑材料。父亲说，20世纪七八十年代，建设那干水库、坡月水库时，都来大河沟运沙。那时，建设一个水库不容易，不仅靠拖拉机运输，还发动了甲篆公社的中学生一起帮忙。从大河沟到水库，有十几公里山路，学生们扛着一袋沙子，翻山越岭，每天只能走一趟。水库建好后，主要用来灌溉，曾经发挥了极大的作用。现在，那干水库虽然已经有漏水现象但是仍在使用，坡月水库从2015年开始重新在下游建设，用以满足坡月村长寿养生旅游人群的饮水需要。

大河沟也是有脾气的。老人们在"说古"（意为讲故事）的时候，经常会讲到大河沟"金娃娃"事件。说很久以前，有人来到大河沟的沙宝洞"考察"，说洞口的沙堆里有个"金娃娃"，计划搬光沙子把"金娃娃"挖出来。村民们对此十分反感。但工人们很快来到沙宝洞。天气晴好，正是施工的好时节。

村民们看着偌大的沙堆一天一天变小，十分心疼，就像是自己身上的肉被割走了一样。星光满天，大家辗转难眠，心想着莫非真有"金娃娃"？如果"金娃娃"被这些老板挖走，这里的风水岂不是被破坏了。大家开始议论纷纷。有的老人说，这个沙堆是村子的守护神，不能乱动的，动了会惹得天怒人怨的。

但沙堆还是被一点一点运走，有的说是运到外边卖了赚大钱。说起来也奇怪，某天洞里传来声音，声音响了三天三夜，且一天比一天清晰，站在洞口就能听见。工人们很害怕，但是施工的步伐没有停止。

第三天晚上，在没有任何雨水的情况下，洞里突然涌出了洪水，工人们吓得赶紧往高处跑。洪水冲走了设备，冲坏了帐篷，所幸无人伤亡。三天后，洪水停止了。大家惊奇地发现，沙堆又恢复了以前的样子。"金娃娃"保住了，村民们欢呼雀跃。老板因为没有挖到宝，悻悻地走了，也不敢再来。此后，再也没有人来挖过沙堆。由于沙子细软质地好，村民们偶尔会取一些来建房。特别是20世纪八九十年代修建石瓦房的时候，石灰与河沙是绝配。

没有水的季节，我们经常到沙堆边玩耍，捡拾颜色特殊、样子奇特的石子。鸡蛋大小的鹅卵石到处都是，但我们都懒得搭理，亮晶晶的石子才是我们的最爱。童年就是这么简单，简单到只喜欢热得要命但可以玩水的夏天，简单到只偏爱一种颜色的石子，简单到谁捡到漂亮石子就和谁玩的天真。

三

岁月流逝，大河沟静静地淌着，哺育着一方村民，也潜藏着危机。这是我们对她又爱又恨、又敬又怕的原因。

人们在河的两岸耕作，特别是古河道的地块，沙土肥沃，种植玉米、黄豆总是比陡坡上要好得多。但是，被洪水淹没造成颗粒无收的概率也要大很多。不过，说也奇怪，第二年必是丰产。我家有四块地都是沙土，有两块经常挨淹。不过，这两块地种出来的黄豆、玉米、红薯大而饱满，收成总要多出一些。

到了旱季，雨水较少，吃水靠挑。下大雨，我们就接屋檐水装满水缸，不下雨就到一公里外的大水塘挑水。大水塘没水了，就到消洞或龙潭去挑。消洞的水最好喝，冰凉甘甜，洞里的空气很好闻（负氧离子高）。我和大人们去过几次，但是路不好走，到处都是石头。大人们通常会放一株植物在桶面，以防止水溅出来，但是不管怎样保护，一满桶水回到家，基本只剩下大半桶。

现在，家家户户都用上了自来水，大家再也不用为水发愁，乡间"嘎吱……嘎吱……"的水桶声再也无法听到，那戴着草帽、扁担一上一下闪动的姑娘们，再也没有出现。而那些，曾是我们童年最爱看的美妙风景。现在的小孩子，估计连扁担长什么样都没见过。

大河沟里死过人。老人们说，这条河每年要"收"一个人。特别是洪水过后，会留下很多水塘，其中有三个常年积水。两个是人用来游泳的，一个是给牲畜饮用或洗澡的。天气炎热，我们常去大塘、中塘玩水。大人们不给去，我们就偷偷地去。然而，偷偷摸摸的欢乐总不长久，很快就被告诉大人。大人们不让去的原因很简单，就是因为塘里每年都会死人，且都是小孩。每次死人，大塘、中塘都会沉寂一个夏天。死去的小孩被大人们捞出来后，一般埋在大河沟边的"童子湾湾"。这个湾里长满了油桐树，每年开出白色的花朵，底下是一片绿油油的杂草。由此成为我童年的阴影。每次路过这个地方，我都很害怕。有几次，我们在大河沟放马，因为只顾玩石子，没有留意马的动向，马竟然跑到"童子湾湾"吃草，吓得我们都不敢去撵马，只能远远地用石头追打和叫唤。有时候，马也不听我们的话，只是低头吃草。因为怕，最后只能叫大人来牵马，马才肯走。

时代变迁，有了自来水，小孩子再也不用到大塘、中塘浮澡了，因而不再发生小孩落水死亡的事件。每家的牲口越来越少，放牛放马已不是小孩子的专职，打马草、打牛草也已不是难事。大人们不必到大河沟打草，因为房前屋后遍地都有上好的烂草（方言，一种草的名称）。大河沟荒草丛生，看上去异常的孤寂，那些野鸭子或者野鸡什么的也不知道跑到哪里去了。只有在夏季洪水季节，偶尔会发一次小的洪水，村民们会到河边来看水，听咆哮声，搜寻一些曾经的记忆。

四

2002 年左右，大河沟架起了桥。这座桥的修建主要得益于蔗糖业的发展，因为我的家乡是甘蔗主产区之一，以前没有桥的时候，运蔗的车辆经过河床总是抛锚。蔗区路通了，极大方便了两岸群众的往来，大家再也不必蹚水过河，洪水季节还可以站在桥上看滚滚洪水。桥边还有一个小卖部，每天来这里的人络绎不绝。大家爱来这里耍，除了打牌、侃大山、买东西，一个重要因素就是这座桥，它是一个地标，承载着大河沟的记忆，也承载着村民的美好憧憬。

2004 年，良湾水电站开始建设。引水坝修筑在凤山县袍里乡（2015 年改为三门海镇）月里村良湾屯，经引水隧道过巴马县兴仁村行心屯、长坝屯，到仁乡村尾洞屯，从坡月村百魔屯出水发电。当时，村里人怎么也想不到，这些天然的隧洞可以打穿成为引水渠。炮声阵阵，机器轰鸣，车辆穿梭，经过一年多的施工，渠道顺利打通。不久，电站正式发电。

良湾电站建成后，彻底阻断了盘阳河原先的流向，伏流段已没有多余的河水。从此，大河沟也就没有发过大洪水。沙宝洞的沙子，在夏季就被外面的溪水冲进洞里，沙堆体积越来越小，只剩下以前的五分之一。洞口被沙堆完全堵死，洞里再也听不到任何声音。只有在发生特大洪水的时候，良湾电站引水坝盛不下这么多水，洪水翻坝后进入原来的河道，沙宝洞才会重新冒出水来，大河沟又焕发出勃勃生机。但是，一般不会持续太久，几天后就会消退，看来水电站的调洪能力还是很强的。所以，那些庄稼地再也不用担心被淹没或减产了。

我每年都要回老家，每年都要经过大河沟，但是，再也没有下到曾经的河床去玩耍，有那么几次，我忍不住到沙宝洞口看沙堆，捡拾了几块漂亮的小石子，不过最后都扔掉了，感觉这石子怎么看也没有小时候的好看了。大河沟似乎萎缩了不少，曾经光秃秃的河床，满是鹅卵石、草坪和可以浮澡的水塘，已经被厚厚的杂草和高大挺拔的桉树占据，哪里还看得出是条大河？

　　幸好大河沟还在，循着旧日的足迹，仿佛可以听到童年的欢笑声，感受到河水的奔涌，仿佛还可以闻到土地的芬芳，倾听到老人们诉说不完的故事……

夏益发

夏益发，1986年出生，广西巴马瑶族自治县甲篆镇兴仁村人。现供职于广西巴马瑶族自治县委办。大学时开始创作，有多篇诗歌和散文散见于各类报刊。

我的六览沟 | 黄绍双

一

我与六览沟作别，39 年了。我无时不在怀念六览沟。

六览沟距离我家不远。翻过高皮山，以分水岭为界，东是巴皮屯，西是六览沟。从我家走去，一炷香功夫，就可以去到六览沟；从六览沟走回，也是一炷香的功夫，就可以回到家了。我还在家的时候，不知道这样往返了多少次，实在太多，不可计数了。

六览沟隐在深山，终年里只有穷乡僻壤的山野村民同她打交道，除此以外再也无人知晓六览沟。那时六览沟林深叶茂，草木蓁蓁，春华秋实，四季都有美丽的风景。

记忆里六览沟满山满岭都是大树，高大的秋枫树，皮面粗糙的金刚木，笔直的火麻。沟的两边是密密匝匝、叶子硕大的野芭蕉，铺天盖地连绵不断。山岭上多见木叶少见天，苍穹被高大的阔叶遮挡住，支离破碎的阳光，从叶隙间倾泻而下，裹在地上的落叶上面。

春天的六览沟最有活力。立春刚过，寒冷还没有退去，六览沟的树木，已长出了针尖的叶芽儿，春天无踪影，却悄然来到了六览沟。冬天里落光叶子的秃枝，只几天的工夫，又放出了嫩绿的新叶，青翠鲜亮，山风拂过，绿波荡漾。深山里四季分明，什么时候该长新叶子，什么时候该吐蕊开花，井然有序，从不错乱。

六览沟的花事长年不断，你去六览沟，归来时一定是满身芳香。各色纷繁的野花儿，选择不同的节令，竞相绽放，妖娆美丽，此处谢罢彼处开，使得幽静的深林，弥漫着淡淡的花香，在山岭幽谷，在沟边道旁。她们独自灿烂，孤芳自赏，在生命的历程里，默默地付出，默默地成长。花开花又落，独自凋零去，一生之中，也许从不曾被人发现过，她们悄悄地来，把美丽奉献给大地，而后轻轻别离，"明媚鲜妍能几时，一朝漂泊难寻觅"。日复一日年复一年，似乎不曾有过什么特别。

最喜爱的是六览沟秋天的红叶。饱吸阳光雨露的阔叶，经秋风一吹，数日间，漫山红遍，姹紫嫣红。霜叶红得像满天的彩霞，像熊熊燃烧的烈火。极目四望，满眼鲜红，让人顿生沧桑之情。虚无缥缈间，物与欲已为空无。秋天是收获的季节，却也是伤感的时节。萧萧秋风里，无边落叶纷纷下，投入大地，化作沃土，又一个生命的轮回。秋叶而今飘零落，明春来临还重发，而我的岁月，去了却再不回来了！

念念不忘的是六览沟的杨梅。梅树长在杂草丛生的沟边，腐叶堆积的沃地上。清明谷雨季节，圆溜的梅子簇拥着团结在一起，弯在枝头上，甚是诱人。春风春雨里，梅子的颜色由浅而深，从青绿到紫红，一天变一个调。色愈深味愈纯美，若还青绿，是不可以食用的，只有着了红的才好。甜里夹着丝丝的酸的杨梅，还未送到嘴里，口水早就流了下来了。童年的时候家里穷，吃不了山珍海味，可山野之果却时常能吃到，也不失为天赐的口福。光阴荏苒，世事变换，六览沟现今，已不再有杨梅树了。可吃杨梅的感觉至今仍不忘却，常常在静谧中，我思念着久远的梅子，做着无穷美丽的回味。现今想来，那是我最怀念的乡愁了。

二

　　小孩子是不能离开大人独自去六览沟的。大概是因为我在兰廷小学读书的时候发生的"老虎"事件，足以证明六览沟的神秘。一天傍晚，岑社屯的布舍公，去六览沟打柴归来，逢人便神秘兮兮地说六览沟里有老虎。此事很快在村庄里传开，人们口口相传，一而十十而百，神乎其神，成了不得了的事。大人们看到小孩子，都会严厉告诫，千万不能独自去六览沟。结果自然是谁也不敢去六览沟了。我不知道布舍公是否真的见到了虎兽，或许是他看到了刚从朽木上长出、尚未采撷的嫩木耳吧，想一人独吞，于是编出谎言也有可能。然而，六览沟里有"鬼怪"，是经常听闻老人家讲到的。我问过大人，是不是真的见到过"鬼怪"，然而却被呵斥回来，并不得其结果，后来再不敢多问了。我对"鬼怪"一事将信将疑。六览沟深山老林，逶迤绵延，潺潺的涧水，山间各色果实，渺无人烟，能没有"鬼怪"吗？布舍公的话，是宁可信其有，不可信其无了。后来好长的时间，我再也不敢独自去六览沟了，尽管六览沟里有诱人的杨梅。

　　那时候我还小，不知道无神论的道理。对于"鬼怪"的存在，是不怀疑的。虽然从来都没有见到过"鬼怪"的模样，但心里总是有些"鬼怪"的阴影。小时候最怕夜晚听大人讲"鬼怪"的故事，吓得背脊发凉，大门不敢出。

三

　　在20世纪80年代初，我们村流行一句顺口溜，叫作"上山一把斧，回来两块五，酒肉跟屁股"，说的是我的乡亲们"靠山吃山"的生活。在那时候，这是唯一的出路。六览沟里有很多土特产，是村民的生活保障。"勤不富也饱，懒不死也饿"，你肯付出劳动，总会有些收获，进一趟六览沟，不会空手而归。是六览沟的恩泽，使人们得以生生不息，薪火相传。

　　肥厚的杨梅树皮，是众多土特产中的一种，公社里的收购站长年收购，每市斤可以卖到几分钱。高大的杨梅树只长在深山里，贫秃的山上长的杨梅树是不高大的，皮也不肥厚，晒出来的成品成数不高。六览沟的杨梅树能长到几丈高，柱头般大小的树干，深绿而细的革质的叶。粗糙的表皮，剥下来切片晒干，就可以卖给收购站了。小时候家里穷，父亲时常腰佩斧头，上山剥杨梅树皮。剥杨梅树皮是个技术活，不是所有的人都会弄的，搞不好会把一等的料做成三等的货，就卖不得好价钱了。找到杨梅树，在树干上目测你想要的长度，刀斧上下环切至木质，顺着树干劈开一条缝，轻轻敲击使劲一掰就剥下来了。一点一点积攒，一天会有不少收获。杨梅树虽然被剥了皮，但只要你不把树砍掉，明年它还会生出新的皮来。到了赶集的日子，驾上枣红马，驮杨梅树皮去那桃街卖给供销社，然后在旁边的米粉店，吃一碗香喷喷的肉汤粉，完了再看看有四个轮子的汽车和供销社百货大楼。那桃街人声鼎沸，嘈嘈杂杂。我缩在父亲的身后，小心翼翼地东张西望，也算是见过不少世面。

我高中毕业那年，因为无缘高考，回到了巴皮屯，与六览沟为伴。我在六览沟里砍伐原木，然后用牛拖到村子前面的小河边码放，待洪水来了推下河去，漂流到那暖屯的公路边，再打捞上岸卖给森工站。六尺长的原木，足有百十来斤沉重，可以卖到两块多钱。卖原木并不讲究树种，只论大小，直径越大价钱越高。我砍的原木直径最大的，不过20厘米上下，再大就扛不动了；阿贵力气大，砍的原木要比我粗得多。那时候我砍的多是黄皮桠和秋枫树，这两种树比较好找，山岭上到处都是。红梨木和火麻木也有很多，但不能当作原木砍了。红梨木是打造家具的上好方料，火麻木是建造房子的顶梁柱，他日另有派用，轻易不能动斧子。我在六览沟里伐原木、锯木板、打柴火、摘野果、捕老蛇，向六览沟索取好处，没有一样事不干过。六览沟的山山岭岭，每一条林荫小道，都留下了我的脚印。我虽然刚从学校回来，时间不过一年多，但俨然是地道的农民了。我的身上流淌着咸咸的汗水，衣裳上沾满树汁的斑痕。如是现在，我是万万不敢砍树的，毕竟那是对生态环境的伤害。

劳动虽然辛苦，其中也有乐趣。在六览沟里看书也很不错。那些日子，我时常一把刀、一本书，佯装上山打柴，瞒过家人，径自到六览沟里看书。用树枝搭起小树屋，折些树叶铺在地上，就成了读书的地方了。树屋不需很大，能容下身子就好。幽静的深林里，没有一丝干扰。我读我的书，没有人投来异样的目光，没有怜悯与同情，也没有轻薄与讥讽。抛开世事，心中清净如佛，任思绪飞翔，惬意极了。不读书时，也可以在里面睡觉，什么也不做。远离尘世喧嚣，沐浴阳光山岚，聆听鸟音蝉鸣。融入自然，心中的烦恼，世态的炎凉，一概不管了。我在六览沟里读了许多书，明白了世间不少道理。

四

六览沟的溪水长流不断，清泉从各处汇集而来，即便是干旱年份，流量也不曾有减少。观音芋和野芭蕉是六览沟的主人，六览沟是他们的家。观音芋的根茎硕大如柱，在溪水与陆地交汇的潮湿的地上扎根，团团的叶子大如阳伞，没盖过人的头顶上面。观音芋身上的汁水有毒，不小心粘上了，奇痒无比，千万不能弄破了它的皮。野芭蕉秆儿比较纤细，表皮是紫色的，其他的地方同村庄上栽种的芭蕉树相差不大，没见过的就难以辨别了。野芭蕉结出的芭蕉把硬邦邦，籽粒比肉还要多，熟透了也是可以吃的。虽然味道也相当好，但蕉肉里夹带籽粒，不怎么好入口，在野地里遇见到它，人们多半会不屑一顾。野芭蕉生长的速度极快，存在身上的水分特别多，一刀砍断水流滴答，只需半日，又长出一寸多长。观音芋和野芭蕉是蓄水王，有它们的地方，必定有水源，六览沟水源丰富，正是他们的功劳。泉水从地下渗出，涓流不息，清澈透亮，芳香入脾，正是所谓"活泉"。泉水无须烧开便可直接饮用，且口感清甜。清流从长有绿青苔的山石边滑过，像无色的丝带漂泻而下，日夜不停向东流，去往我所不知道的遥远的地方。"山不在高，有仙则灵；水不在深，有龙则灵。"六览沟的神灵之处，在她经年长流的洞水。如若没有水，飞禽走兽不会光临，树木花草也不会生长，那样六览沟便是一个沉闷的死沟了。

炎热的午后，到六览沟里捉螃蟹，是有趣的事儿。螃蟹的老窝时常会在石头的缝隙间，也可能在水边的泥洞里。横行的螃蟹看似呆萌，实则狡猾得很。掀开石头，刚刚看到影子，却横行到别处去了，眼神不快，还捉不到它。七星鱼是六览沟的深山居民，大不过手臂，白天伏在水草丛中，或躲藏于洞穴里面，夜间才出来活动，有时候还偷偷爬上溪边的树，有了动静便扑通入水，吓人一跳；脱水上岸数小时也无恙，捉来放桶里养，精心呵护，每日喂食换水，观赏把玩，乐此不疲。小虾米满沟都是，虾兵虾将以数制胜，对水质的要求极高，生活的环境不得有污染，污染的水里是不能存活的，煮菜时抓一把放进去，也算是山珍了。石片的下面还有水蜈蚣，两根"獠牙"弯弯挺吓人，腹部下面一排奶子左右晃动，样子极难看，以沟里的牛粪为食，然而却是一味极美的下酒菜。

六览沟是童年的乐园。冒着被家人责骂的风险，去沟里"竭泽而渔"，是童年旧事。约三两好友，带上脸盆铁铲，找到水草丰沛的深潭，先看看水里有没有料，再决定是否下手。近水知鱼性，近山识鸟音。其实水下有无，我们一看便知。搬来石块在潭的上游筑起堤坝，岸边挖来黄泥将堤坝的缝隙封死，再于潭的边沿筑一条围堰，将上游的流水引到下游。常常是无论怎么封堵，溪水总是堵不死，从堤坝下边的细沙里渗出来……用脸盆提桶奋力戽出潭水，一旦开戽即不能停下来，必须搞"车轮战术"，人停器不能停，直到潭水戽干为止。常常是事未干成，肚子先饿得咕咕响，必须得忍着，不能放弃。成群的拖儿带仔的七星鱼，皮鳞粗糙的"伽佐"鱼，金黄无鳞的"伽伦"鱼，还有虾公虾米老螃蟹，纷纷从各处被逼出来；藏在泥洞石缝里的，也被我们摸了个遍，泥里的水蛇也被我们捣了出来，片甲不留。也有潭水尚未戽干，堤坝先行垮塌的，大水呼啦啦漫灌下来，瞬间又满了，前功尽弃，徒劳白费。空手而归，也是常有的事。

捉螃蟹戽鱼虾，也干不了几年。自从我去了那桃读高中后，就不能常到六览沟里戽鱼了。然而那些旧事，却没有忘记，梦里依稀忽远忽近。

五

流过我家前面的小河，叫作兰廷河。这名儿是我给起的，因为地图上没有标明，我家前面的小河叫什么名儿，我想她虽然微小，但也应该有个名字的，不然何以向别人道说呢。我家门前的小河，是可以称之为河的，那时候水量充足，河水盈盈，水位与岸边的田坎平齐。小河的源头来自六览沟，以及相邻的高上加、巴朝、六诺、六合、六外、那育、六累、六令、六那、六瓦、六野沟，它们有如相约，汇集结伴而行，一路欢歌布施恩泽，养育一方乡民。我的小河虽无大家闺秀的婉约，但也有小家碧玉之清秀，自有乡野灵性。

小河流到我家门前的拉架山脚下时，河面宽阔已至三五丈，河水清澈见底，能看到水里翻动的鱼鳞。河面与蓝天白云相连接，两岸青山如画在水中，雪白的芦苇根在水里随波摆动，微风从河面飘过来，令人心旷神怡。

代表小河的原生鱼，有鳞的是红尾的鲤鱼、白色的蓝刀鱼，无鳞的有褐灰色的鲶鱼、灰暗色的塘角鱼，还有红色的"伽伦"鱼。更有众多叫不出名儿的小鱼，花花绿绿，星星点点，弱肉强食，共生共灭。在20世纪80年代，我那里家家户户备有渔具，隔三岔五能吃上河鲜，是先架锅头再下河捞鱼的年月。

在炎热的夏天里，"闹鱼"活动最有趣味。将一种叫作"送树"的嫩叶，用石臼舂成粑粑团；或是将榨油剩下的残渣叫作茶麸的东西熬为糊状。到潭汪的源头搅水"放毒"，全屯人一哄而起，下河浑水摸鱼，一人得鱼众人欢呼，快乐声此起彼伏，闹得小河底朝天，半天下来各有收获。虽然经常遭遇"闹鱼"，但小河的鱼虾们，却并不因此而灭绝，上游的河水不断冲淡投放的毒药，没有被捞走的鱼又醒过来了。"闹鱼"是大人们的事，小孩是不准许下河的。

那时候，其实并不是很遥远，具体一点说，是20世纪80年代初，因为没有公路，我们兰廷的山林没有被毁坏，除了村庄道路河流，都是茂盛的植被，山岭上参天大树随处可见，树木混杂而生，适者生存。今秋种子落地，明又生成小树苗，时光轮回，周而复始。溪上的水四季长流，一年之中并无明显变化，并没有所谓丰水期和枯水期。小河年年发大水，大自然里人为干预不了的事物，却被洪水轻而易举地干成了。比如那些水里的垃圾，岸上的污垢尘埃腐朽陈败，经大水荡涤后，齐刷刷全干净。小时候的想法有些古怪，倒盼望起小河发大水来，洪水白茫茫漫上堤岸，冲上"谷来湾"，往下推去，宽广的河面甚是壮观。我在心里暗自想象，"大河"的样子也不过如此了吧。洪水过后，岸上被淹过的水田里，还可以捡拾到活蹦乱跳的小鱼。

1979年，我在那桃中学读高中。一个炎热的周末，因为要回家拿米油，大雨过后，我徒步走过廷炉屯，爬上高月坡，越过浪亭坳，沿着回家的路，一个人独自在无数道弯折的泥巴路上行走，傍晚时分终于回到了小河边。不曾想小河因为一场大雨，早已发起了大水，洪水淹没掉了河中用石块垒起的用于踏脚的石磴，断了我回家的路。大哥不得不在对岸抛过来拴马的绳索，让我绑系于腰间，大哥与众人在对岸扎步为桩。我纵身跳入河里，奋力向对岸游划，狼狈不堪。

仲夏时节，老牛与孩童一同游泳。高大的秋枫树，巨丛的刺竹弯弯，倒影在水里，犹如画廊，自有味道。消亡始于20世纪的80年代。我的家乡通了公路，六览沟的大树被砍掉，有用的材质被人们变卖为钱，更多的是贱为柴火，源源不断往山外拉。不久之后，六览沟也连同花草树木，一并包给老板开发了。他们砍掉生于斯长于斯的原始森林，把它们的根从沃土里挖出来，种上外来的树种，多为速生桉。六览沟从此再无野蕉林；叶子大如阳伞的观音树，虽然生命极其顽强，落地即能生根，也成不了气候；

甜里夹着丝丝的酸的杨梅也没有了。儿时的记忆支离破碎，拼不出美丽的风景了。我对此耿耿于怀，却万般无奈，心里只有愤恨与哀伤。曾几何时，小河断流，鱼虾俱灭，水草不生，甚是惨苦。幸而小河并没有死去，至今仍静静流淌着。岭上又有树木，河水日渐增多，一年一年有变样，越来越像一条河的样子了。

草长莺飞、繁花似锦的春日，六览沟青翠亮丽的绿荫；金风送爽，艳阳高照的秋天，六览沟漫山红遍的霜叶，是我的怀念与梦想。

"少小离家老大回，乡音无改鬓毛衰。"许多年后，我带着孙子回到乡间小河，到我小时候游玩的涞西滩玩水。涞西滩上的那座状如沙发的大石头还在，沙滩上彩色的砾石也还在，一切似乎都是从前模样。河水从我的脚上滑过，不停地往下流逝……"子在川上曰：逝者如斯夫！"，至今始体味，孔子当年那临川之感叹。时空已今非昔比，小河汩汩的流水依然，而我已然花甲之人，告老还乡了。

黄绍双 ....

黄绍双，壮族，先后在大化瑶族自治县乙圩乡人民政府，巴马瑶族自治县所略乡党委，巴马瑶族自治县纪委、粮食局任职，现为巴马瑶族自治县发展和改革局四级调研员。

静静的盘阳河 | 张智勇

　　退休后三赴巴马养生，本不想动笔，然而身处巴马，总有写的冲动。第一次写《一位庆阳人在巴马的养生日记》；第二次写《弄追屯人家》；第三次写这篇《静静的盘阳河》。

　　盘阳河时而婉转向左，时而缓流朝右，仿佛绿色绸缎迎风舞动，自北向南悠然而下，五潜伏五现身，将石山和土坡一分为二，向红水河流去。潜入地下，大地给她掩上了诸多神秘；浮现地面时，天宇赋予她使命。河水喷出坡月后，水波不兴，波澜不惊，宽阔而平静。静水流深，每一滴水都是生命的凝聚，每一滴水都是神性的组合，每一滴水都是仁爱的结晶。三门海、命河、百魔洞、水晶宫、百鸟岩、赐福湖，接力传递，奔向红水河。

　　盘阳河，两岸峰奇，村屯错落，青竹翠蔓，水映山川，有竹筏划过，疑是人在画中游。静静的盘阳河，秀水潆洄，百年不变，不事张扬，不求显赫；两岸人民，世世代代，清心寡欲，随遇而安。水与人，相伴相生，和谐自然。从古到今，她以慈悲心肠、宽广胸怀，福泽着两岸子民，孕育百岁翁媪。成千上万的养生人来到这里，品读长寿文化，沐浴斯水，祈求身体健康、益寿延年，学着山里人的自然淳朴、平淡自然、知足常乐。聆听盘阳河传说着过去，诉说着现在，呼唤着未来。

悠悠盘阳河，一波一传说，一涟一诗卷。两岸农家，不论贫穷还是富贵，客厅的上位必定是供奉着祖先的灵位，安置着祖德流芳的牌匾。正堂上位，不管尊卑长幼，必须敬而尊之，牢记祖训。做事要合规，言语要守德。孩子犯了错，家长迫其跪于祖宗面前，面祖思过，改正错误。祖宗堂时时见，必可日日提醒全家老幼循规蹈矩，冒犯长辈、亵渎天地先人的事断然不会发生，至少颇为鲜见。那些一代代居住在大山深处的山民，简单纯朴、宽怀自然、老实本分、仁义厚道。虽然读书少，文化低，讲不出多少深刻道理，可在日常生活中，却身体力行给儿女们做出了榜样。这种道德弘扬，文化传承，使他们牢记根本，做人做事，问心无愧。敬祖孝亲，穷不失志，家教家风就是精神生命之河代代相传，永不褪色。

在盘阳河流域，乃至巴马地区广大农村，广泛流行着一种给老人"补粮"的习俗，它是巴马的儿孙们祈求老人健康长寿的民俗。所谓"补粮"，就是"补充食粮"的意思。巴马壮、瑶族民间自古以来就有一条不成文的规矩：凡家中有上了60岁年纪的人，儿孙们都要为老人隆重举行一次"补粮"活动（除此之外还有老人身体不适时仅由女儿送喂的"送生粮"），以这种方式消除老人心里的后顾之忧。他们认为，老人年至花甲，食粮（寿限）越来越少，有必要由其子女或孙辈，尤其是出嫁了的女儿或其他近亲来"补粮"，有了食粮便会延年益寿，长命百岁。补粮当天，子女、晚辈、族人要给老人送米送肉，称为老人家的生命之粮。这种表达孝心最古老而又淳朴的方式，是当子女的对老人健康长寿的祝福，做老人的觉得子女孝顺，自然就家庭和睦。良好的家庭氛围能让老人心态平和，安享晚年，从而达到生命有序，恒久不衰，健康长寿的目的。在盘阳河一带，正因有尊老敬老、把老人当活宝不当累赘的习惯，才能随处可见高龄老人。盘阳河，这道流淌千年从未干涸过的圣水，养育着众多的寿星。除对老人的"补粮"习俗外，还有世代相传的"修阴功"美德，即由个人或家庭义务为社会做铺路、架桥、建凉亭等善事，求积功德。修阴功的人，为社会做善事，得到别人的尊重与爱戴，从而带来愉悦的心情。有了愉快心情，人就会健康长寿。德劭仁丰阴功满，豁达乐观助延年，九旬犹有童真在，百年人生乐陶陶。盘阳河流域的尊老习俗源远流长，养生习俗神奇独特，长寿文化丰富多彩。

在盘阳河边，坐落着号称"天下第一洞"的百魔洞，地磁强，洞中负氧离子高，每立方厘米含有10万个负氧离子，是个大氧吧。众多"候鸟人"在洞中打坐调理、吸氧养生。洞中泉水潺潺，轻轻流入盘阳河。"百魔囚尽寿源开，神水穿岩异境来。波映田畴千顷稻，油鱼香猪万珍台。倾觞炎夏称甘醴，浴体清潭祛病灾。莫道蓬莱缥缈事，泛舟览胜喜盈怀。"

巴马的"候鸟人"，来自全国各地，他们都是奔着养生、调理身体的目标而来的，日常活动就是爬山、练功、聊天、泡脚、玩棋牌、打麻将、唱歌跳舞等。甘肃庆阳人王先生，算是一位资深"候鸟人"，2011年刚听说巴马，过完年就到了坡月村。当时他的血压偏高，心脏不好，到坡月住了三个月后，明显有好转。2014年央视四频道《远方的家》栏目组采访了他，节目在广西台、巴马电视台连续转播，一时间他成了名人。他在盘阳河边的养生经验就是放下一切，保持良好心态。他们当中的一些"候鸟人"用一颗平常心资助当地的贫困人家，不求回报，学着当地人的淳朴自然与宠辱不惊。他们都是盘阳河的儿女，都以对这块土地的热爱和感怀之心，不显山不露水，传承播撒着盘阳河沿岸的仁爱种子。

盘阳河两岸峭岩壁立，层层山峦叠青泛翠，空气沁人心脾，河水幽蓝，波光粼粼，清清河水雾霭氤氲。弄追屯村口有两棵榕树，据说已有800年树龄，昭示着山村的勃勃生机。在巴马随处可见大大小小的榕树，榕树根系发达，象征着长寿之乡旺盛的生命力；棵棵枝繁叶茂，代表着大山人家子孙兴旺。诚如足拉屯的巨型大门上的对联所写：村前绿水长流祖辈千载居福地，屋后峰峦挺秀子孙万代出豪杰。源远流长的盘阳河水，不仅给了人们清冽甘美的生命活水，也寄托了沿岸人民的精神慰藉。盘阳河流域勤劳智慧的人民，创造了一个又一个传奇故事；天南地北的"候鸟人"，到盘阳河边追寻着一个又一个长寿梦想。人是文化、信息的载体，人的流动实际上就是文化的流动，流动的皆是美丽的风景。

在离开巴马坡月村回家过年之前的一个早上，我上山去弄更屯看望了一位 96 岁的王姓老翁，给了他一点钱。以前，他曾给我说过祖籍山东，新中国成立后当过 6 年兵。1960 年搬到现在的地方住了 40 年。他有三个儿子，两个在坡月街上，一个也在山上另立门户。他不愿跟儿子住，说要自己种菜养鸡。坐在四面透风的屋子里，我和他闲聊着，我感觉有点冷，手机也没有信号，我站起身要告辞，但他不同意我走，说要和我吃肉喝酒。他一边煮肉，一边剥玉米粒，说能干点就要干点。他说他当过 12 年队长，1981 年他左眼患病，无钱医治，耽搁至失明。煮好了肉，端上了桌，倒下了酒，和我同饮，慢慢地喝完了一小碗米酒。

我告别他要走，他不知从哪里捏了一把蒜苗，又在找东西捆扎。我见状赶忙说不要了，他又不好意思地说，你给我送钱，我也没有什么东西送你。我说不用送什么，只是我一点小小的心意。他又说我离家路远，花钱多。我说有哩。他把我送到门口，一边说眼睛不好不送了，一边又不由自主地随我下了台阶，直到房角。我要和他握手，他说他手脏，但我还是和他握手告了别。

回来的路上，我一直在想：一个卫生差、生活方式简单、居住环境恶劣的老人，何以能够活到 90 多岁，那些讲卫生爱干净、会享受生活的人，在老人这个家恐怕连一天都住不下去，但他们谁都保证不了自己的好习惯能让自己也活到 90 多岁。我去坡月街和早年毕业于哈尔滨工业大学、现卖花生的老丁说起，他一语中的：现代城市人的卫生洁癖症。不干不净，吃了没病。活着人吃土，死了土吃人。

看来，人活的是个心态、心劲，前者如老王，96 岁了，依然在种菜养鸡，自己煮饭。后者如老丁，80 岁了，还在一边卖花生一边规划着按自己故乡佳木斯养殖公司的模式在巴马创办公司的蓝图。"生而尽其动，死而尽其静。"

明朝养生家吕坤的《呻吟语》曰："心要常操，身要常劳，心愈操愈明，身愈劳愈健，但自不可过耳。"

山叠翠，千仞无言；水碧绿，万顷清澈。大自然以其无形巨手于不经意间雕塑了千姿百态、雄伟壮观的峻山，那无尽的绿是自然之神赋予的生态原貌。万山神圣，生灵雀跃，草长莺飞，落英缤纷，一竹一木，有声有情。阴雨天气，山高林密，云雾缭绕，群山环抱，水波微漾，天地之间，波澜不惊的静谧。青山绿野，天人合一的灵动。万籁俱寂，空灵雄奇，缥缈淡定，神怡心凝。黛青苍翠的群峰山岳千年神奇，依然讲述着一个个古往今来的故事。静下来了，我听到了那天地苍穹间最真的声音，那是人与宇宙在静谧之中在倾听彼此的心音。是的，我仿佛听见了自己的心声，在和天地山野树木动物对话：人生天地间，灵魂归何处？人类的渺小，寄蜉蝣于天地，渺沧海之一粟。河流与大地血脉相通，群山与溶洞互连，草木深处，依稀有着"候鸟人"途经的痕迹。"城市是人类的深渊。"（法·卢梭）"候鸟人"们弃开了城市的喧嚣，不顾路途迢迢，奔波来到乡村山野之间"复兴"。从薄雾氤氲，到霞光旖旎；从炊烟袅袅，到鸟鸣啁啾；从苏醒到入眠，从往昔到余生；从过客匆匆，到驻足凝神；从繁华落尽，抛却过往云烟，到一人一壶一房一盏灯，他们生命的过程在巴马再现，在盘阳河畔留下足迹。他们徜徉在宁静清澈的大自然中，弃世事之浮躁，忘人心之浩渺。山壮行色，水添豪气，抖落岁月的尘埃，离开喧嚣和浮华，先前种种惊心动魄，全如过眼云烟。只在天籁之声中，返璞归真，展喉高呼，以平静、简单、快乐的生活状态，听从自己由内而外发出的声音。静静地感悟，以一颗无尘的心，逐渐放下一生的种种经历，惊涛骇浪也好，淡泊平凡也罢，都已成为过往，只求还原生命的本真。巍巍乎，情系高山；浩浩然，志在流水。淡泊从容，甘于简约，以一颗感恩的心，对待生活的所有。生活从此刻下的烙印，也总会在"到此一游"者的人生终点前不经意间重现。"候鸟人"对生命总是保持着无尽的渴求，因而忽略了死亡才是自己真正的归宿。生命从来就不是一条匆匆而逝或缓缓向前的河，而是所有对自我存在加以确切感知的重现。巴马养生人的共同识见：离开了，摆脱了家的羁绊、俗事的烦恼；别离了几十年身处故地的人和事的恩怨纠葛、磕磕碰碰，眼不见心不烦。重新生活在一个全新的、没有利益关系的新环境中，相互之间互不相识，和则友，不和则拜拜，心理压力自然减轻。再加上住在这个好山好水好空气有地磁养人的好地方，身心一放松，大病也好，亚健康也罢，必有改善。

自古以来，长寿，被向往；养生，被推崇；百岁，被期待。追求长寿是人类永恒的目的。然而，诚如先圣孔子所言："仁者寿""德润身"，只有仁德的人，才能精神内守，心宽体胖，得以高寿。古代著名医药学家孙思邈也在他的著作《千金要方·养性序》中写道："故养性者，不但饵药餐霞，其在兼于百行，百行周备，虽绝药饵足以遐年。德行不充，纵服玉液金丹未能延寿。……愚者抱病历年而不修一行，缠没齿终无悔心。"他从医学角度告诉我们，欲求长寿先修自身，唯仁者寿，唯仁者得享天年。魏晋南北朝时期"竹林七贤"之一的嵇康曰，"养生有五难：名利不去为一难，喜怒不除为二难，声色不去为三难，滋味不绝为四难，神虑精散为五难。五者必存，虽心希难老，口诵至言，咀嚼英华，呼吸太阳，不能回其操，不免夭其年。五者无于胸中，则信顺日济，道德日全，不祈喜而有神，不求寿而延年，此亦养生之大经也"。可见，养生重在少欲知足，而盘阳河流域的长寿老人则尽得其旨。巴马人长寿的一些秘诀，是适宜的自然环境、细致的人文关怀、清淡的饮食习惯、平和的生活态度以及独特的长寿基因等多方面的因素。或许对于追求健康长寿的人们来说，长寿的钥匙就掌握在我们自己手中。其实，生命的价值并不仅仅在于活了多少岁，而在于一个人在有生之年中，是否真正懂得了生命的意义，提升了生命的质量，实现了生命的价值。我们时常会想起那些已经远去的亲友，他们有些人的离去会让人感到既惋惜不舍而又心心念念，这正是因为他们曾经活出了的生命的价值，他们是"死了还活着"的人。有信仰的人活的是人，无信仰的人活的是命。生命短暂，只有美德能传于辽远的后世。

弄追屯大榕树下一个河南人讲，去年他碰到一个年约六旬的人，开着面包车去海南，上面拉着摩托车，为车和人都买了高额保险，带着遗嘱，上写人死赔多少，车赔多少，等着死了。因为身体不好，呼吸困难，走走停停。他在去海南途中出了车祸，心想还没去到就出了事不吉利，干脆不去了。向人打听，哪里能养生，答说去广西十万大山。他一路打听到广西，逢人就问十万大山在哪呢，有人说就是巴马。他找到百魔洞后，白天黑夜待在那里，也不租房。白天跟跳新疆舞蹈的蹦跶，但连路都走不动的人，可想而知是个什么情况。

出门两个月没和家人联系，一打电话，家里人吃了一惊。有一天，突然碰面，那人精神抖擞，走路都像变了一个人。我庆幸他是彻底放下了。人生要放下并不容易。一个人一旦放下了，就会祛病延年。

以前听歌，听的是旋律。后来听歌，听的是歌词。再后来听歌，听的是故事。现在听歌，听的是自己。人生已逾花甲年，本该已是了然心。初听不知曲中意，再听已是曲中人。既然已是曲中人，何必在乎曲中意！我这个逃离都市的身心，从故乡的城市来到了盘阳河畔的小屯寻觅安宁，与水相亲，与风相戏，与山相依，静思水之恩，闲想山之仪，品茗日浴邀风月，两肋徐徐清风生，远看峻峰山戴帽，静心修身来养生。每日天青色时起床的第一件事，就是打开落地玻璃门，走出阳台，面对逶迤起伏、跌宕重叠、气势磅礴的山峦，深深地吐纳呼吸一百次，让清新甜美的味道贯穿整个心肺。每当此时此刻，我似乎遇到了一个久违的旧友，她纯净坦诚，一生追求光明，心性高尚，在这里洗去风尘，汲取能量，思索进取，追求理想。晴朗的夜晚，月朗风清。坐在阳台上，看着月亮，数着星星，听着蝉鸣犬吠，嗅着玉米秸秆焚烧的炊烟气息，闻着山野的味道，真是一种绝妙的享受。日享暖阳，夜听虫吟，岁月流转中，舒缓光阴，涤荡浮躁，沉淀快乐，心静如水，竹敲残月落，鸡唱晓云生。看青山碧水蓝天白云，木秀花红石奇山峻；闻花香草气丛生青绿，沁脾洗肺静心。俯仰天地间，唯有清幽在，玉带缠山岳，百岁始称翁。举头望群峰，坐观云雾翻。青山随心穿，苍茫任我飞。云中圣贤颔首笑，山中樵夫叹方外。云在青山月在天，乐得浮生晚年闲。做数件可流传趣事消磨岁月，会几个有见识高人论说古今。夫复何求？我庆幸自己能够沐浴盘阳河的声息，记下发自身心的自在和喜悦，让焦灼浮躁的心灵留驻于一种叫安享时光的幸福之中。

张智勇

张智勇，笔名子皿、于思、文静、叶离素等，甘肃庆阳人，庆阳市政协退休干部。中国文字作品著作权协会，甘肃省作家协会、法学会、律师学会、杂文学会、党史学会会员，庆阳市档案学会理事。发表各类文章百万字以上，编著出版《庆阳地区司法志》《山水情》等书籍8部。获国家省部级奖励数十篇（部）。

人间仙境赐福湖 | 韦　峰

赐福湖美极了！听人叙说，只当是"海客谈瀛洲"，而亲身体验后感到几语难表，那实在是人间仙境啊！

我曾游过武鸣灵水，那水极清澈，那景也别致，但没有赐福湖的博大精深。我到过南宁天雹水库，那只是积水成湖，四面土山，就没有赐福湖这般，四处美景，俯拾皆是，尽意悦取。人间最美是西湖，但一位外地游客道出这样一句话："不知是哪位神仙，把杭州西湖移到巴马来了！"我想，西湖太多人为的雕饰，而赐福湖却是自然天成。

庚辰年农历八月初十下午6时，我们一行20多人从简易的码头坐着两个木船联结而成的简易机动船游览观赏了一夜。

船从码头出发，河道不宽，两岸青山，高大耸立，如巨兽俯视我们。雄伟的马鞍山就在我们头顶，仰望时，觉得它要倾倒下来了，令人惊叫不已！船速稍快，直觉一水劈山，正是"两山排闼送青来"！

太阳西落，因山阻隔，不见余晖。船从一小桥穿过，桥不很大，但桥离船很高。船驶过不远，眼前一片开阔，这里三河交汇，水面坦荡，浮着如纱薄雾。往左前方看，只见两岸高山相峙，形成巨大天门，一束强烈的光射来，让人一下突然睁不开眼。原来，太阳挂在西边，如一盏巨灯，远山被照得一片通红。天上云霞灿烂，水面金光闪烁，真可谓"云日相辉映，空水共澄鲜"，非常壮观。

前方有一座桥，桥有七个大孔，孔肩上各有三个小孔，倒影在水里，近看，好像平静的水底生长出巨大的荷花。船从桥下驶过时，飞下十几个赤条条的身子，是那些在湖边长大的孩子正从桥上跳入水中，水面上炸起朵朵浪花。

河面又变得狭窄起来，船像被两面高山夹在中间。有人打开食品，并用塑料瓶切割成杯斟满酒，开始晚餐。虽简单，但也别有风味。把酒临风，游目观赏，只见有的山峰整齐起伏，有的山峰如巨兽于远岸，或自在静卧，或惊起远眺；有的高峻峥嵘，有的俊秀婀娜，尽显神韵。近观水面，碧波，映着山影，像一幅水墨画。

晚风习习，船徐徐航进，人坐在船顶上。正是"舟遥遥以轻飏，风飘飘而吹衣"，顿觉身爽神逸，飘飘欲仙。

突然，眼前豁然开朗，令人游目骋怀，荡气回肠。远方，山峦迂回重叠，形成巨大的屏风，四处围绕，更像个巨人揽一块翠玉在怀里。天边，彩云像织锦般地张开来，变幻着形状，也变换着颜色，让人顿觉"遥见仙人彩云里"。环视四周，只见山水相依，山扭动着雄壮的身躯，水也婀娜而进，风姿丰韵。哦，这就是美丽的赐福湖，我们闯进了她的怀里。立于船上，只见湖面像一张巨大的荷叶从眼前铺开，到山边，她又变成柔软的臂膀缠绕过伸进水里的山脊，在山的另一边，形成一面绿色的平镜；又有船荡漾，你就不知道她与青山又会造出什么样的洞天别境了。沿着湖边，生长着高高的凤尾竹，村庄错错落落，有许多用竹子搭成的架子和可避风挡雨的小棚，沿岸林立，给平静的湖面增添了热闹。夜晚，渔夫们就在这里放网，天亮收起，鱼虾乱跃，其中，一种名贵的鱼——银鱼，最是桌上佳肴。一座桥像是踩着水面跨越两岸，更像蓝天里横空的长虹，湖面宽阔，桥像精巧的玩具，桥把湖一分为二，使她更多情而神秘。近桥的水面上有许多小红点，待船驶近一看原来是游泳的人群，有的水中嬉戏，有的游跨两岸，来回不下几百米吧，但觉得他们像是闲庭信步一样。

船从高大的桥孔下穿过去，到了湖的另一边。这时，我们才发现，刚才，赐福湖只展现她粗犷的一面，而把柔美深锁在这边。

有一小山，秀出桥边，扑入眼帘，玲珑别致，点上碧梧翠竹，几间房屋，真是个精致的盆景，镶嵌在这美丽的湖边。我们还在感慨时，正前方现出两个非常秀气的小山。亭亭玉女，温情脉脉，极其尔雅地招引你，你难以抗拒，不忍谢绝。她的影子在水中盈盈，一直到船边，百般弄姿。我们都站立起来，朝她瞻睐。

有人惊叫一声，大家转过神来，回头一望，天边色彩纷呈，非常壮丽。"那就是睡美人！"在这人提醒的刹那，大家都看出来了，不约而同地说："啊，真是个睡着的美人！"原来，太阳落山，余晖返照，使山形轮廓在红彤彤的天幕下清晰地现出美丽的身影，犹如仰睡着的女子，体态逼真，令人心旌摇荡，令人屏住了呼吸。在湖面上，船划出一段漪澜，映照红光，绮丽绚烂。这景象持续一段时间，天边那片红变成绛红，夜幕就徐徐拉下了。湖边次第亮起灯火，白的、黄的，连点成线，沿湖边环绕，被湖水倒映，像繁星，更像给湖面镶上了富丽的花边。

船沿一座很大的孤岛绕回。岛很大、很平，大家都说如果天还亮真想上去走走。

船回到湖的中心，轰隆的机器声停了，船儿随着波涛轻轻摇荡。暮霭浮升，树木和村庄都隐去，只有山把天宇围住，像个穹顶，四周灯火齐明，映在水里，是天上的街灯。水光潋滟，山色空蒙，万籁俱寂，置身其中，似已远离尘嚣，处在凡世之上，这是美妙的仙境。

有淑女抚琴，未成曲调先有情。一曲优雅的《春江花月夜》在我们耳畔响起，闭上眼，想见乐音像火花散落湖面，张开眼，看见岸边灯火从四面八方伸来，湖水荡漾，灯影闪闪。月影倒映在水中，好像天上飞下面镜子，抬头望，那月悠悠然，也似抿嘴闭目倾听，还露出甜甜的笑靥。琴手借着月光"低眉信手续续弹"，有人轻吟张若虚的诗句："江天一色无纤尘，皎皎空中孤月轮。江畔何人初见月？江月何年初照人？"勾起多少思古幽情，我想起宋代诗人张孝祥的词："素月分辉，明河共影，表里俱澄澈。悠然心会，妙处难与君说。"此时，真觉得"不知今夕是何夕"了！一曲《梁祝》又响起，个个凝神静听，那女子"琵琶弦上说相思"，大家一起坐一旁悄无言，"唯见江心秋月白"！

一位女子清唱一曲，两位先生乘兴和起山歌，整个赐福湖也陶醉了，她把风姿神韵都舒展开来，妩媚之极。夜深了，这位美人哼着眠歌拥揽着她的美丽，任你飨情。

啊！赐福湖，你的名字很动听，你的景色更迷人！我幻想着并向往你的未来：孤岛上有精巧别致的楼房，两岸度假村鳞次栉比，八方宾客汇聚，共享一方美景。沿湖边，修建人行道，青竹绿柳点缀其中，游人穿梭其间。一座雄伟的桥与现在这座遥遥相对，配置成趣。白天，湖上游船往来，笑语喧天；夜晚，灯火通明，有琴弦奏响，又有山歌相对，渔歌互答。真乃人间仙境也。

赐福湖啊，我相信，你给寿乡增添景色，也会给人民带来幸福。

爬上山坡的河流 | 鲁 莽

　　在故乡巴马瑶族自治县东山乡政府待业的那几年间，每年都有大半年的时间是等水。县政府的送水车队源源不断地往东山乡府按时送水。距乡府8公里的老家弄多，没有小溪，只有皲裂的土地张开着合不拢的口子，面对蓝天残喘；山坡上散乱分布着的低矮的油桐树蔫头耷脑，桐果点燃只看到其烧焖的形状，闻不到一点桐油味。几座擎天高山把小屯子围在当中，屯子老屋旁边50米处，人工挖有一个簸箕大的水塘，每年等着老天爷下雨吃水。夏秋季节一过，大家都要走5公里去挑水过日子。

　　父辈那个年代没有塑料桶，只有木桶，挑水的是木桶，装水的也是木桶。挑水的木桶小，两只桶里最多能装50公斤就行，太大装得多挑不起。蹲在屋角装水的木桶水缸就大得多了，可以装上十来挑水。挑水装水的桶都是用木板来镶嵌而成，得请木匠来干，而且是手艺非常好的木匠，不然镶嵌的水桶会漏水。模板一般都是四指宽度，两尺以下高度，厚度一两寸为宜。模板要刨得两面光滑呈拱形，不仔细看是看不出来的。对缝的边缘得根据稳固和不浸水的原理，刨成向里或向外不同的斜度。居中对立遥望的两块桶梁木板要高出其他木板七八寸，而且在上头往下两三寸处用凿子凿出一个四方孔；一块下方为直线，上方为弧形的木块，把两头插进两个孔中，就成了水桶把柄。一切精刨细磨好后才开始一块一块地合拢。

合拢时稍突出一面是朝外，稍凹的那面朝里，很费功夫，桶要多大就得准备多大箍桶的桶箍，桶箍一般都是用大铁丝来制成，没有大铁丝就用竹篾条来编成桶箍，一只桶最多放六个桶箍，外面三个里面三个，把镶嵌好成圆形的水桶紧紧地内外夹攻固定稳妥。那年代科学不发达，没有什么强固胶，都是去商店买"牛筋"（一种可以熬成胶水的物品）来熬成糊状，把一些细细的锯木面倒进去搅拌均匀，之所以用木面来拌，是因为木面受潮膨胀，能很好地防止漏水，在镶嵌桶板时就在板的边缘涂上一层。最后是把桶底那块木板放进去从上至下（木桶一般上大下小，不太显眼而已），用一根木棍，一左一右慢慢地均匀地把桶底板擂下去，直擂到严丝合缝再也擂不下为止，再在桶底与木块接合的细缝处涂上木面牛胶就算完工了。能装几十挑水的大木缸，制造原理和过程与木桶是一样的。

要去挑水的地方叫板兰，那里有红水河经过。河面很宽，在这边码头看那边码头上的人，如果是大人，看到的身子大小只不过是个小孩，小孩一般就只能看成是一只鸟儿在码头的石子上飞来跳去的情景。去时五公里有三个半公里的路程是下坡，下坡路是马路。马路不是现在我们所说的城市的马路，而是比相对弯曲的山道稍微大那么一巴掌的路。从坳口下到河边三公里多的马路是随地形弯来弯去的。挑水的日子，为了不耽误挣工分养家糊口，都是在凌晨三四点钟鸡叫头遍时起床，起来用手把眼屎搓掉，捞过扁担，把套在桶把手上的索子扣进扁担钉头里，再把桶索在扁担上挽上两圈稳当了才放到肩上，亮起电筒，"吱呀"一声拉开木板大门跨出门槛。大家肩上挑着水桶，打着电筒相互招呼，一路上有说有笑，那笑声没少惊醒沉睡中做着美梦的鸟儿，扇起翅膀惊恐地掠过大家眼前，仓皇地隐身到另一边的茅草丛中。父辈们到河边把水装入木桶后，都要在桶的水面上放几片竹叶，再用一张胶布包住木桶口，那样水不至于一路泼洒出来。他们往往是踏着晨曦和露水把红河水挑进家门。

水，是乡亲们最珍贵的东西，一家人洗脸用半瓢水，轮流洗，洗脚也一样，不管洗脚还是洗脸，最后那水都变成了黑色的，舍不得倒掉，而是用来煮猪潲。洗衣服都是有空了，三五成群的妹仔们用背篓背到河边去洗，洗完一件就扭干抖开晾在码头的大石头上，让水继续滴落，那样往回背时轻一些。

我跟大姐去河边洗过几次衣服，说我去洗衣服，不如说是去玩水更切实际。浅滩边河虾游来游去，大姐洗衣服，我就把手伸到水中划去划来奋力地抓虾公，忙得不亦乐乎，直到大姐洗完衣服招呼我回家时才空着手依依不舍地不得不离开河岸。一路上大姐背的背篓都在滴水，不知是汗水还是背篓里衣服滴出的水把大姐的身子淋得湿漉漉的。上到半坡累了，大姐就在路边找寻到一块平坦的石块，把背篓放稳，坐到路边歇气，右手食指弯曲到额头上从左至右一薅，把薅满拇指的一串汗珠子甩到地上，那些汗珠子甩出去竟然连个泡儿都不见冒。我踮起脚跟在一个大岩石上往下看，那河道竟然变得窄了，变成了一条沟。我对大姐说："姐，你说那河水怎么就不能往坡上流到我们家门口？那样我们就不用辛苦地挑水喝了。"大姐被我这没由头的想法给逗乐了，说："你这小脑壳尽想些啥东西！河水能流上坡，那太阳就能从西边爬上来落下东边去了。"长大了知道那时自己真的幼稚。

后来多年以后，我成为一名教师。那时，大化瑶族自治县刚成立，大化县也随即成立板兰乡，新乡缺少干部、工人、老师，我便有幸加入教师队伍，到板兰乡三片弄雄的地方当代课教师。当时父亲还没有退休，一家人都随父亲在巴马县东山乡政府居住，每个周末我都走10多公里的山道回东山。几年后我转到了板兰小学，那时岩滩电站已落闸，学校搬离了板兰红水河边，建在上头弄必屯。但每年干旱的季节，师生依然得到河边去挑水喝。一次几个孩子偷偷跑到河边去玩耍、提水，一个孩子不幸落河溺水身亡，我们20多个老师轮流昼夜不分地守候在河边，直到三天后那孩子才浮出水面得以打捞上来。

　　难以忘怀的是 2009 年下半年大旱，许多建新房的乡亲被迫停建等水，有的人家因为建得只差那么一点点就建好了，等不起就只能花上几千元去买水来完工。更令人惋惜的是乡亲们家中养殖的生猪，因为缺水，乡亲们不得不忍痛把存栏尚未长膘的架子猪低价出卖，仅这一项，我身边乡亲的直接经济损失总额就达万元以上。缺水的乡亲们距红水河最近的有四五公里，远的有 10 多公里。那时，年轻人都因为生活困苦，逃离了土地贫瘠的老家外出务工，家里都是一些留守的老人和孩子，他们无法到河边挑水，只好一个方向的人集中要水，再请方拖或"三马"拉去。25 公斤装塑料桶一桶水售价五角，车拉那么一桶水，最低要收运费五角，高的达一块五角，算下来一吨水需要支付 40 块钱。

　　面对童年挑水，红水河给了我幼稚；面对孩子溺水，红水河给了我惊悚；面对故乡人买水，红水河给了我阵痛。也许因为这些吧，小时那有悖自然规律的想法莫名其妙地时时闪现在脑海里：那河水为什么就不能往坡上流呢？可我已经不是痴人说梦的年龄了，我知道自己的这个幻想要延续到下辈子了。千千万万个似我一样的平民百姓，有着千千万万个愿望、梦想或说是幻想，可能够看到它实现的有多少个？

　　2019 年 12 月 28 日那天，我被一则新闻给惊呆了，巴马瑶族自治县政府总投资 6829.44 万元的东山乡供水工程竣工通水了。项目主要建设有 5 座泵站、1 座水厂、256 公里输水管道，以及 74 座调节水池，供水规模 1448 立方米 / 天，从根本上解决了千百年来我的故乡东山乡政府所在地和 7 个行政村，以及大化瑶族自治县北景镇弄冠村 1.6 万人饮水难的问题。当我看到县委书记和县长同为蓄水池开阀注水并入户查看自来水到户情况的视频时，看到那喷洒出来的清澈的水柱和围观乡亲挂满了幸福的笑脸时，到现在我都无法诠释自己那一刻的心情，是宁静？是忧伤？是落寞？是美丽？因为这项引水工程的水源就是我熟悉的红水河，离故乡仅一山之隔的红水河。

　　疫情期间一直没办法回老家，五一假期，我回老家看望母亲，自凤凰那往插进去，经过长峒、江团、卡桥到达东山，一路上那随山修建的水泥公路，随地势蜿蜒于山间，忽而盘旋直达山顶，白云缠绕，忽而俯冲至半山腰树木翠绿间，一阵阵清新的空气灌进车窗，令人心旷神怡。沿途护栏下的大水管环山而上，自东山乡供水工程竣工使用后，这样的大小水管遍及了东山乡各村庄，给一座座青山系上了一条条银色的腰带，特别显眼，是党和政府送给这方百姓的致富腰带。

车子在卡桥村卡桥小学后背转弯处被堵塞，原来为了解决抽水用电问题，南方电网广西巴马县公司的精干力量正在为片区架设抽水用电高压线路。估计还要十多分钟才能通过，我走上路边一户人家，在他家伸出的晒场边安装有水管，我拧开水龙头，一股红水河的水清亮地流了出来。我洗了洗手与好客的主人谈起了水的事情，用上了自来水的主人伸出大拇指连连夸赞党和政府的伟大，为老百姓办实事给予老百姓的温暖。他说以前干旱的时候要用水，都要拿大胶桶到邻村板兰村的红水河背回来，13公里啊！来去就是26公里，一天最多能背一次，水比油还贵。现在好了，坐在家里开开水龙头，水就哗哗流了出来，我们的子孙后代不用再到板兰河边背水了。他的感慨之情溢于言表。他还跟我说了东山乡弄漠村的瑶族老人兰昌国，最近干了一件走红的事情，4月14日是兰昌国老人60岁生日，老人什么也不做，用满满的3桶水幸福地洗了一个澡，这是老人60年来唯一一次可以用这么多的水洗澡。

我想自己真是一个幸运儿，下辈子的幻想现在都实现了——河水真的往坡上流了。

鲁莽

鲁莽，本名陈大勇，作品散见《今晚报》、《故事会》、《短篇小说》、《微型小说月报》、印尼《国际日报》、美国《侨报》等国内外多家报刊。多篇作品收入各类文集，获文学创作小奖十余次。

西山人与河流的情结 | 韦绍荣

西山整体属喀斯特地貌的自然环境，除东平河流经西山东南角弄友村的那老和水洞两个屯外，其余的千百个山峁峒场都处于干旱缺水状态。缘此，西山人对河水有着无限向往和遐想。

这种向往在千百年来一代代人的渴望中最终演变成了神话中憨直质朴的西山人，未能机智应答在西山造河的天神的问话而留下的遗憾和失望。这些神话也陪着西山人走过了一代又一代。

今天，在神话或传说中那仅存的一点美妙的悬念终究变成了现实。

河流——西山的地下河流出了地面，流进了每一个西山人的生活中。

西山与河流的神话和传说

据传说，很久很久以前，天下已连续大旱了三年。又恰逢战乱，许多人逃进了山高峁深路险的西山来避难。因西山没有水，在此避难的人们虽免遭了战乱之苦，却因干渴和饥饿而难逃死劫。在西山这片土地上，连天连夜的哀怨声和悲伤无助的哭声传到了天上。上天命布洛陀下到民间来巡察百姓的疾苦，并想方设法为天下百姓解除苦难。

布洛陀来到今西山南部一带，见百姓受干旱的肆虐，状况惨不忍睹。布洛陀想把百姓从苦难中解救出来。于是运起神力，用手中的神拐在今西山干长村磨勤坳上使劲地往地底捅去。神拐捅穿了地底，一泓清泉从地底涌出。周围山弄峒场的人吃上了泉水，恢复了元气。

布洛陀想让更多的人从苦难中解脱出来。于是就想着从磨勤坳的泉眼开始，到今巴马镇弄洪村的弄洪河，这 15 公里长的崇山峻岭中开辟出一条河沟来，让磨勤坳的泉水沿着河沟向南流去，汇入弄洪河中，造福沿岸的人。

布洛陀运起神力把一路上的石块山头全变成水牛一样的灰褐色，并挥着鞭子驱赶，这些灰褐色的石头山头像水牛一样向前滚动，互相碰磕，响声地动山摇，烟尘漫天。到弄安时碰到了一个过路的大娘。布洛陀问大娘道："努巴（瑶话音译，大娘之意），你看见我的那群水牛走到哪里了？"大娘见布洛陀如此问，也不疑是布洛陀正在运动神力驱山赶石造河，毫不思索地就答道："我未曾看到什么水牛，只看到无数的石头在互相追逐着滚动而已……"大娘说到这儿，正在滚动的石块山头全定住不动了，布洛陀也不见了。

现如今，传说布洛陀当年用神拐捅破地底冒出来的清澈泉水依旧在，还在养育着周边山峒场的人们；那些定住了的石块山头在从磨勤坳起到弄洪坡丰这 15 公来里长的山峦峒场里形成了存留至今的云母石带。

人们每每谈及这则神话传说时，都怨怪那个应答布洛陀问话的大娘，说如果那个大娘回答布洛陀时说看见了无数的水牛在互相追逐的话，那布洛陀就把磨勤坳到弄洪河交汇的河沟开成了，这一线上的西山人就能生活在河边，不受着千百年的缺水之苦了。

还有一则传说发生在西山的弄安。传说甘怀山脚的"磨滃"（瑶话音译，王泉之意）自古历来长流不断。水顺着河沟逶迤着向弄安流去，河沟的两边种着水稻。

几百年前的一天，因已连续几个月未下过一滴雨了，地上天天受着灼热的阳光的暴晒。草都枯死了，树木大多已半死半活。

一天，一个富人牵着心爱的狗从"磨滃"边的大路经过。因天太热，人和狗走了大半天的路都未见过一滴水，已十分的干渴难忍。当走到"磨瀎"边时，见一泓清冽的甘泉正顺着一个架在深不见底的旱坑口上的引水槽哗哗地往外流。富人和狗赶忙俯到槽上去喝水。

正当富人和狗喝得忘乎所以时，踩在旱坑口边绿苔上的狗脚突然打滑，狗掉下了深不见底的旱坑中。

痛失了心爱的狗，富人恼怒万分。于是叫人把架在旱坑口上的引水槽砸断，并撬来巨石把水眼和旱坑口全部堵住。于是"磨瀎"的水就流入了深不见底的旱坑中，再不流出地面。

当时居住在弄安的"补央补峝"（苗族和瑶族）全靠这股水生活。虽不满意富人的做法，但敢怒不敢言。过后"补央补峝"去找来一蔸野芭蕉种在被封堵的地方，让后人记住水眼的位置。这蔸野芭蕉在 2005 年扩大公路时，才被大量的土石方埋住而死掉。

西山人对河流和水的渴望在神话传说和民间故事中被击得粉碎。对河流和水渴望的挫败感一代代地流传了下来，变成了千古不衰的印记留在了西山人的记忆中。

引河流入西山的创举

1964 年，毛主席发出了"农业学大寨"的伟大号召。自力更生，艰苦奋斗，愚公移山，改天换地等许多哲理创新为通俗易懂的大众式语言，深入到每一个中国人的心中，化作了每一个中国人，特别是中国农民的巨大精神动力。中国农民在一穷二白的现状上掀起了改变自己生活面貌和生产基础的伟大行动和实践。

在西山，有着革命光荣传统的西山人，为了改变西山干旱缺水的现状，一场前所未有的引河水入西山的大胆的现代革命行动于 1967 年启动。大家决定先在西山的西南面开始动工兴建把盘阳河水引入西山种田的工程。

当时西山各族群众全民动员，全民上阵。以生产大队为单位，从各生产队中抽调年轻强壮的民兵组成大队民兵突击排。全西山公社九个大队组成九个排三个连一个营，以 300 人为一个常规武装民兵营的建制，进行战时军事管制，主攻百力水利渡槽建设。

首先要开山取石。开山取石的工作全部用人工抢铁锤打钢钎钻炮眼，然后放上炸药炸开山体。炸出来的石块同时由一部分人用钢钻手工凿成条石。西山各族群众纷纷把木头木板捐送到百力引水渡槽建设工地。300 个民兵用三年时间，建成了西山历史上最具有那个年代标志性的百力引水高空渡槽。

渡槽建成后，同时进行引水渠道的建设和开凿隧洞的工作。共计开凿隧洞五个，总长千余米，建引水渠道总长 20 公里。

从 1967 年开始至 1972 年，在这五年引盘阳河水进入西山灌溉种田的工程建设高潮中，开凿隧洞的工作最为繁重，坚持三班倒 24 小时工作不停歇。用人工抢锤打钢钎的最原始办法往山体岩中一点点凿进。放炮炸开隧洞中的石头后，又用人工从隧洞中把渣石挑出来。

从东兰县的东平河引水进入西山的东南部巴纳大队的弄怀队、弄累队及弄安两个队进行地改田灌溉工程建设也于 1971 年开工。当时除福厚、合乐、林览三个大队的劳动力，留下进行本大队盘阳河的渠道和隧洞的开凿建设外，其余六个大队各生产队的强劳动力全部被抽调到巴纳大队的水利建设工程工地参加水利建设。上千人的建设队伍一字排在五六公里长的崇山峻岭上，开挖、撬石、打钎、放炮、平整渠面和垒砌渠道。虽然参加水利建设为无偿劳动，而且各人还从自家带来粮食油盐蔬菜，以生产队为单位驻扎在当地的农户家里，生活条件极为艰苦和不便，但大家都一致战胜困难，保证了工程的进度。

虽然从干部到群众都怀着无比高涨的热情投身到改变西山面貌的最艰难和最危险的工作中，但由于行动背离了实际，引河流入西山的梦想最终破灭。

西山地下河改变西山

西山地表虽然干旱缺水，但南部低海拔的区块里，距地表几十米至百来米深的地下溶洞中，却蕴藏着丰富的地下河流。

1970 年初，在西山东南部引东平河水入西山和在西南部引盘阳河水入西山的工程，在耗去了大量的人力和国家无偿提供的财力物资，最终功亏一篑后，西山公社当时的领导们开始考虑能否在西山本地取水解决缺水的问题。经探察后，专家确定西山周凡有地下河流。

于是西山又重新组织起了民兵专业突击队，开始了在西山周凡安营扎寨。

1974 年春，西山民兵专业突击队用两个月的时间开挖扩大周凡地下河坑口，同时在福厚和合乐两个大队发动群众，全员投入到开挖修整引水渠道的工作中。

周凡民兵专业突击队在打通地下河坑口后，青年民兵突击队队员李德黑又变身为"潜水员"（没有潜水装备），连续三天三夜不睡觉，泡在地下河水中安装 20 厘米口径的钢管。有时为拧好一颗螺丝钉，要反复潜下水中十多次，直到把螺丝拧紧。有一次，他下潜到 5 米深的水下拧螺丝钉，因水压过大，加之在水中工作超过了两分钟，他回到水面换气时口鼻都流出了血！当时在场的公社领导叫他马上休息。他笑了笑后又潜了下去……

李德黑的模范事迹在整个水利工程建设的工地上迅速传播。参加水利工程建设的每一个人，都发扬了和李德黑一样的不怕苦不怕累的精神，人人都激发出了改变山河面貌达到改变自己生活面貌的昂扬斗志。

1974 年，仅用 4 个月时间，到 5 月 1 日这天，西山周凡地下河水抽取工程的第一级站胜利建成，取名"五一电灌站"。同时，周凡地下河抽取灌溉福厚大队福厚片的八个生产队的地改田及合乐大队三个队地改田的水利渠道也全面竣工，渠道总长为 8000 米。

1974 年 5 月 1 日，白花花的水从大口径水管里喷涌而出，注入水渠，沿着水渠缓缓地向前流去，应邀来到现场观摩的县社领导及上千名各族群众欢声雷动！西山的地下河终于流出了地面……

从福厚大队的驻地福厚街上往北延伸至百六、兰六和可愁，往东延伸至合乐的干吾、百累和拉拾，这块位于西山最大的平原板块上连成片的约4000 亩的旱地全部变成了水田。

当年，用地下河抽取上来的水灌溉农田，在西山首次成功地进行了大面积水稻种植，而且喜获大丰收。那年秋天，4000 亩连成片的稻田一片金黄，成熟的稻穗，沉甸甸地弯着腰，成为西山千古以来的奇景。不仅引来了各级领导和团体的参观取经，更是让西山当地人看到了自力更生改造山河、改变自身生活面貌的希望。

1975 年，遇上了罕见的干旱。西山大地种下去的春种农作物基本都无法发芽生根，当年西山的夏玉米基本颗粒无收。而在福厚和合乐有周凡地下河水灌溉到的地方，水稻照样郁郁葱葱，长势良好，两季都获得了好收成。这凸显了地下河水利工程抗御自然灾害的巨大威力。

改革开放后至 20 世纪 80 年代的中期，在抽取地下河灌溉农田的基础上，又建起了人畜饮水的压水池。压水池的水送到西山乡政府的各单位驻地、中小学校，还有福厚村属的几百户农户家中，结束了长期以来西山人喝水靠打火把深入地底打水吃，或是到西山外的河流中挑水，一天只能来回一趟的喝水历史。西山人第一次喝上了自己脚下的地下河变成的自来水。

随着改革开放的不断深入，在中国共产党的领导下国家日益富强，有了更多的钱投入到改善民生的基础设施建设上来。

西山少有河流，流经西山的河流又只流经东南最偏僻的两个屯。西山全境的缺水问题历来是制约西山各项发展的瓶颈。党和政府把解决西山人畜饮水的问题列为改善西山民生的首要大事。从 20 世纪 90 年代中期开始至今，成千上万的家庭积雨贮水水柜在西山的山山峁峁中建了起来，解决了西山人历来饮水难的问题。

2017 年时任合乐村驻村第一书记的张军，找到项目和资金，首先在西山的合乐村建起了抽水泵站。通过抽取地下河水，注入建在岩设坳上的大水池中，大水池居高临下，水池中的水经水管压送到了合乐村十个自然屯的各农户家中，全村家家户户用上了自来水。这是整个西山使地下河水变为全村村民生活用水的先例。

继合乐之后，2020 年伊始，巴纳也开启了抽水泵站的建设。弄安是巴纳村最大的平原板块，也是西山四大平原板块中的第二大平原板块。神话传说中布洛陀在西山造河的河沟就经过弄安，布洛陀在赶山驱石造河沟的路上碰到的大娘也在弄安。千百年来，人们都在谈论着因这位大娘的老实回答而致使布洛陀赶山驱石的法术失灵的神话传说，这位大娘因此被骂了千百年。

1985 年，弄安上村和弄安下村在上级的资金和物资帮扶下，分别建了两个各 1000 立方米的大水池贮存雨季积水解决人畜饮水问题。至此，弄安人才从吃水困难的困境中解脱出来，那无名大娘的骂名才逐渐地从弄安人的心中淡却。

由于人口增多，加之改革开放后村民们大种大养，饮水问题日见捉襟见肘。政府又适时地推进了家庭水柜的建设，弄安人缺水吃的历史终于一去不复返了。

时间跨进了 2020 年，到了决战决胜脱贫攻坚战和全面建成小康社会之年，巴纳抽取地下河水压送至弄安、弄累等地的自来水工程又陆续实施，巴纳历来最缺水的五个地方的所有人都将吃上地下河引上来的自来水。在中国共产党的坚强领导下，西山地下河流的水不断造福西山人，圆了西山人有河流和水的梦想。

韦绍荣

韦绍荣，瑶族，巴马瑶族自治县西山乡巴纳村弄安屯农民。

心中的伟大河流 | 黄好谋

> 东里三潭连通过，汇成澎湃东里河；
>
> 冲破西山岩石层，流入长寿盘阳河。

　　天下河流何其多。每条河流都像母亲的乳汁一样，哺育着河流区域的芸芸众生。中国广西东兰县武篆镇的东里河的源头——东里三潭，是中国早期三大农民运动领袖之一——韦拔群的诞生地。东里三潭就在韦拔群故居的门前屋后，三潭汇成东里河的源头东里河，像一个刚从母亲怀抱里蹦跳出来的龙女向东南方向奔腾流去。她没有像长江那样浩浩荡荡，仅像一条绿色的小飘带一样飘荡在重重山谷间。但她在我心中，却是一条特殊而伟大的河流。

　　东里河源头的三潭分别叫小龙潭、皇潭、仁潭。三潭的源头都是来自村后山脚下流淌出来的泉水，而且水脉朝向正对着红七军第二十一师指挥部和韦拔群牺牲的香刷洞，真有些神奇。三股泉水有各自的传说。先说皇潭，位于三潭的中间，即"品字"的上头潭，传说古时候东里村的特牙山脚下，有一个住着十多户人家的美丽村庄。一年夏季的一个下午，突然一阵狂风，天昏地暗，正在这时却有头肥大的白毛野猪跑进村里去，好似要找地方避难一样。村里有一帮壮汉村民一见野猪进村，就高兴地说："野猪进村，不吃白不吃，抓了杀，分吃。"于是便七八个人抓野猪，杀后把野猪肉分到各户，而有一家寡妇想到昨夜的梦境，就不敢吃那野猪肉。昨夜她梦见一位白发长须的老者对她说："如果明天你们村里有牲畜进村，你千万不要吃。"还没待问为什么时，眨眼一下老者就不见了。所以，这位寡妇意识到，这头野猪自天而降，必然有事情发生，所以就不想吃这头野猪的肉。但年纪尚小的儿子闹着要吃，她就以没有柴火烧为由，带儿子上山砍柴去了。砍柴期间，风停雨驻，待天将黑，她估计村里人吃完晚饭了，两母子才扛着柴火回家，她刚走到村边，突然电闪雷鸣，狂风吹倒大树，地上轰隆一声，眼前的村子瞬时塌陷变成了一个绿水深塘，站到旁边看，隐隐约约看到村里塌陷下去的茅屋瓦顶。年轻寡妇母子惊吓得倒在地上，这时那位昨夜梦见的白发长须老者出现在她身边，双手合十，口中念念有词，寡妇母子站了起来，神魂未定地长跪在白发长须老者面前说："谢谢大师的救命之恩。"老者对母子说："村头野猪是神龙卫士的替身，昨夜野猪出来逛，是想去考察这村村民的良心，因为村民把神龙卫士的替身杀了，所以神龙恼怒起来，一翻身，村里就塌陷了。还好剩你们母子，你俩就把这村里重建起来吧！"于是这寡妇的唯一儿子就在这里娶妻生子，繁衍后代，这个韦氏的儿子成为东里村最早的始祖。为了安抚神龙，这位始祖年年祭拜神龙，龙安人则安，故这口深塘就叫作皇潭。此后一代传一代，东里村人世代祭拜神龙，让龙安体，保佑村民安康。

由于村里周边塌陷程度不同，故形成了三潭，除中心皇潭以外，还有小龙潭、仁潭，而关于三潭水脉源流又有这样的传说。在清代末期，西山弄京村村民养有一群水牛，因两头水牛打架，一头掉进山边的深潭里。当把水牛打捞上来后，却发现水牛的一边牛角脱掉了，只剩下血淋淋的嫩牛角。于是派人打捞牛角，但总找不见。十来天后，这只牛角竟然在东里的小龙潭发现，这时人们才知道，西山弄京村的水潭与东里的小龙潭相通，原来水牛掉潭的那几天，正下大雨，山洪暴发，潭水暴涨，把弄京村的水牛角冲流到了小龙潭。而仁潭的水脉也有这样的传说，在20世纪20年代，有一年发大水，东兰县的兰木乡，靠近西山弄烈村附近的一个村子，有人掉下一个深坑，派人下坑捞总没找到，七八天后，这个人的尸体在仁潭发现。这也说明，兰木的溪流通过西山弄烈村的地下溶洞流到了东里仁潭，三潭汇合汇成东里河的源头。不管是来自西山弄京村的水脉，还是来自弄烈村的水脉，都是千辛万苦冲破层层岩石，才流到了东里三潭。

1894年的2月6日，东里三潭边的一间青砖瓦屋里传来一阵阵响亮的婴儿啼哭声，这个婴儿就是后来历练成长为中国农民运动先驱之一的人民领袖韦拔群。韦拔群在东里三潭点燃了革命的星火，他先组织了"改造东兰同志会"，后为了更广泛地宣传组织千万群众参加革命斗争活动，就把"改造东兰同志会"改为"公民会"。1922年，列宁岩的"三三会"和银海洲"九九同盟"竖起了武装斗争的旗帜。"敬告同胞"的战斗檄文像一颗威力无比的炸弹，炸开了右江地区黑暗的牢房，韦拔群建立起千万农民革命武装，吹响了三打东兰反动县衙的号角。

在早期革命活动期间，为了保守机密，韦拔群绑竹排，借口进洞打鱼，划竹排进小龙潭的内洞上层，办洞穴印刷厂，在伏流洞天的石板上秘密印刷在外考察期间所带来的《新青年》《猛回头》等进步书刊，以及自己撰写的宣传材料和简明扼要的红色传单，被后人称为"洞穴红色印刷厂"。

有山歌唱道："秘密潭洞印刷厂，革命真理来传播，锋笔潭砚著伟文，力透纸背征腐恶。"韦拔群就带着这些传单翻山越岭，进入西山宣传、组织革命，创建西山革命根据地。西山和东里河沿岸首先燃起了革命的烽火，而列宁岩农民运动讲习所则成为传播马列革命真理的摇篮。革命星火由此燃遍西山，传播右江红河两岸，迎来了百色起义胜利的凯歌和红七军的诞生，推动了各级苏维埃红色政权的建立，掀起打土豪分田地的土地革命高潮。有一首山歌唱道："东里三潭起浪花，银海洲上结盟发，列宁岩里播火种，右江红河满天霞。"

东里河流过的中和镇、江平村，留下伟人邓小平走过的足迹。中和镇的魁星楼是邓小平、张云逸、韦拔群三位右江革命根据地创建者运筹帷幄，开展右江地区革命斗争的地方，是红七军前委的指挥部，右江苏维埃政府的办公地。不仅如此，在东里河畔，还涌现出一批信仰坚定的革命志士，带领千万民众跟随韦拔群干革命，其中有红七军二十一师政委陈洪涛、二十一师参谋长黄大权，还有陈伯民、黄书祥、黄举平等20多位革命主力干将。

当东里河悠悠地流到江平村江平河段，河流灌溉江平村的千亩良田，塑造了东兰县美丽的江平田园风光。在这里，河流积蓄水势，第一次进山，穿透达3000米的岩层溶洞，来到宽阔的班环屯洞口，然后围绕班环屯大半圈，形成经典的月亮湾村庄。在这里的河段叫班环河，再流下去到昆王村的果麦屯，是东里河的果麦河段。果麦河又以澎湃的气势第二次穿洞，穿透千米岩层来到西山地界的那设屯，到这里又转回弯，流经昆王村的约拉屯。约拉河水势不可挡，呼呼地咆哮着第三次进山——约拉山洞，经5000米穿岩破层，来到西山的巴纳村那老屯的大洞口，到这里，河道弯弯，灌溉着数百亩良田，养育着三四个村庄的数百名村民。

河流第四次进山时，直接穿透10公里岩层溶洞，来到西山弄友村的水洞屯。这里有三处出口水分别从村边的三座山脚奔腾出来，形成奇特的村庄。绿色的禾苗，金色的稻浪，风景美如画。

从1926年起，国民党桂系军阀就反复对西山革命根据地进行疯狂"围剿"，西山军民在韦拔群和东兰县革命委员会、红七军第二十一师及独立师党委、东兰中心县委等的坚强领导下，始终发扬韦拔群的伟大斗争精神，坚持高举西山革命根据地的战斗旗帜，浴血奋战，才取得西山最后解放的伟大胜利，成为革命老区的典范。

有山歌唱道：

> 龙女起舞绘八卦，水洞山水美如画。
>
> 谁人绘就新宏图，胜过天堂美红霞。

后来，河流从水洞的大山洞又穿透10公里长的岩石溶洞，来到巴马镇的龙洪村坡丰屯，流经吉龙、常豆等10多个村屯，全程10多公里，最后流入巴马盘阳河，再汇入千米湖面的美丽的赐福湖，赐福湖成为游人荡舟消闲的养生地，再流下大化县的岩滩电站，化作千万颗明珠，照亮人们的幸福生活。东里河为造福民众也作出了非凡的贡献。

百里长河东里河，延伸流到盘阳河，五进五出，世上少有。东里河冲破西山的重重岩石层，胜利到达盘阳河，一路上经历了艰难曲折的冲击，历尽千辛万苦。而且东里河的历程与右江革命的历程相互映照，每到一处露天河都发生一系列的艰苦斗争和激烈战斗。在中和镇，韦拔群组织民众斗争劣绅恶霸杜瑶甫（即杜八），农军攻打中和民团局，解放武篆区；在班环屯农军攻打劣绅龙显云民团；在坤王约拉激战反动民团武装，赶跑大恶霸龙显云。在西山水洞，红七军二十一师副师长黄松坚亲自指挥，消灭桂军运粮队；水洞屯有韦日录、韦日考、陈日球、韦顺源等四人参加红七军，两人随红七军北上，鲜血洒在中央反"围剿"斗争的沙场上。东里河水洞河段的水哺育他们的成长。

1931年12月进行的西山第四次反"围剿"斗争中，在坡丰屯后山的平雷山坳，红七军激战敌军，战场惨烈，红七军原凤山赤委会主席黄明新和赤卫军中队长等几位壮士英勇牺牲（均为西山籍烈士）。烈士的鲜血把东里河的龙洪河段染红，久久不消散。

1948年，老红军游击中队长略明白带领西山游击队攻打龙洪乡民团据点常豆屯，有韦明钢、黄天意、韦日追等多位瑶族、壮族战士血洒常豆河畔。新中国成立初期，为了改变西山瑶胞的生产生活，党和政府在龙洪河岸设立了巴买、坡排、拿来等四个移民搬迁点，100多户瑶胞使用龙洪河灌溉旱地改造成水田，年年得丰收，使瑶胞的生产生活得到了很大的改善。

这条源自东里三潭，五进五出的百里长河，是一条苦难的河流；在韦拔群点燃的革命星火后，这条河变成了一条革命之河、斗争之河、战斗之河、胜利之河、幸福之河，是一条烈士鲜血染红的河流。它象征着西山军民、东凤军民不怕艰难险阻，百折不挠，浴血奋战，誓死保卫西山革命根据地红旗不倒的坚强意志。这条充满革命性、斗争性和战斗性的革命河流，象征着韦拔群的伟大革命斗争精神，功绩彪炳千秋，她在我心中是一条特殊的伟大河流——我称她为伟大的拔群河。

黄好谋

黄好谋，壮族，巴马瑶族自治县西山乡西山中学退休教师。

亲爱的河流 | 划 痕

我曾经为一条河流写下这样的诗句：

> 我就当你是慈祥的母亲
>
> 我就当你是温暖的亲人
>
> 我就当河边的石头是你的坚稳的膝盖或者
>
>   宽厚的怀抱
>
> 我就当缓缓流水是你温柔的手掌
>
> 我就当潺潺流水声是你说出的暖心的话
>
> 我就常常跑到河边静坐或倾诉
>
> 我就将头或者身子伏在石头上
>
> 我就一遍又一遍轻唤你，亲爱的
>
> 亲爱的……

是的，我喜欢那条河，我深深地迷恋着那条河！所以，如果我曾经邀请过你要一起去那条河流边走走看看，那么你肯定是我心里喜欢的人，我一定是想与你并肩在铺满大大小小精致的鹅卵石的河滩上漫步，轻声交谈或者什么也不说。走累了就坐下来，坐在河流岸边光滑的石头上，看鱼虾在水里快乐嬉戏，看落叶逐流水，看云朵的影子飘过水面，看月亮从水中升起来，看河边的芦苇在月光下随风起舞。

那条让我痴迷、令我魂牵梦萦的亲爱的河流名叫百东河。它源于百色地区凌云县沙里乡，然后七拐八弯、蜿蜒曲折穿山越岭来到我的家乡，环绕着我们的村庄缓缓流淌，仿佛一个慈爱的母亲怀抱着自己的孩子，细语呢喃，轻轻摇晃，温馨美好。

实际上我们这些生活在河流沿岸的人们并不将这条河称为百东河，甚至很多人根本不知道她的大名叫百东河，不知道是在哪个年代，我们的祖先给河流的每一段流域取了一个独立的名字，于是从那时起，每一汪深潭、每一道浅滩，都各自有一个亲近而贴切的名字。流水一如既往不言不语，默认了人们给她取的"闺名"。她就这样温和柔顺地与岸边的人们相依相伴相亲相爱，年年岁岁。

在我们这一代人还小的时候，农村的生活还很贫困艰苦，条件远没有现在的好。大人们为了一家老小的温饱，终日不停地忙碌操劳，他们是没有多少精力放在孩子们身上的，孩子基本上都处于放养状态。没有大人看管的我们自懵懵懂懂的四五岁起就会结伴到河边玩，村边这条河与河滩便成了我们天然的游乐场。清澈见底的河水与在河里追逐嬉戏的鱼虾，还有水底和河滩上大大小小、形态各异、五彩斑斓的鹅卵石，对缺少玩具的我们有着不可抵挡又无法舍弃的诱惑。每年从春末到中秋那一段时间，我们每天都是在那里游泳、潜水、捡石子、打水漂、逐鱼、戏虾、打水仗，我们还会在嘴里含一大口清亮的河水，对着太阳的方向喷出去，喷出的水雾中便会显现出一条七色的小彩虹。我们还会弯腰把头发全浸到河水里，然后猛地起身把头往后甩，塑造出我们认为帅气漂亮的发型。我们起劲地玩着各种小游戏，玩到废寝忘食，玩得不亦乐乎，头发每天都是湿了又被晒干，又弄湿又被晒干，每张小脸都被太阳晒得黑不溜秋的，背上的皮肤被晒得脱皮，可我们却毫不在乎，依然乐此不疲。在夏日里，即便是阴天，甚至是小雨天，我们都会照常吃完饭就往河边跑，奔赴我们心中的乐园。

还记得那时我们与小伙伴们相约去游泳时，根本不用出声，一照面就举起右手，五个手指前后晃动，大家就都知道要去干吗了，那个手势成了村里的孩子们心照不宣的暗号，并且一代一代流传沿用下来。

我们初学游泳时，是没有教练的，忙碌的大人们也没空去教我们，只叮嘱我们要注意安全。我们只能跟小伙伴们学习，或者自己慢慢摸索。那时也没有游泳圈，所以最初我们只敢在水浅的地方，怯怯地趴在石头上，双手紧紧抓住石头的边缘，双脚杂乱无章地拍打着水面，尽力让身子悬浮，之后再慢慢移到水稍微深一点的地方去，循序渐进地努力练习，反复试探。

有的孩子则扛来一根碗口大的大竹竿，把竹竿放到水里，空心的竹竿浮在水面上，人就趴在竹竿上，双脚划动拍打着水面前行。更有些孩子从家里偷偷带来一条大人的长裤，先把两个裤脚绑住，双手拿住裤头两边，举过头顶，用力往水里一扑，裤子就被空气灌入，鼓胀起来，然后用绳子把裤头绑起来。一条裤子就成了个"游泳圈"，还不会游泳的孩子就趴在两条裤腿中间，借着浮力双手与双脚拍打划动着前进，就这样渐渐学会了游泳。关于"游泳圈"我们还总结出了一条经验，那就是用来代替游泳圈的裤子布料最好是尼龙料，因为尼龙布料密封度比较好，而棉布料的裤子则不行，太容易漏气，一下子就瘪了，漂浮不起来，更别说要托起一个人的重量了。

上学读书后，我们也并没有就与河流疏远了。村里有所小学校，设有一年级到三年级，我们就在村里的学校就读，而学校离河边不远，跑步过去不到两分钟的路程。因此夏天时，即便是短暂的课间十分钟，我们都不肯放过到河边玩耍的机会。下课铃响时，人还没出教室就边跑边脱掉上衣，到了河边再把裤子一脱，把衣服往岸边的石头上一扔，人就往水里跳下去了。在水里游上那么几圈，眼看着上课时间要到了，才从河里爬起来，边把衣服往身上套边走回教室，所以夏天时教室里经常出现这样的情景：老师进教室时，看到一屋子湿漉漉的小脑袋，令人啼笑皆非。放学后的时间更是除了吃饭和睡觉，其余的时间都泡在河里了。

我们的童年与少年时代就是这样日复一日年复一年地在河边游玩，因此村里的孩子一个个都成了游泳好手。年少的我们可以从河岸高处"呼呼"地跳进水里，毫无怯意；我们经常比赛谁能更快地横跨宽宽的河面游到对岸，心不慌气不喘；我们还能长时间屏住呼吸，潜到水里在水底捉迷藏，在水底相互追逐嬉闹。

村里一代又一代的孩子都是在这条河的沐浴滋润下慢慢长大的，这条静静流淌的河流俨然成了默默看着我们成长的守护神。年少时轻狂，无知且无畏，长大后回想，就不能不感激这条河流的慈祥与厚道，村里每一代的孩子都曾经在还没有任何危险意识的懵懂无知的年纪里下河里肆意扑腾胡闹。河道不算小，水也不算浅，有些河段水流湍急，可却也不曾出过什么事故，最多就是初学游泳时，有些孩子曾因不知深浅过早进入到深水区在因手忙脚乱之中而被灌入几口河水，却也都被同伴们拽了回来。最危险的一次，是我上初中三年级那年的夏天，河里发了大水，红色的洪流由上而下滚滚而来，我与另一个小伙伴还逞强横渡到对岸，我被洪流冲出几十米，岸上的小伙伴吓得喊不出声音，最后我还是很幸运地抓住岸边伸出的一根树枝，保住了一条命。

河流不仅成为村里孩子们的游乐园与成长的摇篮，还是村里的人们洗衣服和洗菜的好去处。流淌的河水干净清亮，大人们把要洗的东西装在桶里或篮子里拿到河边，先找一块平坦舒适的石头坐下，再慢条斯理地细细清洗起来，清澈的河水在身边缓缓流动，时间仿佛也就慢了下来。洗衣棒槌拍打在衣服上的"梆……梆……"的声音与人们互相打招呼、交谈的声音成了一首动听的乡村交响乐。

经过河水的洗涤，洗好的菜青的青翠欲滴，白的洁白如玉。洗好的衣服干净如新，散发着特有的清香。衣服洗好了也不用拿回家晒，直接一件一件张开铺晾在河岸边的草木或者石头上，等傍晚太阳下山了再到河边把已经干了的散发着阳光味道的衣服收回家就可以了。很多日子，河边都晾满了五颜六色的衣服，远远望去犹如百花齐放，又像云霞满天，甚是生动好看。

那些年，在河里玩水时，还能经常看到水底下有些用石头压着的篮子。篮子里装的是大人们从山上掰来的苦笋，顾名思义，苦笋就是有苦味的竹笋。大人们把野生的苦笋掰回来后剥去皮，把嫩笋煮软了撕成一条条的，装到篮子里，盖上芭蕉叶拿到河里，浸到水里去，用石头压上不让河水把篮子冲走，只让流动的水冲去苦笋里的苦味。泡上一天一夜后苦笋的苦味就被河水冲洗掉了很多，若再泡久一些笋就真的没有苦味了，这时再拿回家炒着当菜吃。还有那些有微毒的木薯，大人们也是煮熟切块后装在篮子里拿到河里泡，让河水冲释去毒性，然后才拿来食用。有毒的猫豆也是煮熟后拿到河里冲泡，在水里泡 24 个小时以上，毒素被冲泡没了才拿回家炒着吃。馋嘴的我们还曾偷吃过水里泡着的那些苦笋、木薯还有猫豆呢。

这条河流的好处与用处很多，而最大的用处就是浇灌农田了。我们村的农田大部分都是用这河里的水灌溉的。20 世纪 90 年代中期之前，还没有人会到外面打工挣钱，农村里每一户人家一家老小的生计全靠土地供给，吃的穿的都得靠双手从土里刨出来，所以田地对于村里的人们来说是很重要的。我们村大部分的农田就散布在河流两岸，但流经我们村这一段的河域河床比两岸的农田低得多，没有办法直接把河水引流到田里，于是人们修了水渠，从地势较高的上游，从王龙门水电站水坝那里把水一路引到村里的田野上，然后各自引到自家的田里。汩汩清流就顺着水渠奔向干涸的农田，滋润着田里的禾苗。因为河水充沛，我们村的农田都是水田，很少有望天旱田，哪怕水渠的水无法供到的地势高一些的农田，我们也可以用发电机抽水泵抽水浇灌，因此我们村种出来的庄稼比别的地方要高产得多。河床比水田低虽然不利于灌溉，但实际上也保护了农田，洪水期发大水时，田里的禾苗稻谷便也不会轻易被淹没，不会造成什么损失。

修水渠用的沙子和石头也是从河里捞出来的，大人们在河里捞沙石时，我们这些小孩子还跟着去凑热闹呢。水渠修得挺深挺大的，修好后水渠里也水流滚滚，恍若又是一条河流奔涌。还记得小时候有一次，我与小伙伴阿柔曾经在水渠的一斜坡处玩，我们如滑滑梯一般随着流水从上往下滑，水渠两侧与底部是水泥与沙石混捞浇筑成的，我们反反复复地滑下又爬上又滑下地玩了半天后，粗糙的水泥地面生生地把我们的裤子后裆磨破了两个大窟窿。当天晚上我们双手捂着屁股磨磨蹭蹭地回到家，挨父母骂了一顿。在那个贫困的年代，他们十分心疼那条被磨破了的裤子，要不是我们见情况不妙溜得快，说不定还要挨一顿胖揍呢。

年少时数不清多少个日子，我们就那样与河流坦诚相对，亲密相处，胜似亲人。我们高兴了就跑到河边撒野欢呼，难过了也会跑到河边哭泣宣泄，河水似乎知晓人心，不疾不躁地缓缓流淌，她浅吟轻叹，仿佛诉说，仿佛安慰。然而那时我们还年幼无知，只是纯粹地觉得河流好玩而去亲近和热爱，我们并不懂得用心去靠近解读河流，不懂得她不声不响地给予我们开心、快乐甚至守护，一如生身母亲对孩子般宽厚无私。直到后来长大离开了，很多不经意的时刻才发现自己刻骨铭心地怀念起她来，才发现自己内心某处无比饥渴，极需要那道清流填充与滋润，这才知道，其实那条河流的水曾经无声地滋润了我们的生命，又洗涤了我们的灵魂，她在不知不觉间悄悄渗进我们的血脉，变成我们的血在身体里来回流动，喂养着我们的生命的同时，也喂养着我们的灵魂。

长大离家后我走过不少地方，遇见过很多河流、江水，甚至大海，可每每面朝别的江河或大海，内心深处总固执地认为，还是环绕着故乡的村庄而流淌的那条河流的身姿最清秀可心，最令人难忘。

在号称"天下第一滩"的北海银滩上、在海南三亚号称"天下第一湾"的亚龙湾游览时，看着游人如织、人潮汹涌的海滩，听着海浪翻涌喧哗，俯身伸手捧一捧海水端详，却在自己的掌心里看到远在千里之外的故乡，静静流淌的那条河流。在三亚的海边随众人抬头仰望着闻名世界的"天涯"石和"海角"石时，我的眼前却浮现出那些静静躺在故乡河滩上的鹅卵石，思绪也便不由飞回到儿时场景，恍惚间，觉得海滩上来自各全国各地，甚至世界各地的游人都变成了童年时一起在故乡的河流里嬉戏的小伙伴，海浪仿佛也低了下来，静了下来，轻轻拍打着海岸。

童年与少年时代，河流一直就在我们身边，或者说我们一直在河流的怀抱里，我们并不觉得这有什么特别的感受，直到后来我们长大了，离开了，再回过头来，河流才被我们看见，被我们记起，我们顺带记起了童年的小伙伴，记起了童真。多少次，当我们在外面漂泊流浪，弄得满身风尘、满心疲惫时，当我们再一次回到故里，来到河边，甩掉鞋子，脚一踩上河滩，踏进水里，河水"呼啦"地簇拥过来，轻柔地触摸和轻轻地拍打，仿佛守在家门口的日渐苍老的母亲猛地紧紧拥住离家日久忽而归来的孩子。我们满身的风尘瞬间被闪光的河水洗净，疲惫也一扫而光了，饥渴的心灵也一下子被这清灵的河水慰藉而重新滋润鲜活了起来。

可是不知道从何时起，河流悄悄地变老了。是的，她像我们的母亲一样，在时光流逝中，悄然老了。她曾经丰腴而饱满，而如今水流渐渐少了，原本宽大却流水丰沛的河床日渐空旷，犹如一只深陷而干涸的眼眶，日渐消瘦的流水如眼底的泪水涌动，让人看了难受不已。如今村里的孩子也不再到河边玩了，河滩了无生机，荒芜寂寥。

可老去的河流还是我喜欢的河流，很多次站在河岸边，便突然不可抑制地心生感伤。看着河水潺潺流逝，我都会恍惚觉得像亲人离开，背影渐去渐远，仿佛就快要消失了，忍不住眼底酸涩，便有了想要去拥抱的冲动，我真的万分不舍流水逝去！我每次回家，都要带上我的孩子去到河边，我拉上他陪我在河边绕了一圈又一圈，走了一程又一程。走累了便拉着他坐在河畔的石头上，喋喋不休地给他讲我年少时与这条河流的故事，讲了一遍又一遍，翻来覆去地讲。讲累了我就把身子和头伏在前面的大石头上，那些石头是河流宽厚的怀抱，我就像个年幼的孩子跟母亲撒娇一样，跟河流撒娇。我就在心里一遍又一遍，轻声地唤：亲爱的、亲爱的、亲爱的……

流水有时发出轻响，仿佛呜咽着，应我。

划　痕

划痕，本名罗秀花，壮族，20世纪80年代初生于广西巴马瑶族自治县所略乡。鲁迅文学院少数民族文学创作培训班第二十四期学员，广西作家协会会员。有诗作刊发于《诗刊》《广西文学》《南方文学》等报刊。

家住盘阳河畔 | 陆宗合

　　盘阳河是巴马的母亲河。那社神奇的"命"字河就是她的源头之一。母亲河穿山过洞,时现时隐,自西向东,贯穿巴马,流入红水河。她汇凤山巴马两县之玉液,集天地之灵气,泽两岸千山万岭草木,灌万顷良田沃土,环村绕寨,孕育众多百岁寿星。巴马获得"世界长寿之乡"的美名是她孕育的花果。她的流域,碧水蓝天,青山翠岭,物产丰富,果甜稻香,获得无数文人墨客的礼赞。在赞扬盘阳河的诗卷里,罗文秀先生的玉律《盘阳河》尤为引人入胜:

　　　　命字天书韵味长,穿岩出岫聚阴阳。
　　　　瘠浇神濑四时秀,嬴泳灵潭百岁康。
　　　　诗画烟波游兴旺,明清皇宴贡鱼香。
　　　　凡间圣水滋边邑,寿享遐龄誉远扬。

　　今生有缘,我生长在盘阳河边,家就住在盘阳河上游的甲篆河段北岸,属甲篆镇拉高村管辖的善屯。这里既有河流又有山泉,泉河交汇,互展风采。河流距家不到 100 米,山泉距家也不过七八百米,依山傍水,自然环境宜人。居家出游,春夏秋冬,都有不同感受。河流平缓,荡漾悠扬,山泉清澈,甘甜净爽。景观密集,游人纷至。岸树葱茏,鸟语花香,赏不尽,趣无穷。捕鱼拾螺、垂纶散步、观洞登山、纳凉消遣、浴体清波，可以随心所欲，神醉其间，畅快舒适。

捕鱼乐趣

　　家近河边，最瘾的是捕鱼。而捕鱼的方法有多种多样。有网捕、刀捕、笼捕等。而不同的捕法也要在不同的季节和时间才能见效。网捕、刀捕是在春冬河水清澈时，笼捕多在夏天发洪水的时候和秋高气爽之夜。笼捕所用鱼笼是用竹篾编成的，编艺精巧，鱼可进不可出。网捕不分昼夜，随时可捕。刀捕须在晚上天黑后进行，因为这时鱼儿活动少，比较静定。孩提时，常跟父亲带刀去捕鱼，父亲左手拿火把，右手拿刀，沿着十几二十厘米水深的河边逆水边行边看，我把鱼篓挂在胸前，走在父亲后面，父亲见鱼就砍，我见鱼死就捡，父子配合默契，一晚一两小时下来，可收获一两斤鱼，盘餐添味，喜悦涌出心扉。

　　夏天用笼捕鱼，主要是在山泉流溪里，这时河水猛涨，水质浑浊，鱼群涌往岸边，寻找清泉，逆泉流而上。捕鱼者即将鱼笼顺水安插在各处支流，静待鱼虾造访。每天早晚各开笼一次，当将鱼笼提起，始见笼尾鱼虾跳跃，油鱼鲤鱼大虾小虾呈现眼前，喜悦心情油然而生。有时候特意用石头、杂草将溪流堵住，抬高水位，形成几十厘米高的瀑布模样流滩，才将鱼笼顺水安在流滩上，人则坐在岸上的草坪，目不转睛地观看鱼儿迎滩而跳，有的穿进鱼笼，有的落下流滩，鱼儿跳跃不停，岸上人观看上瘾。这种捕鱼法，既有趣又有收获，让人流连忘返。洪水稍退时，泉溪里的鱼又返回河中，这时捕鱼者只需将鱼笼逆水安放，等待鱼虾回宫。

　　秋季用笼捕鱼，其实是诱捕。白天先在某一河段浅水处，堆起河沙围成一个喇叭形状的约一间房大小的围圈，上头舒开，下方收缩，只留一个适合安放鱼笼的小口。当初夜降临，星辉月明时，两人配合，一人拿鱼笼在岸边守候，时而仰观星光月色，欣赏清流玉带，时而凝目围圈，注视鱼情动向；

一人带着炒香的玉米粉拌上米糠的饵料，静静地蹲在上头的围坎处，慢撒在围圈内，任其随水漂流，手撒饵料的同时眼盯鱼情。围口下方的鱼群闻到香味，纷纷跳跃抢食，并顺着饵料逆流而上，涌入围圈内，越集越多，时机成熟，拾笼人飞奔围口，安放鱼笼，上边撒饵人立即扬起备用竹棍在圈内猛打水面，鱼儿惊不及防，转头顺流而下，涌入鱼笼。这种捕鱼法收获较多，有时候一次就捕到八九公斤鱼，真让人神情兴奋，意惬心舒。

网捕也有多种多样，除了普遍的布长网、甩圆网、刮斗网，这里还有一种筐网与绡配套的网捕法。所谓筐网，就是网形似筐，当地人称为筐网，宽约五米，深约四米。所谓绡，其实就是绳子，捕鱼用绳壮语称为绡，是用制绳材料编成的，每条长三四十米，手拇指般大。因为鱼怕白色，编绡时须在整条绡上每隔20厘米插上一白色条状物，白树皮、白布料、玉米壳均可。捕鱼时一网配两绡四人，称为"打筐"。两人一左一右在河中间掌控渔网，把网张成长方形，用脚压实水下网角，水上网角用绳子绑在各人胸部，并均衡拉直，浮出水面，形似四方筐口，一人一条绡，一头压在脚下联网处；另外两人各持一头绡向河边逆水而行，待绡拉尽，两人即同步朝网口方向慢慢收绡，直至交叉背行。当范围渐渐缩小，绡上白条飘动，白光刺眼，鱼惊而逃，快到网口时，鱼群无计可避，有的进网，有的狗急跳墙，跃出水面，像是水上杂技表演，鱼飞河面，水绽银花，场面壮观惹眼，捕鱼者喜，观鱼者迷。等绡收到网口，掌网人快速起网取鱼，此时，鱼跃网中的情景令人目不暇接，眼花缭乱，陶醉悠然。一网下来，几公斤的收获常见不鲜。

钓鱼是古今闲者的主要娱乐活动之一，也是捕鱼的一种方式。钓鱼有静钓、拉钓、飞钓之分。

静钓是固定在一个地方，静坐在伞下、树荫下或草坪上，手握钓竿，眼看水面浮标，标动手动，鱼上心舒，尽享休闲雅兴。亲身体验，触景生情，笔端墨露，《垂钓杂感》由然入笺：

静坐河边意自欣，蚊叮虫咬不分心。

晴天岂惧骄阳晒，阴日无忧大雨淋。

竿竖眸前牵视线，标浮水上系神魂。

任凭早晚情如故，留恋依依树下蹲。

拉钓所用鱼竿较短，长 1 米左右，是用金竹做的，钓线与竿长度相当或者稍长。适钓时间一般多在夏末秋初，这时候洪水已退，河水微浊向清，水位选择适在水流稍急，深近齐腰处，钓鱼时竹篓挂在胸前，手拿鱼竿在水下不间断地上下慢拉慢放，似是摇手锻炼，戏弄水流。两脚掌也不断地搓动脚下的泥沙，慢慢搅动流水，鱼闻异味就往鱼饵方向觅食，频频上钩。

飞钓不失为一种独特的钓法，宜在河水小而清的时候进行，且在傍晚天色朦胧之际或是初夜时分。一篓挂胸前，一手挥鱼竿不停地上下飞舞转动，饵线随着鱼竿飘逸，每当鱼钩落水，鱼儿闻到响声即张口扑去，不知不觉随钩上岸入篓。在星光月色下，慢步河沿，犹如闲游消遣一般，手摇鱼竿，眼望荡漾河流，水如玉，月如银，真可谓：星云水底舒屏画，钓者心情展笑颜。飞钓归来，夜宵有味，睡梦香甜。如今我已年近稀龄，回眸飞钓情景，禁不住墨露毫端：

轻摇鱼竿岸边行，飞转乾坤雅趣生。

纵目清流皆画意，一江星月一江情。

相对于钓鱼，上述的网捕、刀捕、笼捕等野蛮的捕鱼方式，也限于 20世纪的 80 年代了。随着群众生活水平、生态文明和环保意识的不断提高，诸种野蛮的捕鱼行径渐渐消失在盘阳河畔。党委、政府出台了禁渔的政策法规，禁止电鱼、炸鱼等行为，推行了河长制和严格的捕捞管制，村规民约也明确禁止一切野蛮的捕鱼行径。各村屯的群众为保护母亲河，开展了自治法治德治的工作，不向母亲河倒脏水、扔垃圾等"呵护母亲河、热爱盘阳河"的善举德行蔚然成风。如今偶尔看到游客和村民在盘阳河畔垂钓，也是纯粹的茶余饭后的闲情与雅致，垂钓中小鱼儿不小心上了钩，垂钓者也会把它们放生回到母亲河中，谁都不愿意看到母亲河的苦恼与愁容。

拾螺雅兴

螺是家乡的水产之一，有田螺、河螺两种。田螺夏季较多，春季插秧后，田水丰盈，田螺渐现、渐长，进入夏季，田螺个大肉丰，适宜食用。这时一篓在手，权当散步，走在埂上田间，伸手可捡，用不多时，一两碗螺便收入篓中，拿到家后，用清水浸泡 10 小时左右，让其吐尽泥沙，剪去尾部，洗净后即可下锅焖炒，熟透时再加点香菜搅匀即可出锅上席。田螺个头较大，形稍圆，肉色灰黑，肉质鲜嫩，美味可口，餐桌能添一碟田螺，自感满筵溢香，堪称佳肴。难怪有人说："五个田螺送碗酒，螺伴酒香饮自醉。"曾聆一品螺骚客情醉席间，罗绍高先生开怀畅吟《田螺赋》：

> 沼泽田间任隐藏，拾来不至耗银囊。
> 装盆浸泡催清净，换水翻搓激吐脏。
> 炒制飘香厨绕漫，品尝出味意牵长。
> 随缘赞叹农家宴，共享珍馐笑举筯。

河螺常见的有两种，当地称为灰螺和绿螺。灰螺个子较大，比田螺稍小稍长，因肉质呈灰白色而得名。灰螺喜在较深水位，且水流平缓处，觅拾灰螺，一般全身下水，看得见伸手就捡，看不见伸手乱摸，比较费劲。灰螺加工食用似田螺。

绿螺比灰螺小，体形稍长，肉质呈灰绿色而得名。此螺习性随和，深水浅水皆有，浅水多见，捡螺常在春秋两季，尤其秋季偏多，因为秋螺较肥，肉质丰满，且水清易得。闲暇之时，又遇风平浪静，男女老少常到河里拾螺，双眼左看右瞄，慢走慢拾慢选，雅兴悠悠。此螺拿回家即可加工食用。先把螺子洗净煮熟，用针或牙签挑取螺肉，配些香菜或干炒或拌黄豆粉煮或煮螺粥，皆各具特色，肉嫩味香，爽口润喉滋胃，可谓水乡独有，宴上珍馐。

逛野陶醉

捕鱼拾螺有趣，逛野更能陶冶情操。家傍河沿，周遭遍是奇观异景，山林苍翠，岸树葱茏，田园色彩斑斓，诗情画意，令人陶醉。登上河边山头，纵目远眺，那层叠峻岭、纵横沟壑展现眼前；盘阳河弯弯曲曲，似龙游，如玉带，绕寨环村，映衬琼楼，真乃一幅天然彩画，倍感欣慰与舒畅。休闲漫步堤边，竹摇凤尾，柳织青帘，声声鸟语，悦耳怡心。移目水上，苍鹭翩翩，鱼戏清涟，鸭鹅觅食，牵情惹眼。慢走沟梁，草劲花香，松杉苍翠，鸟唱虫鸣，好一派和谐生态。罗伏龙先生笔下的《咏善屯》如此蕴意含情：

> 一湾碧水绕村流，远距嚣尘景物优。
> 瑞霭晴岚缠翠岭，娇花绿树映新楼。
> 民风古朴人情厚，礼义长存访客稠。
> 忘返流连神圣地，安居静养寿千秋。

寨貌怡人

桑梓新景，得益于改革开放春风的暖流，得益于国家乡村振兴战略的良策恩惠，得益于精准扶贫的甘霖，得益于盘阳河的滋润与福泽。走在寨中，新楼林立，旧貌影杳；环境治理，清洁舒适；绿化美化，风格别具；道路平坦，巷净窗明。路灯、舞台、灯光球场、停车场一应俱全。父老乡亲脱贫致富，生活幸福。华灯初上，舞台有歌声有舞影，球场有练球有赛球，文化娱乐活动丰富多彩。寨前红棉参天，榕掩楼亭。入屯道路，石砌砼铺，路树掩映，堪称绿色幽径。河边旅游步道，栽花植柳，气净风凉，茶余饭后不绝行人笑语。

故园之秀美，乡亲之和善，常引客来造访，也闻许多赞叹。光顾儒骚先后留下不少玉迹墨宝。杨森先生的七律《咏善屯》如此描述：

> 遐迩闻名引客游，渔歌牧笛恋情悠。
> 青筠缀岸添莺韵，绿树荫蹊衬玉楼。
> 神水滋庄人岁寿，奇山毓秀赋声稠。
> 漫言帝苑千般美，此胜仙乡尽可讴。

2015 年春，为感谢和铭记四方墨客的厚爱，长留墨客的金诗玉律，乡亲父老自筹资金，石刻诗作安于入屯路边，40 多首作品，一石一诗，沿路排列，200 多米长，形成一道亮丽惹眼的"墨客玉韵走廊"风景线。往返游客看到，不禁流露赞叹之情。住巴马养生的"候鸟人"经常亲临游览，观景赏诗，拍照上传网络。2016 年冬，一"候鸟人"来到这里，全程拍照诗廊，制作取题为"广西巴马壮族小村庄的诗歌长廊——中华艺术"传到网上，并附感言：

"第一次来广西巴马，住在巴马汇福中医村，一个壮族屯里，就在这里安营扎寨准备养生了，然后在巴马周边去游玩。在广西巴马瑶族自治县甲篆镇拉高村，有一个自然屯叫善屯。11 月 2 日，我步行游览盘阳河左岸，惊讶地发现，这个小小的壮族村落，居然文化气息非常浓厚，让人刮目相看。引起我极大兴趣的就是这条'墨客玉韵走廊'。一共有 42 块诗碑排列在村道的一旁及镶嵌在'寺'的围栏上。在巴马这样的地方，一个小小的自然屯，居然有这样一条近体诗的'走廊',实在让我惊讶和赞叹!"功夫不负有心人,他拍的照片和感言于 2017 年 1 月 2 日在一网页栏目刊出。日常游人中,有的拍照网传,有的赋诗抒怀。罗发先生赞诗《游善屯》曰:

> 山村如画翠盈眸,大道浓阴贯寨头。
>
> 屋后碧峰环福地,屯前玉带话春秋。
>
> 物华万载生仁善,财帛千银造阁楼。
>
> 更喜乡民花缀锦,诗廊文采竞风流。

养生益寿

近水楼台先得月。常沾盘阳河的瑞气祥光,沐浴盘阳河的凉风净水,饮用盘阳河的清流玉液,食用盘阳河浇灌的五谷杂粮,品盘阳河的珍稀水产,赏盘阳河的诗情画意,怡情随时荡漾,兴趣常涌心头,自得延年益寿。据统计数据,寨上长寿老人年年比例居高,2019 底全寨 956 人,其中 80 至 89 岁 23 人,90 至 99 岁 3 人,103 岁 1 人。在这之前的 2014 年至 2017 年,寨上先后有 4 位登记在册的百岁女寿星先后去世,其阳寿,陆牙片 105 岁,李牙信 102 岁,蔡牙见 101 岁,韦妈乱 104 岁。对于长寿老人的健康与生活,县镇主要领导及相关部门领导极为关照和重视,曾多次分别拜访慰问,并召开座谈会,聊形势,话家常,给他们送来快乐与温暖。陆牙片在世时,于 2011 年还上过中央电视台《王刚讲故事》节目。故园的长寿现象值得珍惜和挖掘,故园的长寿老人值得崇敬与爱戴,更值得宣传。我曾写过一首七律抒发对他们的赞叹:

> 百岁高龄步履轻,只缘桑梓远嚣声。
>
> 耕耘地里胸襟爽,食住山边氧气清。

薯豆杂粮滋体气，园蔬野菜畅神经。

甘泉净水当茶饮，知足欢欣寿自增。

我的父母也可称得上长寿老人，父亲虽与百岁无缘，可他到90岁才走完他的人生；母亲1921年5月出生，现在身体尚好，背不弓，耳聪目明，日常生活亦可自理。再过两个月她就迈进百岁人生的门槛，可真有福。她不挑食，不贪吃，粗茶淡饭，节俭度日。要探长寿之秘，那就是党和政府的关照，天时地利人和之交融，盘阳河物产的滋养，平生劳作炼韧的筋骨。

生长在盘阳河边，承蒙盘阳河的恩惠，自然多几分雅兴与怡情。春暖赏花，夏炎避暑，秋观鱼翔，冬尝鲜果，浴露沐风，趣味十足，感慨万千……

我热爱盘阳河，我热爱母亲河！

陆宗合

陆宗合，壮族，巴马瑶族自治县财政局退休干部。

家乡的美味 | 梁绍恩

　　"到深山踏青，朝流水下网。只要见阿伯，必有鲜鱼汤。"这是我老家人见到客人时常吹唱的一个顺口溜。这也足以说明我老家巴朝河的水美鱼肥，以及巴朝人的热情好客。

　　巴马瑶族自治县那桃乡巴朝屯，是我的家乡，也是巴朝河的所在地。2019年3月的一天，老家兄弟来了一个电话，说小队的文体活动场所有着落了，群众愿意每户捐款800元修建一条通过河上的便道，在小队前面的那块平地建设文体活动场，县文体部门也愿意支持，要我回去一起筹备前期规划的事。于是我们在县城工作的几兄弟便相约回了一趟老家。一到村口就若有若无地闻到了带有乡土气息的、十分熟悉的鲜美气味，我顿时忍不住吞了吞口水。

　　美不美家乡水，亲不亲故乡人。这美味正是来自家乡巴朝河里的鲜美河鱼汤。为了修建小队文体活动场，小队新开一条运输便道，而跨过巴朝河是必经之路。拦截河道建设便桥时，下游河道见底了，野生河鱼也就蹦得欢，兄弟们就顺便捡一些来侍弄。集体活动后少不了聚餐，这是老家的规矩。巴朝人热情好客，对客人和本村外出工作的人一律热情款待。河鱼汤是老家人接待客人的家常菜谱。在巴朝，抓鱼、煮鱼都很简单，空着两手随便下河摸一摸，一两小时，就可收获一两斤鲜河鱼。清理内脏，捣碎生姜，拌上料酒，加上些许食盐，放入盆里拌匀浸泡约五分钟后，即可用家乡的山茶油入锅慢火煎，待到清香四溢之时，鱼有七分熟了，注入山泉水加大火，等到锅里的水大开时，放入自家种出来的切好的些许青葱，起锅便可以食用。原生态的摸鱼法、原生态的煮法、原生态的味道，直叫人馋涎欲滴。

巴朝河盛产野生猪嘴鱼、鲤鱼、塘角鱼、鲶鱼、花鱼、虾等，且繁殖力极强。以前家乡的河鱼很多，多到小孩都不愿吃鱼的境地。后来管理不善，外村人进来打鱼，而且采取毒鱼、电鱼、炸鱼等灭绝鱼类的极端手段，导致河鱼越来越少，加上群众过度砍树挖山种植农作物，造成水土流失，河水变少，河床变浅，鱼类渐渐变少，甚至能吃上一餐本地河鱼都变成了奢侈。随着改革开放的不断深入、退耕还林的实施和电气化的普及，煮饭不烧柴了，封山育林、植树造林等力度不断加大，加上实行河长制，加大水资源保护力度，如今家乡的山又绿了，河也清了，河鱼又多了起来。家乡人说，对山林好对小河好，山林小河就对我们好，小河的鱼就不会灭绝，河鱼就特别鲜美，我们的生活就鲜美快乐。

鲜河鱼汤的美味勾起了童年美好的回忆。夏天，巴朝河是小孩的乐园。孩子们都是亲水动物，一放学，同学们不论男女，都不约而同地、齐刷刷地脱掉身上的衣服，放置于各自的座位上，然后一只手掌挡着自己的私处，一个紧接着一个往河里窜。有潜水的，有自由泳的，有仰泳的，有蛙泳的，有打水仗的，有说有笑，热闹非凡。农村的小孩没有午休的习惯，用完午餐就返回学校，在校外玩泥巴直到上课。放晚学后先往河里玩一把才回家，有时甚至逃学到河里游泳。

除了小孩，青壮年在劳作之余的傍晚，也喜欢到河里沐浴泡澡和洗衣服。不同的是，男青年和女青年是分开洗澡的，通过洗澡来洗掉一天的疲劳。在巴朝，夏天不仅每人每天都要到河里泡澡，就连水牛也会在劳作之余到河里泡一泡，然后才各自懒洋洋地摇着尾巴返回各自的家。

我小时候因家里穷，衣穿不暖，饭吃不饱，更不用说有肉吃了，想吃肉只能等到每年的春节、清明节、中元节这三大节日。其他日子，连炒青菜的油都难找到。尽管这样，巴朝人对待外来的客人还是十分热情的，有鸡杀鸡，有蛋煮蛋，尽量让客人满意。20世纪70年代的一个夏天，我们屯来了一位不知哪一级的上级干部，是大队党支书带来的，说是到基层走访调研。进了队长家，队长煮了饭，找遍了全村却找不到一只鸡来招待客人，不得已，只能下河摸了几斤河鱼，由于没有油，鱼也没办法煎，只能煮了一锅河鱼汤给客人吃。在桌上，队长因没有鸡肉招待客人而愧疚不已，但客人却吃得津津有味，队长见状心里才有些许安慰。

当时生活在大山深处的巴朝屯人，因穷买不起猪肉，想吃肉只能上山抓野生动物或下河摸鱼。说到摸鱼我是亲身体验的，小时候去放牛，待到草场牛安静地吃草时，我便赤手下小河去摸鱼，因为花鱼、塘角鱼、鲶鱼等无鳞鱼均爱藏在水下的小洞里休息，或者见人来了就会躲到洞里去。因为鱼很多，随便在水下找到一个洞就会找到鱼，把手伸进去遇到暖流就能判断里面定有鱼了。这时用手一面堵住洞口，一面往里伸找抓到鱼头就算成功了。但是当地人对这些鱼不感兴趣，吃太多了，吃野生鱼就跟吃菜园里的青菜一样平平常常，没有什么新鲜和特别的味道。相反有钱的人家到市场里买来鸡肉才算有档次。或许是物以稀为贵吧。

家乡人说，大米是从田里河里来的。因为没有稻田没有河水，就没有大米。本屯100多亩的水稻田，就是靠巴朝河灌溉的。还说没有巴朝河就没有巴朝的光明。说的是20世纪七八十年代，巴朝河上建立了一个水电站，安装了5千瓦时的水轮发电机，为巴朝屯发电照明，还带动一台碾米机、一台碎棉花机，颇有那个时代农业机械化的景象，这令周边村屯都羡慕不已。就连在县城边上的巴马镇巴马村巴平屯的女子都挑着棉花来巴朝屯碎棉拉絮，还可以顺便到河里摸鱼，一举两得。热情好客的巴朝人从不拒绝。

巴朝河鱼多，河螺也多。有一次屯里给水坝排放泥浆，排放到坝底，全是活蹦乱跳的鱼和小石头似的河螺。队长扛来一台地磅，把所有的鱼和河螺都按人头分到各家各户。当时我家分得 10 公斤鲜鱼、5 公斤多河螺，因每家每户都吃不完，又不会存留，就分给周边村屯的亲戚朋友，大家一起尝鲜。那几天整个巴朝屯就是一个大杂味，开始是满村的鱼腥味，再后来就是通过煎、煮、熏、焖等而溢出的新鲜美味，有请亲戚朋友前来共享的，有送给亲戚朋友分享的，整个村就是一个大鱼宴。

巴朝河如今成了人们休闲养生的河流。河流源头山林茂盛，两岸绿树成荫，水声、鸟鸣、树响交集。走进这里，就像进到一个艺术殿堂。听，上游泉水叮咚，中下游河水瀑布轰轰隆隆、哗哗啦啦，加之山林不停欢叫的鸟鸣，仿佛大型交响乐队在弹奏振奋激昂的乐章。然而，在这样的交响乐中，反而令人进入更大的安静。每个周末，都有不少的城里人来到这里观光、摄影、垂钓、吸氧。有的进行山地运动、林下徒步，他们在树响、鸟鸣、水声的交响中，度过一个特别的周末。我有时也会加入到这样的人群里，并作为向导，介绍巴朝的风土人情，特别是巴朝河的人文历史、巴朝河的鱼，然后请他们到家里尝一尝鲜美的河鱼。

有人说，好久没有品尝到这么新鲜的家乡味道了。

梁绍恩 ···

梁绍恩，壮族，1967 年 7 月出生，巴马瑶族自治县人。现为巴马瑶族自治县委宣传部干部。广西书法家协会会员、广西新闻摄影学会会员。热爱书法、新闻写作、新闻摄影等。

记忆中的河 | 罗柳明

或许在每一个人记忆的旷野深处，都会有一条河曾经流过童年快乐的时光，流过一生开阔的心田，那珍珠串似的故事一定会让你刻骨铭心，没齿难忘。

我的故乡在山的那一边，坐落在一座郁郁葱葱的大山脚下，四周群山环绕，它们高低起伏，一座挨着一座，站在最高的山峰上向远处眺望，除了山还是山。村前是一片比较开阔但并不是一马平川的农田，农田中间一年四季流淌着一条蜿蜒曲折形如巨龙的河流。故乡的这条河流，也许并不是真正意义上的河流，充其量只是一条大溪流，然而，它在故乡人的眼里就是一条河，一条千百年来滋养着世世代代故乡人的河流。

这条河流发源于大山里的千沟万壑，大大小小的细流汇成故乡的河流。这条河流不知道有多长，它弯弯曲曲，时宽时窄，河水满盈，因为源自水草丰美的山林，河水清澈透明，浅的河床还可以看见光滑圆润有拳头大小的鹅卵石，深的地方，河面也有近十米宽，深不可知，看上去，河水碧绿如翡翠一般。它一年四季静静地从故乡的怀抱中流过，始终有一种"青山遮不住，毕竟东流去"的势头，小的时候并不知道它流向何方，汇入何地，后来听说它最后汇入红水河，变成红水河的一条小小的支流。朴实、自然的村屯在它的两岸星罗棋布着，好像一条玉带上一颗颗疏密有度而还没有来得及雕琢的宝石，静默着伫立在那里。

因为河水清亮、水质较好又有点甜，所以清晨的时候，每家每户的妇女，都会早起踏着晨曦挑着木质水桶到河边，直接汲取，来来往往，挑回盛满自家装水的大瓷缸备用。路上相遇都会互相打着招呼，互相问候，然后，迈着轻快的脚步，留下一路的欢声笑语。有遇到闺蜜的，便停下匆忙的脚步，说说知心的话儿。河水甚至可以直接饮用，打柴路过，上工回来，往来过客，口渴了就蹲在搭石上弓着身子，用双手掬起清亮甜美的河水送入口中，此时此刻，一身的疲劳困顿随之消除，好不惬意。散学回来，路过河边，口干了，我们也会一群小鸟似的快步走到浅水的地方，一双双的小手掬起河水往嘴里送，然后继续往家里走。

不知道啥时候，聪明的前辈们用他们灵巧的双手在河边用青石块搭成了平整的台儿，又在水深不过半尺的河床上，每隔一定距离放一块半平方米的石块，不仅方便人们洗衣、洗菜，也当作搭石用，任你来来往往从不湿鞋。来这里搓洗衣服倒也很方便，将浸泡过茶麸水的衣服，从桶里拿出来，浸到流动的水里，拿起放在青石板上，用双手抓住适当用力，在石板上揉搓，然后用木槌子捶打，打出污水，又放到水里，这样反反复复，搓搓洗洗，直至干净。在这里洗菜也很是得心应手，清清亮亮的流水会洗出清清亮亮的菜品，那些不理想不称心的菜叶随手可丢到河里，任由它随波逐流，去让那浮在水面上无忧无虑的鸭呀鹅呀争着啄食。每每逢年过节，杀鸡杀鸭宰猪也会到河边做解剖手术，鸡、鸭、猪的腥味会引来河里的鱼虾，那些杂杂碎碎的东西更是鱼们的最爱。如果你是站在水里操弄，它们也会啄你的小腿、脚踝，直让你痒痒。因为故乡人与河相处久了，所以鱼们并不怕人，可你一旦动手动脚它们便会四处散去，潜入深水区，等你一动不动，它们又会聚拢而来，叫你无可奈何。

记忆里的河是一条充满欢乐的河。每当负重行走了一天的太阳在西山上歇息的时候，金灿灿的余晖，不仅染红了天边的云彩，还把故乡的河弄成"半江瑟瑟半江红"。傍晚时分，劳累了一天的父辈们，便邀约似的，陆陆续续来到河边，他们一个个光着身子，纵情地跳入河中，尽情地游玩：潜着的、兔着的、仰躺的、俯卧的、打水仗的、翻跟斗的……在快乐中洗去了一天的疲劳。往往这个时候，我们一帮小屁孩也跟着来，但从不敢涉足大人们游玩的地方，而是在河的浅水处模仿着大人们的一举一动，学着他们的花样在一边玩着，好不热闹。

盛夏里，白天除了上学，我们绝大部分时间都会待在河里，几乎是河中的一条小鱼了，连弟妹也不管，经常遭到父母的责骂，但仍然抵挡不住河的诱惑。有时在河里玩累了，就到岸上的田里，用稀泥巴把自己弄成个泥人，就连头发也抹了泥，脸上只留两只眼睛没有涂上而已，然后，在岸上野猴似的跑了两圈又跳进水里，这样反反复复；有时到河床上翻开石子比赛寻找沙虫，如果谁找得最少就会被罚喝至少三口浑水，所以会拼命地扒开石子，稚嫩的小手难免被划伤；有时也学着电影里的运动员跳水，从岸上的最高处往河里跳。有一次，我学不到点上，本想双手伸着合十，举过头顶，纵身一跳，结果变成了展开四肢，"嘭"的一声，顿时，眼冒金星，感觉麻辣麻辣的，肚子红红的一大片，回到家在父母面前一点都不敢吱声，害得我差不多一周不得下河，老老实实背着弟妹在岸上看着小伙伴们玩乐，徒生羡慕。

在河里玩的花样也挺多。有初学者从家里拿个小盆子，用手抓盆的边缘，两脚在水面上扑腾，慢慢向水深的地方游去；有点技术的，拿着大木盆，一跃而上，坐在盆里，用手划着，在深水处悠然自得；也有的从山沟里砍来一大截野芭蕉茎秆，两三个在光滑的圆溜的茎秆上光着屁股得心应手地玩着。总之，玩到尽兴才上岸晒太阳。

下河抓鱼是童年放不下的一件事情。每年生产队收割完第一季水稻，我们就跑到田里，三五成群地把稻草往河里放，也不顾稻草叶把身上划出乱七八糟的划痕，然后跳到稻草上，光着身子站在上面，随着流水在河面上漂浮，有时对着河边呼喊着、显摆着，有时在上面互相争着乱跳，漂浮的稻草船有时还没有漂到河段末尾处就毁坏了，于是又从头再来，也不懂得累还是不累。也曾有用这稻草在河头上，从河这边岸连到那边岸滚成一条，大伙在滚条后面一起推着，一直到河段的末尾处，这过程中也感觉有鱼儿从脚边滑过，也有从稻草滚条上跳跃而过，虽如此，整条河里的大鱼小鱼，除了漏网的，统统地被赶进早已安放好的鱼罾里。最后，你一条我一条他一条地瓜分着，快乐中还有小小的收获，心里十分高兴。除此之外，我们周末也会拿着自制的鱼竿到河边钓鱼，但我可能没有鱼运。有一次，跟表弟去钓，我们相隔一段距离各自独钓着，只见表弟时不时钓起大小不等的鱼，好不羡慕，可我连鱼影都没有见着。后来跟他互换位置，我还是一个泡也没见，生气了，拿起石头往河里丢，回家了，害得我从那以后至今对下河钓鱼没有一丁点兴趣。

记得每一个生产队都在属于自己的河段建起了拦河坝，蓄水灌溉农田。高处的田，人们利用落差，开凿渠道，修建水轮泵站，不烧油不用电，利用水的推力，推动水轮泵底座的水轮转动，使泵里充气，"嘭嗵、嘭嗵"一响，水就在高头的管子汩汩而出，灌进了田里。也有的生产队建起了碾米房，利用水的推力来碾米，方便周边的群众。父亲曾经是水碾房的管理员和碾米师傅。现在这些都已经沉入历史长河的底部，只有水轮泵的充气铁罐还偶尔现身在某个乡村小学校屋檐下当作上课敲钟用而已了。

故乡河岸上的风景也会让人着迷。弯弯曲曲的河岸上，稀疏地生长着亭亭玉立的杨柳树，有风吹来，婀娜多姿的身子会蹁跹起舞，令人眼羡。杨柳树下还长着一些不知名的野花，仿佛是她的绣花鞋，树上栖息的几只翠鸟更增加了她的灵性，它们警觉地盯着河面的动静，随时准备饱餐一顿。两岸的野玫瑰花适时而开，时时招蜂引蝶，红白两种颜色的花儿也吸引小女生们前来采摘，偶尔在头上插一朵两朵，然后开心地离去。除了柳树，河岸两边还生长着坚韧的刺竹，它们一簇一簇紧密地排着队守护着家乡，听老人说，闹抢匪的那阵子，有歹徒想潜入屯里，被密密麻麻、纵横交错的刺竹挡住了去路，想要从关口进入，却被守在那里的人打退回去，以后再不敢窥视。

河水还滋养着岸边的各种野菜。有蕨菜、艾草、马蹄菜等，不一而足，这些都是家乡人可口的环保菜，每年二三月份就可以采摘。鲜嫩的蕨菜苗，用盐水浸泡，退其涩味，清洗干净，切割成小节，用适量的当地茶油翻炒，加盐，拌以酱油，如能有点肉星，其味更为美妙。艾草也是一道美味，取其嫩苗，洗净，剁碎后，双手挤出墨绿的水，加以油盐，大火翻炒，炒熟之后，加上适量的白粥，捞起，闻其味，一股中药味穿鼻而过直达心底，此菜拌以虾米，红、白、绿相间，香色俱全，据说，还可以暖胃健胃养颜。马蹄菜（也称雷公根）更不用说了，可以养精补血，听妈妈说她们那一代人，坐月子的都常常吃这道菜。

河面上的桥是联系外面世界的纽带。为了外出方便，家乡人在河面相对的狭窄处建起木桥，用长条杉木横在河面上，宽一米左右，高也不过一米，中间和两头架起桥墩，并用蚂蟥钉钉牢，走在上面感觉很牢靠。但是，每年夏天，大水一来，桥又被冲走了，所以，家乡的人每一年都要重修一次，不厌其烦。随着岁月的流逝，我告别了稚嫩的童年，背起装着梦想的行囊，跨过小木桥，走出逶迤的大山，到遥远的山外求学去了。后来，为了抒发对理想的追求，我写了一首小诗叫《过河》，诗云：

生活本身就是一条河／河面或许并不很宽／但没有摆渡的船／也没有桥梁／想过河／于是／变作一只蚂蚁／抱着一根干草／努力划动小小的脚／水似乎没有流动／什么时候才可以达到对岸。

再后来，一直在外面工作和生活，弹指一挥间，几十年过去，故乡的河，梦里依稀，永远没有离去。

记忆中的河

　　记忆中的河是一条欢乐而美丽的河，但是不知何时，两岸生产队都增加了一个砖瓦窑，砖瓦窑啃着大量的木材，窑上升起的浓烟不断，河水逐年减少，河变瘦了，河里的垃圾也越来越多，故乡的人们开始另寻饮水的水源，用管子把水引导到各自的家里。

　　记忆中的河，虽然越走越远了，然而，我们深信，在"绿水青山就是金山银山"理念指引下，经过不断加强生态文明建设，家乡的河流会变得更加丰腴，更加清澈，更加纯净，更加美丽。

罗柳明

罗柳明，壮族，高级教师，巴马瑶族自治县所略乡中心小学语文辅导员。曾有多篇散文见诸报刊。

梦中流淌的小河 | 黄忠建

"甜不甜家乡水"，故乡的小河是哺育我的乳汁，是流淌在我身上的血液，更是养育我血肉之躯的精神、物质食粮。

母亲常说："有河水的地方有人家，有人家的地方便有竹。"虽然这句话意有些偏颇，但其中的"河水""人家"与"竹"，这三个元素不仅能图文并茂、一览无余地展现了那个生养我的故乡的容颜，而且也道出了"河"与故乡的血脉相连、息息相关。

我的故乡叫廷岁屯，往城南方向，顺着323国道走离县城约3公里就到了。村前静静流淌着的那条小河名就叫"巴马河"。

巴马河——沟壑泉眼，积少成多，自流成河。水源来自山脚涌泉，起点是巴马镇廖外屯东面山谷，河身弯曲狭窄如女孩子的小蛮腰，河床铺满大大小小浑圆的鹅卵石，河水清澈透明，河面上水鸭成群，两岸边四季长满翠竹、青山连绵起伏，巴马河全长21公里，涓涓汇入盘阳河。

1949年到20世纪末，我们村里的饮用水就是从村前边的小河担来，担水用的扁担是岸上砍来的竹子。我们自给自足的粮食是两岸边田地里耕种的，灌溉田地的水也都是小河里的。巴马河，一条名不见经传的小河，虽然它没有盘阳河的山清水秀和沿岸如画秀丽的风景，没有赐福湖的水绕峰回和岛屿掩映的激滟风姿，也没有命河充满神奇色彩、令人

梦中流淌的小河

神往的模样，可它每日每夜地流淌在我的梦里，流淌在它哺育的一方人的心田里。它憨厚得像老农人般默默地滋养着一方田土、草木和村庄，纯朴得像村妇般静静地守候一方的烟火。

我们的村庄坐北朝南，巴马河就是绕过村庄北面的山脚，然后围环向东轻声慢步，最后躺了个大躬便一路向南边城里的金水河跑去了。在村庄北面，到河边去有一条用石头铺成的路。黎明时分，铺满天空的星星还一闪一闪地眨着明亮的眼睛，早起担水的村民们已经像两条游动的长龙，男女老少一个紧跟着一个有说有笑，相互招呼，从河岸边排到村里的小道上，右边一排是往河边打水的，摇晃的空铁桶"咣当咣当"作响；左边一排是担水回村的，肩上的竹扁担随着沉甸甸的水桶一上一下跳动的节拍发出"吱嘎吱嘎"的声音，两种声音一会儿独唱，一会儿合唱，一大清早就把整个山村给闹腾起来了。当暖和的晨曦铺满村屋后，村民们又踏上闪闪发亮、湿漉漉的担水道，分道到自家的田间地头去开始忙碌一天的农活。

……

"冲啊！看谁先一头砸破大玻璃。"一入夏，上午放学的钟声一敲响，我们几个"小泥鳅"就跑出校门口，"哇哇"地叫嚷起来，以最快的速度一边扯掉身上的衣物，一边向村前边的小河裸奔而去……紧接着，"咚咚"的声音就把平静的河面炸开了，清亮的水波一浪接一浪拍击着岸边黝黑油亮的石头，"哗啦……哗啦……"飞溅的水珠子在阳光的照耀下闪闪发亮、星光点点。我们一个个光溜溜的在水里，像一条条小鱼戏水、泼水、打闹、追逐……无忧无虑、自由自在。

村前边的河段较为宽敞，河床地貌深浅不一，是村民们的天然浴场。傍晚时分，劳累了一天的村民好像事先约好似的不约而同地涌向河边去，上段能没过头顶的水域是青壮年、年长男性的天下，水性好的还能时不时从石缝里摸到有巴掌大肥美的鲤鱼；下段只没过小腿肚的水域是小屁孩和村妇的专场，光着屁股的小屁孩们不分男女、天真无邪，有高高地抬起两只小脚丫拍水的、有被水泼得哇哇叫的……在岸边搓洗衣服的村妇，胆子大的忍不住水的诱惑也会和衣泡到水里去……

夜幕降临时，从河岸边到村里的石头路上又显现了一道别样的风景线：牵回牛马的，提着鱼儿串串的，赤着上身、双肩上扛着一丝不挂的小屁孩的，担着一边是冲洗好的衣服、一边是盛满的水桶的……

"靠山吃山，靠水吃水。"那个担水过日子的年代，环绕村边流淌的小河便是村民们取之不尽、用之不竭的生命源泉，是村民们的期望和未来。日常饮用的、灌溉田地的、觅食充饥的、喂养家禽牲畜的……都与之脱离不了关系，与其密不可分。

有河水的地方不愁打不出粮食，我们村多半的田地依河傍水，自然水源充足。一进入春耕时节，寂静的村庄便开始喧哗起来了，村民们扛着锄头的、赶小鸭子的、挑着秧苗的……从早到晚鱼贯而出，脚步匆匆；河两岸边的田间地头更是一派热闹非凡的景象，开沟引水灌溉的，吆喝牛马耙田犁地的……这里人头晃眼，那里三三两两。放眼望去处处是闹春的画面。

春夏之交是个青黄不接的时段，田间的稻穗刚刚吐出星星点点的花蕊，地里的玉米刚刚挂上粉红色的须线，闲不住的村民就吆喝着到河里去拦河捕鱼。女的从临岸的山脚割来一大捆一大捆杂草，男的泡在没腰的水里搬石拦水，小的抱着水盆站在岸边上"叽叽喳喳"地叫个不停。等把杂草扎堆捆成长龙一般摆弄到河道上去后，光着膀子的男丁们一个挨着一个排成一排，"呼哈……呼哈……"地以"滚轮子"样滚动"草龙"向岸边推去……

巴马河，一条同样有一幅幅优美的画面，同样有一个个精彩的故事的小支流，它记载着村民们千百万个酸甜苦辣的日子。打从我明白人世间一些事理纷争起，从小河的源头巴马镇廖外屯到终点城东区那湾屯，沿河十几个村屯从来没有看见过或听闻过像拦河霸水斗殴这样的事件，看到的只是秋天里一村又一村丰收的画卷。

潮涌潮退，花开花落，时光飞逝，四季更迭。一些人和事随着记忆的沉淀堆积在心里，沉重的叫乡愁，牵挂在心头；轻飘飘的叫念想，偶尔老相片般在脑海里翻开。而今，村里许多人的面孔渐渐模糊了，也有许多新的面孔渐渐地变成了熟知，唯独村前边那条小河依然容颜未改。

黄忠建

黄忠建，壮族，20 世纪 70 年代出生，热爱诗歌、散文创作，现供职于巴马瑶族自治县第五小学。作品散见于《诗歌地理》《红豆》《散文诗》《中国微型诗》《中国小诗》《华夏微型诗》等报刊。

故乡的小河 | 罗绮寿　罗绮恒

　　福乡河是我家乡的河流，没有大江大河汹涌澎湃的气势，没有百舸争流的磅礴，地图上也难找到它的踪迹。但它始终默默无闻、日夜不停流向坡晚，流经册巴，流过玉凤，流向远方……

　　小河的源头不远，其中一条来自村西北面山崖下的弄瓦地下喷泉，泉体因长年积水侵蚀形成一个大圆圈，从积水中喷薄而出的水柱如海碗口大，水纹向周围一圈一圈扩散，恰似一张大唱片，壮观而有节律。每当山雨过后，这里常呈现半弧形光彩夺目的彩虹，横跨田野，挂在中天，久久不舍离去，给山垌增添美丽的景色。泉眼后面是千里奔驰而来的云贵高原山脉末梢，峦头起伏平缓舒展，像展翅的雄鹰从高空扑向原野，寻找润喉的甘露。另一泉眼来自村西南古树参天的五指山北麓山脚下，晶莹剔透，缓缓而来，两道泉水在洪巩的山夹处汇集成福乡河。

　　居住在小河源头的那秋屯，依山傍水，有七八户人家，安居乐业，不愁吃穿。这里地宽山阔，土肥水美，养鸡养鸭得天独厚。鸡鸭经主人调教，每天自行散去寻食，晚上自觉回来，从来不劳烦主人催赶。有一年夏末傍晚，屯上一跛脚老汉发现三只老鸭不见回家，他东寻西找，就是找不到踪影。心想，这里从来没有出现过小偷，难道是野狸叼去当美食了？老汉为失去三只鸭一夜睡不好觉。次日，他特地去跟踪鸭群，躲在小泉边草丛的一块大石头后面暗暗观察，直到太阳落山，也未见人影，更不见野狸、老鹰之类来光顾。几天下来，鸭群依旧往返如常，再没出现丢失，老汉落下了心。不久，他下地劳动，在泉眼附近竟意外发现失踪多日的三只老鸭在水面嬉戏。他百思不得其解，这一带又没有岩洞，这喷泉会通向何方？后来他再次跟踪觅食的鸭群，终于发现了秘密，有几只顽皮的老鸭在喷泉旁潜水觅食时，许久不见浮出水面，半晌才慢慢浮游上来。据说，弄瓦这眼泉深处有暗洞，可能通到很远的地方。

小河两岸山花烂漫，绿树掩映，竹林青翠，特别是那四季常青的油茶树，山连着山，坡连着坡，一片油茶林的海洋。每到金秋时节，满山满岭的油茶树果实累累，树枝被压弯了腰。当秋风吹来，树上的金果随风嘀嗒嘀嗒撒满地上。秋季油茶树正在扬花，树上既挂果又开满银花，在分娩金宝宝的同时又在怀孕银宝宝，尽是展示着丰收在望的景象。远远望去，连绵起伏，美不胜收。

故乡河水质好，村民们口渴了直接捧喝，香甜沁人心脾，神清气爽，不闹肚痛，不拉肚子。听村老说，那是1930年6月的夏天，邓小平、张云逸率领红七军战士从东兰开赴百色，途经所略乡，蹚过福乡河。红军将士们一路在炎热天气的熏烤下又累又渴，正好遇到一条冰凉清澈的河水，大家兴高采烈，一阵狂欢后，人人捧起甘纯的河水喝个痛快。大汗淋漓的战马饮足水后引颈长嘶，将士们都把水壶装满水后，又继续向局桑方向进发。

故乡河从源头到村东头古枫树下五六公里，沿途芦苇丛中可见泉涌几处，其中以南岸泉眼居多，村上前辈文人著书写道"一座高山九股泉，千名儿女大家园"，写的就是故乡河。诸多小股泉水汇合便是河流，养育两岸子民。为发展粮食生产，搞好农田灌溉，村民们在沿河各处落差滩头修筑拦河坝，开渠引水，纵横交错，农忙用水时引水进田间播种插秧。无法引水的望天田安装抽水机，也能够从河里和渠道抽水。一水村头过，一路万顷田，河水不枯，丰收连绵。

有一座较大的堤坝，是邻村坡晚跨界兴建的，福乡村都把它叫"外班"（即坡晚坝）。这座水坝坝首不高，但渠道却很长，能灌溉近5公里良田，渠道全是三面石，坡晚村部分良田就分布在这一带，全靠这条渠水灌溉。因为这河水，坡晚群众对福乡村非常感激，两村往来密切，相邻和睦。

福乡村地处巴马西部，地势高，一年四季气温较低，气候偏寒，土质均为黄泥土，稻谷比邻村相对晚熟，但米质相当好，沉而韧性足，耐煮，粘香可口，在米市上很受青睐。当地流传着"福乡好白米，沙里好女人"的民谣。

因为有大自然的恩赐，山水的滋润，故乡的山民养成了憨厚、善良和朴实的品性。福乡村居住着300来户人家，有罗、周、黄、王、李、许、蒙、梁、韦、林十个姓氏，在漫长的岁月里，共饮一河水，同垦一片山，练就了山一样的纯朴和刚强，水一般的自然与朴实。村民个个严格要求自己，人人遵纪守法，没有出现过偷牛盗马、为非作歹的现象。

不通自来水那年月，生活用水全从河里挑，挑水的差事一直落在妇女身上，每天早上出工前都将家里的水缸装得满满的。懂事的小孩们放学回家也拿着竹筒、小桶之类到河边挑水。那些新过门的媳妇，也许是害羞的缘故吧，一般都起得比较早，并且第一次去河边挑水都随身带几枚硬币，到挑水处往河里或井里丢去，以示新人来到买水，祈求保佑用水安全。有时候她们挑完自家还帮邻居伯叔家挑。妇女们的辛勤，让人敬佩。每当早晨天一抹亮，小河边就列成了长队的家庭主妇们，洗衣、洗菜、舀水，七嘴八舌，说长道短，八卦新闻等喧声不停，捣衣声、笑语声响成一片，河边码头成了村妇们说不尽、道不完的新闻直播现场。

水好人康寿，喝惯了泉水的家乡人，体质普遍较好，村里八九十岁高龄的老人，身体还很硬朗，吃得饭走得路，还能下地干活。村中活到百岁以上寿星五人，目前健在二人，他们活得很愉快。

碧绿的小河被漫山滴翠的油茶林、竹林交相辉映，像一幅油画。自古山水相依，山秀水才美，水美山才秀，植被广则水旺，森林是河流的源泉。在

故乡的小河

那场轰轰烈烈的浩劫中，劈岭造"平原"，森林被乱砍滥伐，严重毁林开荒，许多森林被破坏，家乡的小河也遭到了厄运，河水日渐减少，鱼虾逃离。改革开放以后，农村政策得到落实，退耕还林，植树造林，建沼气池节柴灶，改燃节柴，换用煤气，从那时起没人上山乱砍树木打柴火了，自然而然山变青水变绿了。满目青山，鸟语花香，流水潺潺。近年来，村民们还在水源处大量种植野芭蕉树等植被增加造水能力，水源更加丰富，鱼虾繁殖，乌龟返家，白鹭、水鸟、野鸭相继落户栖息。五六月天，雨量充沛，河里还常涨水翻堤，漫到岸上村边。当水退去，田角、小塘、水沟随手可捉到鲜活的鲤鱼、满嘴胡须的塘角鱼、油滑的泥鳅。更可喜的是，用网兜在沟里拦截，就可得到如意的虾米。小河的虾米很好吃，味美，含高蛋白质，营养极为丰富。每到夏秋虾米繁殖高峰季节，村民们为捕捞到更多虾米，到山上采摘枫树枝，绑成一束一束合理地放到河里，虾米喜欢窜到枫枝叶藏身，第二天早上或者晚上用网兜小心翼翼捞起，那些活蹦乱跳的虾米就乖乖地上来了。洗净，茶油炒，再配已剁碎的艾菜，便成了一道农家美味佳肴。在夏秋天，小河随时可见到有人划竹排，立在竹排上张臂撒网捕鱼。每年临近农历三月三，人们都到河里捞虾用以祭扫先祖。

记得童年时代，在故乡每逢辞旧迎新的大年初一都有抢喝"聪明水"的习俗。喝"聪明水"是少年儿童的"专利"，一般来说，喝"聪明水"的年龄都是在15岁以前。喝"聪明水"有严格的时辰，一定要在每年大年初一新旧岁交替的子时。当村里的雄鸡扑翅啼叫第一声，家家户户燃放鞭炮后，开门纳福，招财进宝，儿童们就忙着点亮灯笼，手拿三支线香、三张纸钱，三五成群，两两一伙，热热闹闹地去到河边。到了河边先点上香，烧纸钱，面向河水躬身朝拜，嘴里念道："喝'聪明水'，喝'聪明水'，喝了清喉咙，不等父母教，心灵自通窍。"念毕，双手掬水，连喝三口新水。喝完后，人人心满意足，发出朗朗笑声。这时，小河边的灯笼像流萤在闪动，又像繁星在闪烁，整个河边格外地美。回家的时候，每人都捡一块小碗大的河石装

197

进事先准备好的小猪笼里，用藤子一路拉回村自家的屋中。据说，谁能抢先第一个喝上"聪明水"，那就会比别人更聪明。一到大年初一子时，谁也不愿落后，争取赶在前面，路上谁也不让谁。年初一喝"聪明水"的习俗在故乡代代相传，经久不衰。至于喝"聪明水"是否灵验，谁也说不准，或许只是一种趣事，而今已被人们慢慢地淡忘，抛在了脑后。然而，趁着新年的第一天，起个大早，养成抢早争先的习惯，不失为一种积极上进的精神状态。应该说，这才是这习俗的真正内涵。

在小河下游，有一拐弯形似牛轭的河段，两头水浅而小，中间河面宽阔且水深，水平如镜的小湖，适宜养鱼。2017年春节，返乡青年农民工梁永富回家过年，一天他到村外散步，走到河边看到这小"湖"触景生情。后来经批准，投资开发鱼塘养鱼，鱼塘边上种菜、种花草，并修建一栋集养生度假、休闲观光、饮食于一体的农家乐，生意十分红火。

几年来，在党委政府的支持下，家乡人民对河道进行了"整容"，对阻碍流水畅通，造成洪水泛滥的地方进行清理、疏浚，既筑牢保土护田工程，又美化了乡村。河堤建成后，成为村民茶余饭后漫步的好去处。

每次回到故乡，我总忘不了到河边走走看看，站在古榕下极目远眺小河东流，近看两岸金黄的油菜花、生机勃勃的瓜苗豆类和周边的青山绿树，再回望身后日新月异的村落，满满的幸福感和无限的憧憬便涌上心头。

罗绮寿　罗绮恒

罗绮寿，壮族，巴马瑶族自治县广播电视局退休干部。中国民间文艺家协会会员。作品散见于《广西文学》《广西日报》《三月三》《南宁晚报》等区内外报刊。个人传略入编《中华名人志》《广西文艺家风采录》《中华姓氏文化》。
罗绮恒，壮族，巴马瑶族自治县电影公司退休放映员。

最惜绿香轻流 | 黄福军

一

绿香轻流是家乡的水溪，源于巴马瑶族自治县百林乡阳春村拉当屯和那坤屯之间的绿香原始森林。绿香轻轻流动的水溪，汇集三口泉眼，分别是作光坳口、那坤周朝坳口和绿香瀑布石壁下的泉眼。最高的泉眼，发源于有航空标志塔山上的作光坳口。

树有根来水有源。这些泉眼，水量不大，但常年喷水，生生不息，得益于茂盛的山林与山气，它们凝合成水，蓄势足了才涌成泉。这里的早上和夜间，空气都非常湿润，山气汇集凝结成水，它们长期团结在一起，并直接作用于地表，顺着绿香山川地势往低处流，在作光坳口、那坤周朝坳口形成了水源。由此，滋润了山下的万顷良田，成就了山下富饶的村庄。

传说原始森林住着神仙与猛兽，谁触犯了山林与山泉，是会折寿甚至没命的。因此，极少有人胆敢前去冒犯，绿香轻流总是源源不断，经年不息。我对这些传说非常好奇，很想前去探个究竟。1958年7月的一天，我就斗胆一个人悄悄地走到石壁瀑布。根本没有遇到老人们讲的所谓神仙与鬼怪，看到听到的都是自由畅快的山禽走兽。让我惊愕的也最可怕的是蛇。我见溪边林丛中有一根"干柴火"，就弯下腰伸手想拿过来，谁想手差不多碰到时，那根"干柴火"竟"呼"的一声向远处逃窜了。我心里不禁"咯噔"了一下，但我很快镇定下来，是水利蛇。从那以后，我明白了老一辈人为什么讲得如此神秘，其目的是不想让太多人去干扰动植物自由成长，不想让人类的活动影响村庄的泉水。所谓的神仙，其实就是山林与山泉。

作光坳口的泉水，从高高的作光坳，弯弯曲曲地流下绿香原始森林，中途又有多处小泉眼，与从那坤周朝坳流下的泉水汇合，到一处30多米高的石壁处，一泻而下，形成一股较大的瀑布。瀑布下面，形成了一口深潭。深潭只有两三丈宽，有6米多深。从瀑布下的深潭，又有一口较大的泉水喷出，与从多处而下的瀑布相撞飞溅浪花，而后沉静为潭。

深潭四周都有石板自然形成的石岸通道，潭里虽有浪花，但并不很大。酷暑时节，我会邀上三朋五友前来泡澡纳凉，打水仗游戏。深潭里的水往低口处流出去，就形成了绿香轻流的水溪。

绿香轻流的水溪，轻快地欢跳着，奔息不停，溪水清清，天阴欲雨，清泓映彩霞，香气腾腾，整片原始森林，一片绿色，故名绿香。绿香水溪轻轻流淌3000多米，然后流向灵岐河，是灵岐河的一个小支流。灵岐河流经拉当、那屯、那国时，被母子两座昂首挺立的鲤鱼坡挡住，就形成了较大的阳春湾，从阳春湾流下羌圩、那良、古龙，与盘阳河、红水河汇合，绿香水溪跟着向东流，流向大海。江河不择细流而汇成其大，泉水再细流，融入了江河，走进了大海，也就变得壮观豪迈，好像一个人再卑微，只要目标不移，努力奋进，总有一天会成长壮大。

作光坳航空塔山有大片的杉木林、松树林，杉木林是林场工人种植的，而松树则是由直升机航空播种的。这些树木为绿香轻流带来了生机活力。绿香水溪比灵岐河地势高，经年累月地汇入灵岐河，有时大雨倾盆，洪水泛滥，绿香水溪就会把大量石沙冲下灵岐河。这是裸露的土地被大雨冲刷，形成的泥石流造成的。每每，绿香轻流都在告诫村民，别打山林和山泉的歪主意。灵岐河与绿香轻流的交汇处，叫作汪朝，因为长期淤积着泥沙，形成了一道人畜可行的通道。我小时候，就常跟妈妈从这里涉水过灵岐河，从绿香水溪溪口走到河对岸，到我爷爷传下来的一大片河滩玉米地，种玉米，收玉米。有时划着竹排，一担一担的玉米放在竹排上，随灵岐河水漂流，回到拉当的家。可以说，绿香水溪是我们拉当廷朝宗族生活的源头活水，我们拉当廷朝群众能生存发展，是因为有绿香水溪的养育；廷朝子子孙孙繁盛，是因为有绿香水溪的滋润。村民敬畏着绿香水溪，绿香水溪也呵护着村民。

二

盛夏季节，绿香轻流是我和小伙伴们的乐园，我们成天泡在轻流里游戏。有一天，下了一场大暴雨，河水猛涨。绿香轻流靠近灵岐河的一段，小鱼、泥鳅、虾米特多。我们几个小伙伴，悄悄出门，贪捞鱼虾，天黑了也不回家，妈妈带着几个大人，沿着绿香轻流寻找。虽然我们满篓的鱼虾，但我们到家后，都被罚了，我还挨了一顿屁股揍。妈妈对我说："我们要珍惜绿香水，水涨时，有虾有鱼，水退了，没虾没鱼，那不成了死溪水了吗？"妈妈语重心长地讲，甘朝洞里有金碗，要是有人想捞为己有，金碗就会化为金光远去，我们这一带就会发生祸灾。所以，我们要珍惜绿香轻流，我们要感谢绿香轻流，因为它养育无数的生命，它在为这些生命的成长而快乐地奔流着。

1958年，公社派来好多人，砍了绿香好多树木，1960年我们那一带就发生了大旱灾。那一年，我到巴马读初中，爸爸被抽调到巴马大队任农村工作队队员，妈妈带着弟妹送我到巴马，在巴马县城住了几个月，又带弟妹妹回绿香，劝告大家不要乱砍滥伐，尽力珍惜绿香轻流。1963年，我到东兰中学求学，1968年回乡当知青，跟着大伙上水利工地劳动，编入青年突击队，负责钻孔、爆破等工作。那些年，我与绿香轻流更亲近了。特别是在建设绿香水溪廷朝环山水利渠道时，作为钻孔、爆破负责人，感人的场景让我刻骨铭心，永生难忘。

"开炮啰！开炮啰！"

当我装好炸药，点燃导火索后，大家都迅速离开了作业面。此时，几十根导火索正冒着白烟"噗噗"作响。而当我点完最后一根导火索，匆忙离开时不慎踩中了一块松动的石头，连人带着石头滚回爆破区。蓝梦一个箭步，冲过来，一把抓着我，然而她个子娇小，最后我俩一起翻滚到另一侧一块大石头后面的斜洞里。

就在这时，"轰隆隆……轰隆隆……"一声声震天动地的爆炸声遍地轰鸣，一朵朵蘑菇云直冲云天，一片片的碎石铺天盖地砸下来。天在摇晃，地在抖动。崖壁崩塌，沙石滚滚。硝烟弥漫，黄尘蔽空。我和蓝梦躲在大石头后面，一丝不动，躲过了一劫。

绿香水溪廷朝环山水利渠道在隆隆炮声中胜利开发。

1969年3月的一天，解放军一连队架长途战备通信电话线，在水利工地附近进行施工，我们就主动帮助扛电杆。战士们发现我们拦水截流，开挖水利渠道，也主动来帮忙。他们用基建工具把一处石壁凿开，使水利渠道变得更直更短，大大缩短了绿香轻流到水利渠道的路程。凿开的那一刻，大家都欢呼起来。当天晚上，部队文艺队在拉当老街进行了慰问演出，我们群众也出了一个节目，我和蓝梦男女二重唱《北京天安门》。那晚，解放军的一位战士，给我赠送了一本《毛主席语录》，书上写着："军民团结如一人，试看天下谁能敌。"

开闸引水那天，我随大家跳进水利渠道，用双手戽水，高兴地随水推波助澜，绿香轻流溪水，通过水利渠道，流进了稻田。绿香廷朝水利渠道与六朝水轮泵站的良皮水利工程，形成了配套的水利网，通过水利渠道，绿香轻流汩汩流进千顷良田，也给农家带来了无限的希望。而灵岐河里的鱼会随洪水涌进绿香轻流里、稻田里，雨停洪水退潮后，鱼儿却乐不思归。此时正是鱼产卵繁殖的时节，老人教育我们不能抓鱼，捕到了小鱼也要送回河里。这是我们家乡世世代代传下来的规矩。

三

传说每年农历七月七是牛郎织女相会的日子，七月七正值雨季，通常这天都会下雨。老人说，这是牛郎织女相会时所流下的泪水。在拉当，大家会在七月七这一天，在自家的木排阳台架上，接这一天的雨水，传说这些雨水还能做药引子。倘若不下雨，拉当少男少女们就到木排架下、葡萄架下偷听牛郎织女的悄悄话，然后跑到绿香水溪，挑回溪水，久久地保存着。

其实这些雨水，还不如绿香轻流的好喝。只不过它承载了我们的思念与梦境。我时常在梦中和他们在一起，坐在溪边纳凉。看着溪水中的小鱼儿游来游去，看着溪水倒映的树木与天空，鱼儿就像一只只小鸟，在林间飞来飞去互相追逐。故乡、亲人和蓝梦，都一一出现在梦境里。梦中绿香轻流依然清澈，它豪迈地走向广阔的田野，引来一阵又一阵的蛙鸣，而我和96岁的堂哥黄福海，回到了家乡，游了绿香，天晚了还站在二级公路跨绿香轻流的大桥上，月光把我们的身影倒映在绿香轻流的水中。

岁月匆匆，一去不回。我不时回到现实的家乡，看看绿香轻流，看看家乡的变化，真切地感受大自然恩赐我们的一切美好与希望。

前些日子，我在老家与堂哥黄福海有了一次长谈，记得他说了一句话："山水相融，水天相映，天人合一，我们大家生活在绿香轻流的生态环境里，一定会安康长寿。"是的，有绿香轻流，有我们对生态环境的敬重，村庄会好，我们会好。而此时几行诗句油然而生：

溪水清泓映彩霞，轻流击砠浪生花。

瀑扬白练青岩下，玉带银河碧海涯。

荡漾滔滔滋热土，涟漪圈圈载遥槎。

知君秋后声归寂，不为功名诩自家。

黄福军

黄福军，壮族，巴马瑶族自治县百林乡阳春村拉当屯人，巴马瑶族自治县职业教育中心退休教师。

神秘的阴河 | 何城全

　　穿越在世界长寿之乡巴马的河流有很多，人们比较熟悉的有巴马河、盘阳河、灵岐河等，有一条海拔最低、河长最短、河面最小的名为阴河的河流却鲜有人知晓，颇为神秘。

　　阴河位于巴马瑶族自治县燕洞镇五弄片交乐村西面的大石山的天坑中，据国际水文地质和中国地质科学院岩溶地质专家朱学稳教授介绍，经专家勘测，交乐天坑南北长约750米，东西宽约400米，最大深度为283.2米，总容积约6700万立方米，在我国已发现的十大岩溶天坑中，交乐天坑容积位居第四，人称"巴马第一奇谷"。阴河就在这天坑之间。阴河四面环山，其中三面悬崖绝壁，垂直合围，山峰陡峭，冲刺云天，唯有西面坡度稍缓，古树连绵，有一羊肠小道蜿蜒而下，两旁有悬崖、石林、石牙，最高可达30多米，呈宝剑状，尖端直指云天；河岸边有浓密森林，树木品种有400多种。渊谷之底，神秘莫测，一条若隐若现的绿蓝绿蓝的阴河、地下湖像一条曲折的丝线，自西端洞口流出，又潜入东端的洞口。因整个环境阴森神秘，因此当地人称之为阴河。

　　五弄片，是指燕洞镇的龙田村、龙凤村、同合村、交乐村、龙甲村五个地处大石山区的行政村。在一片连绵的大石山区里，突然出现大陷谷、大天坑，还嵌着这么一条河湖，给人感觉就是大山深处的一只眼，水汪汪地望着天，也好像镶嵌在天坑的一块碧玉，简直不可思议。加之周围雄险奇特的群山，高密度的植被、高浓度的负氧离子，共同组合成为一处地下花园，因而具有较高的观赏、避暑、疗养、科考探险和旅游价值。

阴河东边，是靠近村子的高崖，攀上崖端，俯视河底，险峰无限，脚下万丈悬崖险兮兮的，令人毛骨悚然。河中深处，万景尽收眼底，一条条手臂粗细的长龙古藤，从河面石壁凹陷处伸展出来，四处乱窜乱爬，把崖壁上的树蓬连成一派网络体系，大有远古的原始风度；渊谷之中，一层层乳白色的雾霭四处飘荡，给阴河上空增加了无限神秘的色彩。

据民间传说和《巴马瑶族自治县志》记载，相传山神杨万六以蕈作舟，直抵陷谷与恶魔搏斗，山神不幸中剑，死前吩咐家人用三块燃着的木炭置于其嘴，使神力死而复生，最后用火炬烧死妖精，为民除害。洞中有一块像铜鼓的石头，传说是当年掩护杨万六飞出洞口之物，山神保寨安民的精神至今为人称道，给这陷谷和阴河增添了诸多神秘的色彩，也给村民多了几分惊怵。

阴河的源头溯自北边山崖下两个怪石嶙峋的山洞中，上洞称之为小河，下洞称之为大河，小河（上洞）与大河（下洞）高低相距约 50 米，小河顶部有个一丈大小的洞口，从洞口爬进去约 100 米深，整个洞中有约两个足球场大且高低不平的石缝坡地，四面绝壁，黑森森的；洞底有一深潭，潭中不知从何处注入一汪冰凉冰凉的绿水，终年不干，大河的河水就从潭边涓涓而出，形成长约 300 米、宽约 80 米的阴河水面，别看这潭平时那么温柔宁静，一到汛期，浊浪洪水就会从小河洞口汹涌喷出，沿着河道，咆哮奔腾至大河，撼天动地，仅几个时辰，大河河面水位立即升高 50 多米，河面上形成一个巨大的漩涡，整个谷底就会汪洋一片。

在 20 世纪 60 年代，当地群众曾在阴河岸边创办了一所"农业中学"，简称"农中"，给五弄片的娃娃们在这里一边读书一边开荒种地，勤工俭学。由于没有合理开发，把大片树木砍伐后种上苞谷等农作物，造成水土流失，引起山洪暴发，造成了部分校舍被淹和一名学生被洪水冲走的事件。最后，学校只好搬离阴河。此后开始实施封山育林，加强植树造林，保护阴河生态环境。五弄片群众都把植树造林、封山育林写进了村规民约，禁止乱砍滥伐，通过十多年的封山育林和植树造林，河道两岸日益草木繁茂，绿树成荫。如今阴河两岸有芭蕉林和中草药林地，古杂树星罗棋布，草木繁茂，盛开着许多不知名的古色古香的野花，飞舞着许多少见的昆虫，河道中活跃着许多奇形怪状的水生物，堪称陷谷动植物"王国"。

站在阴河岸上，举头仰望，但见危崖高耸，碧空纤窄，大有"井底之蛙"的感受，转首东看，陡峭的崖壁中，凿裂开三丈来宽的峡谷，从上至下，缓缓伸向谷底。峡谷中，古藤缠绕，草木葱茏，一条"通天"（俗称狗穿洞）的人行小道，险分分的，顺着峡谷，曲径通幽，直达崖顶。传说那是交乐村一带村民以前因缺水，冒险到阴河取水的必经之道。那时，村民们苦于无水，只好背着竹筒、坛子等容器下到阴河取水，沿着这条峡谷险道攀爬背水度生，每天背回一次水就精疲力竭了，甚至还有的人为了取水而丧生峡谷之中。现在农家户户都有了家庭水柜和自来水，村民再也不必冒险去阴河取水，那条取水的峡谷险道，将成为一道古迹。

如今，交乐天坑已列入巴马的探险旅游规划，一旦交乐探险旅游线路开辟形成，阴河的神秘必将让更多的人知晓。随着越来越多的人前来探秘，阴河的神秘也许不再神秘，但关于阴河的传说故事必将越来越丰富、越来越久长。

何城全

何城全，笔名河川，广西巴马瑶族自治县人，巴马瑶族自治县委宣传部退休干部，广西新闻摄影学会会员。20 世纪 90 年代开始文学创作，在区内外各报刊发表散文、诗歌、报告文学等作品多篇。

我的生命之河 | 胡秀萍

　　我有很长一段时间没有去看寄爷了。前些日子，趁着春色正好，回去看了一趟寄爷。

　　我的寄爷是一条河——谷屯河。我三岁开始就尊称谷屯河为寄爷了。谷屯河源于那标，经过那乙村的谷屯、丁好、那来、乙上、乙下、平雷这六个村庄后形成谷屯河，潜入地下河后，汇入盘阳河源头之一的那社命河。我的家乡在东烈村烈二村民小组，家住弄桃屯，与谷屯河相隔两座山。小时候，我病怏怏的，面黄肌瘦，不爱吃东西，一到夜里就特别哭闹，弄得左邻右舍不得安宁。父母四处寻医问药也不见好转。后来，父亲就遵从祖上流传下来的拜寄（找寄爷）习俗，四处张罗找寄爷。寄爷，就是干爹、干爸的意思。按传统习俗，五行不全的人要吃寄爷家的饭补充营养，才会健康成长。因此，寻医问药无效就掐算金木水火土是否有缺陷，有的话就找个人家来拜寄。一位老先生说，我要找何姓的人家拜寄。父亲按照先生的旨意操办，在家里守候三天，等待外村人串门，若此人愿意便认其为寄爷。可是三天过去了，仍不见有人前来。于是，父亲便主动去拜访了几户姓何的人家，可是都被人家推辞了。无奈之下，一天早晨，父亲背起我来到谷屯河边，把我拜寄给谷屯河。因为"河"与"何"同音，且我的五行刚好缺水。父亲默念着："今天带女来谷河，寻找何姓拜寄河；来到河家舀（讨）

水喝，不哭不闹笑呵呵；来日常到河家岸，谷河姓何保平安。"接着，用双手捧了一口水给我喝下，然后，用塑料桶装水带回家煮饭给我吃。也许是我哭得太多，流失了太多的泪水，多喝河水，身体水分就得以补充，生命得到了滋润和生机。自从吃了这条河水煮的饭后，我变得乖巧了许多，晚上不再哭闹，身体慢慢恢复强壮。就这样，父亲挑了三年的谷屯河水给我吃喝，慢慢地我就走进了学校，开始了悠悠的人生历程。

把一个人的生命寄托给一条河，这是什么道理？我曾多次问过父亲，问过村里的老人，得到的答案都是祖辈流传下来的"拜寄"。人的一生中，金木水火土，哪样都少不得，社会家庭也是一样。我还是半信半疑。后来，跟村里的老人问得多了，自己也琢磨领悟到了一个道理：寄情于自然山水，尊重自然的河水，尊重自然的土地，尊重自然里的树木，如此人与自然和谐相处，生命自然健康成长。拜寄了人，也就多了一位更加亲近的家人，也就多了一份成长的力量。也许这就是祖辈的真正用意吧。

那年月，谷屯河翠绿如蓝，丰腴深厚，水产丰富，鱼虾肥美。我不仅喝到干净的谷屯河水，还能吃到谷屯河里的鱼虾，饱吃谷屯河水养育的稻米，度过了快乐的少年时光。每年夏天，我们到河里游泳，戏水，摸鱼，捞虾，犹如摇篮里的婴儿在母亲的呵护下自由嬉戏、快乐生活。上初中后，我便离开了我的寄爷。只有每个周末回家，才能与谷屯河见面。那时的谷屯河水很干净很清亮，只是与她待在一起的时间不多，投入她的怀抱越来越少，可是她出现在我的梦境里越来越多。随着阅历的增长，关于寄爷的人文历史就成为我亲近寄爷回忆寄爷的重要内容。每每忆起，就萌生出强大的精神动力。

因为有谷屯河水，又有天然溶洞作为掩护。土地革命战争时期，这里就成为红军和赤卫军安寨扎营、地下交通联络、秘密开展革命活动的地方。据《红色印记——巴马瑶族自治县革命遗址遗迹汇编》记载，1932 年 4 月，国民党百色民团指挥官黄镇国，命陈家健率第一二八团第二营对驻守在那社的红军和赤卫队进行"围剿"。为减轻西山革命根据地压力，避敌锋芒，驻守那社的红军卢宝荣、卢国代带领红军战士、赤卫队和群众转移到谷屯河对面的岩洞里，利用谷屯河和熟悉的地形与敌人周旋。国民党百色民团采用迭次进攻的战术对那乙谷屯据点进行"围剿"，卢宝荣、卢国代和20多名红军、赤卫队战士与谷屯群众坚守谷屯岩洞与国民党匪军展开拉锯战，谷屯河周边群众为给岩洞里的军民送水，他们扮成渔民，凭借拂晓前与黄昏后的夜幕作掩护，划着木筏把谷屯河水秘密送到山脚隐蔽，然后再输送到岩洞。在缺少粮食的情况下，谷屯河水能够使战斗在岩洞里的军民得以补充体力，经受住了敌人50多天的迭次进攻。最后因敌众我寡，弹尽粮绝，岩洞被国民党匪军残酷地用火烧、烟熏的诡计攻陷，红军、赤卫队战士及革命群众100多人被抓并遭到国民党匪军集体枪杀。潺潺的谷屯河，见证着革命的艰辛与激热，见证红军战士和赤卫队员们的热血与忠诚。

也因为有一段红色历史，谷屯河成为人们心中的生命之河。村民们勤耕劳作，努力拼搏，不惜汗水，日出而作，日落而息。我和我的同伴们勤奋学习，热爱生活，努力奋斗。然而，1991年高中毕业，我高考失利。我的情绪跌落到了低谷，心灰意冷的我再次到谷屯河边，望着谷屯河面，河道弯弯曲曲、有深有浅，时而穿过平缓的山地，时而穿过陡峭的山坡，始终奔腾不息。回忆起红军和赤卫军安营扎寨谷屯河边开展革命斗争的历史故事，联想到自己的成长历程，顿时被谷屯河的精神和革命精神所振奋。著名的哲学家罗素曾经说过："个人的存在应该像一条河——开始很小，局限在狭小的两岸，汹涌奔腾，经过巨石，越过瀑布，渐渐地河面变宽，两岸后撤，水流平缓，最后融入雄浑浩博的大海之中。"面对谷屯河，我深深地感悟到：人生的路都是坎坷曲折的，都有平缓急流，都有峡谷险滩，不可能是一马平川。只要坚持不懈，奋斗不息，前途一定光明无限。

要看到美丽的日出就必须坚守到拂晓，要走向美丽的远方就坚持不懈地走下去。谷屯河的启迪，让我知道了坚持的重要。我开始调整心态，重新制定奋斗目标，并暗暗坚持努力。在家里我积极参加劳动，帮妈妈做家务，劳动之余认真看书学习，参加当年的教师竞聘一举成功。工作后我坚持一边工作一边学习，三年后通过考试转正成为一名正式教师。后来参加自学考试获得英语教育专业专科毕业证。我在那社乡初级中学教书期间，努力教学，还经常拿自己没有能考上大学但通过努力自学最后成为一名教师的经历鼓励学生，用谷屯河奔流不止，坚定奔向远方的执着理想启迪学生，引导学生坚持努力学习，走好人生的每一段路。从教8年后，我服从组织安排先后在那社乡、教育局、党史办、社科联等部门单位工作。无论工作岗位职务如何变化，我始终保持努力学习、努力工作的精神状态，始终保持艰苦奋斗的激情，像不停奔流的谷屯河，永远保持生机与活力。

谷屯河，养我的生命之河，振奋我的精神之河。

胡秀萍

胡秀萍，现供职于巴马瑶族自治县社会科学界联合会。

泉眼无声 | 胡秀萍

老家坐落在一个四面环山的山坳里，没有河流。山坳之外有三条河流。前面是弄阳河，流经"双龙洞"后汇入那社命河；左边是那乙村谷屯河，潜入地下河后汇入命河；后面是穿洞河，流经穿岩洞与东烈河汇合奔向命河。因为这些河流与老家距离太远，不能为老家解渴。

记忆中我家吃的水除了等天，都是父母到穿洞河和谷屯河里去挑，来回一趟要消耗一个小时以上。后来条件稍好，有了马匹，马就承担起让远水解近渴的重任。马是富有灵性的家畜，它会领会主人的一举一动，只要主人把水桶往它背上一搁，它便乖乖地前往取水点，等待主人装好水，又老老实实地把水送回到家里。这样的日子持续了几十年。当时有句顺口溜：挑水虽辛苦，马儿当媳妇，一路叮当响，滴水比蜜甜。

祖先选择到这里安家，是因为这里有山林，有平地。可是没有水，于是寻找水源。有人说水往低处流，他们就往低处找水源；有人说水是从山上流下，他们就往高处找水源。爷爷开始从低处寻找水源，房子建在平台地上，村民们在靠近河的方向打水井蓄水，可是雨季过后仍然没有水喝。都说"人往高处走，水往低处流"，到父亲这辈就决定把房子搬到石山上，这一搬就住上20多年，但喝水问题仍然没有解决。

　　几十年的光景里，父辈们寻找水源的努力始终没有间断，他们坚信祖辈"无水不住人"的择地而居的道理，有先人居住过的地方应该是靠近水的地方，更何况老家的三面都有河流经过，它们会留下印迹，天长地久，也潜流成泉。为了亲水近水，房屋在屯里不断地迁移着，父亲再次把房子迁移。一年秋天，父亲又在距离老房100米山脚边的石缝中打地基建新房了。那里荆棘丛生，没有一丁点泥土。道路不通，钩机、爆破机这些现代化的机械都派不上用场，父母和姐姐们用锤子一锤一锤地将石头打碎，在石山上刨出屋基。一边刨，一边打探，希望发现有一丝一毫的水气或者湿地。

　　也许是父亲对水源过于渴望，连做梦都会梦到水源。他挖地脚特别留意，一天早上果真在一条墙基上意外地发现地面上有一片湿漉漉的沙子，仿佛有人刚在上面倒水一样，父亲用双手小心翼翼地刨开石子，发现水慢慢地渗了出来。大石缝里哪来的水？是地下河？打一出生就在这里生活的父亲不敢相信自己的眼睛，他睁大眼睛小心翼翼地慢慢地再次刨开石子，有自家木水桶口的宽度，发现亮晶晶的水源源不断地往外冒，清澈明亮。泉水！父亲高兴地叫了起来。他喜出望外，赶忙把这一消息告诉家人和屯里人，他生怕这一神奇的迹象犹如过往云烟，烟飞云散了去。这一发现很快传开，甚至传到隔壁的村屯，人们都争先恐后地来看这一神秘的泉眼！为了保护泉水不受污染，当时村民和父亲一起用石头垒成一个拱弧形的井把泉眼围住，像守护珍宝一样呵护着泉眼。如今保护泉眼老屋的大门一直没有上锁，为的是让来人能喝上一口甘甜的泉水。泉眼的出现，结束了过去肩挑马驮远水的苦日子，改善了屯里的生活条件，村民喝上了清洁卫生的山泉水，身体健康得到保证，也节省了大量挑水时间从而投入到农业生产和其他产业发展之中，美好的梦想已经不再遥远。

　　泉眼流量不大，却常年流水不断，足以保证村民的生活用水。夏天，隔壁河水上涨，洪水暴发，水质浑浊，家乡的泉水却始终保持清澈。冬天，隔壁河流时而断流，但是家乡的泉水始终悄然无声地保持着水量，日夜不停地流动。"泉眼无声惜细流",泉眼流出来的水人畜饮水用不完,就让溢出的水悄然无声地流到房屋前那片平台地里灌溉农作物,让家园得到更多的滋润,满足更多期待。

泉眼不仅给屯里的村民带来便利,而且也给很多外来人带来恩惠。在那个道路不通、缺衣少粮的时代,东烈当地村民经常到老家附近种地、找柴,而道远路不便,他们前来的第一件事,就是到泉眼边装上一壶水带在身上随时解渴。时逢耕种季节,东烈村民隔三岔五肩挑马驮农家肥到这里种玉米、种菜,都是先到泉眼边喝上一口清凉的泉水解渴后,再到地里劳动。偶尔也有先到地里劳作一段时间,渴了累了,才蹲到泉眼边解渴。有的饿了就到我家吃饭,走时顺便用竹筒(饭筒,专供盛饭用的工具)装满水拿到地里备用。由于家乡石漠化严重,尽管泉眼解决了村民的饮水安全问题,但是电、路一直困扰着村民的生产生活,最后村民们还是依依不舍地离开了泉眼,离开了村庄,搬到东烈村烈二队与当地村民一起居住,饮用穿洞河水。

从老家搬出来前那几年,我们还经常到老家门前那片平地种玉米,到附近的山上砍柴、割马草等,隔三差五地到老家附近劳动,在老房煮饭、到泉眼边打水。后来,随着外出打工族的增多,留守家里的大多是老人和小孩,并且农家使用沼气等清洁能源逐渐增多,很少有人到泉眼附近砍柴了,老家房前的土地也落荒了,光顾泉眼的人也渐渐减少。然而,父辈们因为对祖祖辈辈生活的地方不舍,加上寻找水源艰辛,对泉眼有深厚感情,刚开始吃自来水有点不习惯,觉得泉水比自来水好吃,每天仍然提着塑料瓶行走于新家与泉眼之间取水喝。

后来,无人居住的村庄被一些商人看中了。一天,父亲在电话里跟我讲有人要在泉眼边开采石场。小队社员已有大部分在合同上签字同意了。我们要不要签字,父亲问我。我很果断地答复父亲,如果是国家开采,无条件服从,如果是私人开采的话要慎重考虑,不得草率签字。我知道开采石场是在破坏生态环境。听说是位老伯在一次群众会议上站出来发话平息的。老伯讲这青山泉水是我们的根子呀，我们一旦给别人开采，破坏了山水，恐怕这泉水也躲开了。他还举了 20 多年前开采黄金破坏环境，洗矿水到处横流到田间地块造成粮食无收的事例，讲明不好好保护环境付出的代价。群众觉得老伯讲得在理，于是大家都表示理解和支持。直到现在再也没有人提起要在泉眼边开采石场的事。泉眼在有惊无险中逃过了一劫。

转眼，我们从老家搬出来近十年了，2018 年春节，我回老家小住几日，父亲又提起老家的泉眼。说有人慕名去打水。听父亲那么一说，我便邀上一位好朋友和妹妹、侄子带上塑料桶去看泉眼了。由于行人稀少，路已经不成模样，我们沿着原路慢慢地走，歇歇停停，大概一个小时回到了老屋。哦，泉眼依然悄然无声地流着，安然地酣睡着，水依然是那样清澈明亮。我迫不及待地弯腰掬水而饮，十分清爽甘美。霎时，一路的劳累风吹云散。我们面对泉水，面对门前的平地，不时对时过境迁长吁短叹着，然后在落日的余晖中，装满泉水离开老屋。傍晚回到家与父亲说起泉水的事，父亲高兴，他仿佛又回到过去寻找水源的岁月。父亲说："发现泉眼不久我们就搬出来了，那口泉水我还没有喝够呢，要是路好走的话我还想回老屋住上一段时间，老家清净，泉水不用烧开就可以直接舀来喝，比较方便。泉水冬暖夏凉，做的饭好吃，泡的茶也香。"我跟姐妹们约好了，每年回老家，都要去看一看老屋那泉眼。

泉眼无声，老屋依旧。那里有儿时的记忆，有父辈寻找水源的艰辛，有村民保护泉水的声息。泉眼无声，滋养着一方生灵。它静静地守候在那里，仿佛大地的一滴喜泪，保持清澈明亮，始终告诫着我们不要忘掉来时的路。

故乡的水井 | 覃 景

　　前些日子父亲来电话说，县水利局资助筹建的新水池已竣工使用，今后不再为喝水的事发愁了。顷刻间，湿漉漉的喜悦油然而生，对故乡水井的怀念也随之泉涌。

　　水井就隐藏在村寨的南头。从我家到水井，是一条弯曲的小土路，像老屋顶上飘动的炊烟。两头的距离，似乎就是早晚之间的距离。水井喂饱了炊烟，奶大了村庄。村里的妇女们每天的早上和晚上，都在老屋和水井之间走动，整个村庄就在这来回地挑水中，一点点地长大起来。

　　水井原先是一股天然山泉，如锅里沸腾的水，从山脚的石缝里汩汩冒个不停。于是乡亲们便就地取材，用钢钎、锄头等工具在泉眼四周挖掘垒砌而成一个半圆状的简易蓄水池。水井深约三米，井水面两三平方米，井的下部是半块巨石，泉水是从巨石下的岩缝里冒出来的，水量挺大，枯水季节即使暂时舀干，也只需半天时间，泉眼便很快蓄满水。井口直径半米，井水满了便从井口溢出，走向家乡的菜园和田野。水井虽然原始、简陋，但那澄澈甘甜的井水，却无声无息地滋养着全村的老老少少，一代接一代。

　　还记得水井边的那棵百年桂花树，陪伴着水井度过一秋又一秋。村里老人说，只要桂花树不枯萎，井水就保持甘甜清澈；只要满山的树木依然葱郁，

215

水井就永葆青春，村子就物华天宝、人杰地灵。每至农历八月十五，水井旁的桂花树花开得正旺，高粱米粒大小的小黄花开满整个树冠，花朵们挤挤挨挨，在蜡质翠绿色树叶的衬托下显得黄灿灿的，花香浓郁扑鼻，不时招蜂引蝶。彩蝶们在群蜂嘤嘤嗡嗡的演奏曲中翩翩起舞。这个时节，村里的姑娘们常常趁着打水在水井边聚集赏花、唱山歌，加入蜂蝶的歌舞，水井在这样的秋季里便显得热闹非凡。待过些时日，它们便依依不舍地从树上飘落下来，像金黄的蝴蝶落满井边的土路。

小时候常和伙伴们在井边的竹林下玩耍，渴了就掬水喝。每到春天，竹笋便在竹林里拼命地窜出来，像一个个胖嘟嘟的娃娃，引来竹象虫。每当此时，捉竹象虫便成了大伙的趣事了。一大早，我们便相约来到竹林里，用尖利的目光搜寻着每一根竹笋，一旦发现竹象虫，便派个代表蹑手蹑脚、屏住呼吸向目标慢慢靠近，既而以迅雷不及掩耳之势捕之，高兴极了。当然也有遗憾失手的时候，正当要捉住的一瞬间，极有灵性的小东西却"嗡"地飞走了，留下大伙一脸的无奈。我们有时也趁着大人不注意悄悄地跑到井边，蹲下身子，小心翼翼往水面瞧瞧，我看到水里的"自己"正朝着我微笑，我朝"他"做鬼脸，"他"也跟着做鬼脸……井边上洋溢了我们快乐美好的时光，留下了我们童年的许多印记。

那年代，乡亲们饮用的都是井水。家家门口旁的墙角边都摆着一口大水缸，两只木桶或铁桶，一根挑水扁担，扁担两头是用钉子或楔子卡住一个小铁圈，铁圈连着约两尺长的可弯曲的铁链钩子。每天天刚蒙蒙亮，老屋门前挑水的人总是络绎不绝——木桶、铁桶、塑料桶挂在扁担的两头，发出"叮当……叮当……"或者"吱呀……吱呀……"的响声。门前的土路上，总显得湿漉漉和滑溜溜的。母亲每天第一件事就是挑水，家里的水缸至少挑五担水才能装满，我时常在被窝里等到母亲挑回第三担水天大亮了便一骨碌爬起来，脸不洗、鞋不穿就尾随母亲去挑水了。

每次打水，只见母亲两腿分开与肩同宽，双手攥住扁担，弓着腰，左手抓着被铁钩子钩住的水桶吊耳，带着桶在水面上左右摇荡几下，将漂在水面的落叶荡开，然后用手往水里一按，铁钩子就带着水桶沉进水里，用力一提，左肩的水桶就装满了水，紧接着右手也重复着同样的动作，装满右边的水桶。挑水是一件重活，一担水，百来斤重，扁担压在肩上越走越沉，肩膀硬生生地痛，起担之后得紧步走，那步子，通常比挑着空桶时还要快一点，这样走着，似乎稍为轻松一点。我家离水井300多米远。装满一缸水，母亲要挑五担，尚未出工劳动，人已经累得差不多了。换上我得挑上八担才装满，完成任务人也累趴在地上了。但劳动之后的那种满足感，至今依旧铭刻在心。

水井是村寨的命根子，也是乡亲们的"面子"，备受乡亲们尊重。村里有一条不成文的规矩：不得往井里吐痰撒尿、乱扔东西；不得用脏水桶取水；不得见了老人取水不帮忙；不得对外来取水的人不礼貌。有一次，村里阿明哥看管的鸭子跑进水井去了，闯了祸后挨他父亲一顿打骂，之后他的父亲组织全家人提着水桶脸盆用了大半天时间才把被弄脏的井水舀出，并向村子人赔礼道歉，至此这事才算平息。在乡亲们眼里，冒犯了水井就是冒犯了天理，伤了村里的面子，就要受到惩罚。平时取水时，乡亲们帮助来人或老人的事屡见不鲜。记得我在读小学二年级时的春夏之交，天气大旱，井水因周围村屯的人都来取水，很快井干见底，不得不排号等水，取水时一人下到井底，等攒够一桶水后，上边的人便用绳子拉出井外。记得那次取水，母亲排到号后让我下到井底舀水，我舀满一桶后，母亲拉上去又把空桶递下来，我又舀满又递下来，如此反复十多次了也没有叫我上去，于是我不耐烦地嘟哝起来：我们家都舀了十多桶了，还给不给别家喝水啊？蹲在井外的母亲忍不住笑起来，只听堂婶对我喊：你舀的水让你妈都分给你奶奶和外村的人了，天快黑了，他们路远等水做饭呢！听了堂婶这么一喊，我的怨气顿消，心里还乐滋滋的。

汩汩冒个不停的井水，虽然水量丰富，但乡亲们还是自觉节约用水，时常用淘米的水来洗菜，然后用来喂猪；洗脸和洗脚的水就往院子里的果树根浇，让果树也喝个痛快。一到秋天，串串成熟的葡萄低着头尽是迷人的温柔，而荔枝一点也不害羞，越过低矮的墙头，悄悄地把脑袋探过邻家的院子里探听秘密；墙上挂着的葫芦和丝瓜就像害羞的小情侣，总喜欢藏在叶子和花下说着亲密的情话……整个村子，酝酿着浓浓的绿色和厚实的秋香，然而，这哪一样又离得开井水的滋养？

家乡的井土是一剂药。年轻人喜欢外出闯荡，老辈们总会到井边包起一撮"乡井土"放在行李上，以防在远方水土不服。如遇大医院打针吃药不好转，这时候就用一小点"乡井土"放在异乡的水里沉淀后饮下，喝了就精神焕发。这到底是怎么回事？老人告诉我们，这不是迷信，水土不服其实就是思乡之痛，怀乡之伤，这时能够闻一闻"乡井土"的味道，就心旷神怡，心情舒畅自然就好了。所以，乡亲们讲，"乡井土"能够治相思病。

水井滋养的不仅是人、家畜和果蔬，更多的是陶冶人的情操，启迪人的思想。正因为有水井养育着一代代人，带着"乡井土"走出魂牵梦萦的小村庄的人们，就像颗颗生命极强的种子，在全国各地蓬蓬勃勃地生长，并把各自的成功的果实献给家乡。

如今，家乡的生产生活条件越来越好，自来水已通到家家户户，水井渐渐淡出人们的视野，但水井的故事依然留存在人们的记忆里，不曾淡去。

覃　景

覃景，壮族，现供职于巴马瑶族自治县社会科学界联合会。

为"旋塘""赎魂" | 沈珍慧

　　村里有一条河不叫河而叫"旋塘",因河底有泉眼,雨季时泉眼处会一直冒出一圈圈由小变大、由里到外不断扩散的波纹,圈圈旋转,"旋塘"因此得名。

　　"旋塘"距离我们家大约两公里,从村里出发,上一个小坡,穿过一片玉米地,再下一个小坡,然后穿过几百米的山洞,一出到洞口映入眼帘的是连绵的青山,之下有两处水塘,水塘中间有一条较浅的河流。"旋塘"就在河流的右侧。

　　"旋塘"的水很清很凉,因为是活水,周边的群众都是到上游担水煮饭做菜,然后去下游洗澡洗衣服,有些熟悉水性的大人还带着娃儿在河边水浅处玩水,最下游处还有几匹水牛舒适休闲地在河水里躺着,偶尔抬起牛头、扬起尾巴甩甩水,歪着好看的水牛角挠挠背,不时"哞哞"几声……青山绿水,嬉闹玩笑,乡音淳朴,"旋塘"就像一个天真无邪的孩童给那个年代的人们带来了最单纯最质朴的欢乐。

　　但是,自从连续有人溺亡后,村里便开始流传出"旋塘有水鬼,每年都要抓几个人下去吃"的恐怖言论,这让我从很小的时候就开始对"旋塘"感到恐惧。

　　漫长的夏天,知了没精打采唱着烦闷的歌,空气中弥漫着燥热的味道。一个炎热的傍晚,隔壁表哥和几个年纪稍大的男孩子吹着口哨光着膀子从"旋塘"方向打打闹闹地跑回来，一看就是一副刚从河里"邀游"回来，洗去了所有尘世浮躁的样子，美滋滋得很。但是表哥刚进门没多久，就从他家屋里传来了"惨绝人寰"的凄厉喊叫声，还有三姑咬牙切齿恶狠狠的吼骂声："讲了多少回不要带着这帮仔去'旋塘'耍，你耳屎多多听不进啊？还是你耳朵通风左边进右边出？哪天挨水鬼抓去你就见了，看我不打断你的腿！"当时只觉得太吓人了，现在想想觉得好笑，若真有水鬼把表哥抓去了，您上哪打断他的腿去？

和三姑一样，我的母亲也非常反对我们去"旋塘"游泳，挑水、洗衣服都是她自己去，活儿太多的时候会叫上哥哥姐姐，我年纪还小帮不上忙，而且还是个"万一水鬼跑出来还得背着你跑"的累赘，所以从来都不带我去。可能是受到这些影响，我一直对河水有一种发自心底的深深恐惧，总觉得看不到的水底或许有蟒蛇，或许真的有什么会抓人的鬼怪。

又是一年炎热的夏天，太阳晒得大地火辣辣，刚从玉米地回来的哥哥姐姐还有村里的其他年轻人相约一起去"旋塘"游泳，这个时候距离"水鬼吃人"的谣言已经好几年了，哥哥姐姐们已学会了科学知识，不再相信这套言论，于是大家一拍即合，而且这次把"老满"的我也带去了。

这个时候的"旋塘"依然朝气蓬勃，泉眼冒出来的水还是很清很凉，哥哥姐姐们在上游玩得不亦乐乎，不会水性的我只能在下游浅水边看着他们恣意潇洒。

隔壁家的阿锋见我一个人在河边无聊，就鼓励我去跟大家一起游泳，"我们都在，不怕的"。一时鬼使神差，踌躇片刻，也不知当时哪来的自信，基本没下过水的我就脚底一蹬，狗刨式向在上游的哥哥姐姐们划过去。

一开始我还只敢沿着河边往上游，累了就停下来，脚还能踩到河底软趴趴的泥土。哥哥姐姐们看到我游过来都为我高兴，但是都只让我在河边就行了，提醒我千万不要游过中间去，水太深。

是的，水太深。但是当我理解这三个字的时候已经太晚了，当我累了停下来想要踩河底泥土的时候，我踩不到了。我吓了一大跳，惊慌失措中"狗刨式"也不会了，整个人开始往下沉，感觉真的像有一双手在把我向下拖，我想伸手、想喊救命，可是怎么都发不出声音，手也没力气伸出去。浮沉间，我睁开眼看到阿锋在河岸上望向我，我拼命地向他示意快救我，但是他嘴角勾笑了一下就转身走开了，难道他认为我是在跟他开玩笑？我后来也没去问他，从那以后我就再也不跟他说话了，因为当时心比水凉的感觉太深刻了。

在我快绝望放弃的时候，我的姐姐终于发现不对劲了，奋力游过来拉着我，努力地想把我往岸边拽。可是那时候的我早已不知东南西北，也不知哪里来的蛮力，总把姐姐往更深的地方拉。姐姐吓得慌慌张张地叫万力表哥赶紧过来帮忙一起救人。万幸，万力，万力，果然不是白叫的，最终我得以逃过一劫。

那天回去，谁也不敢告诉母亲发生的事情，但是精明的母亲一看到我铁青的脸色就猜到了七八分，得知发生了这么惊心动魄的事情后，母亲把哥哥姐姐们骂了一通，就像那天三姑骂隔壁表哥一个样儿。第二天看我还像被雨淋的小鸡蔫不唧的，母亲还特意高价找了附近有名气的"魔公"为我"赎魂"。

何为"赎魂"？这是很多农村老一辈认为可治百病的"灵丹妙药"，在他们的认识里，好像什么疑难杂症都可以通过"叮叮当当"解决，"赎魂师"于他们而言就像是天神一般的存在。电影《吴仁宝》中，村里一孩子生病被村医判了"死刑"，他的父母亲因为愚昧无知，不仅不赶紧将孩子送大医院就医，反而是请了道士关起门来围着床头摇着铃铛、嘴里哼哼唧唧地做法事，这个就跟所谓的"赎魂"异曲同工。但是这个法事差点误了孩子救治的最后时机，亏得吴仁宝支书赶到把门一踹，"孩子病了你不带孩子去看病，搞这些封建迷信不是耽误工夫吗？"最后在大家的"接力赛跑"下，及时将孩子送到医院进行抢救，挽回了年轻的生命。

但我不同，我本来就只是少不经世，受到了惊吓再呛了一些水，本无性命之忧。但是在母亲眼里，我就是被"水鬼"吓得"落魂"了，所以我的好转得归功于"魔公"帮我"赎了魂"。现在偶尔提起这件事，母亲还是心有余悸，然后每次都顺便再提一把她为我"赎魂"的事迹，让我多谢她的这一救命"壮举"。

现在回头想想，以前也许我相信过那些不幸溺亡的人是真的被"水鬼"吃掉了，也许相信过那天是"水鬼"在把我往下拉，也许相信过是"赎魂"让我好了起来，但是现在的我早已知道，世上哪有什么"水鬼"，所谓的"赎魂"也不过是耽误工夫的封建迷信，只不过我没有拆穿母亲，就让她保留着这份"成就感"吧，毕竟当时的她应该跟我一样被吓得不轻，毕竟一个母亲对子女的爱护之心本无对错。

现在，"旋塘"已经干涸，就算是雨季，也只有泉眼处的泥土还有一丝丝湿润，但是它再也不会冒出一圈圈的波痕，"旋塘"就像一个拄着拐杖颤颤巍巍、失魂落魄的老人，再没了那般生机勃勃。周边的泥土已经像瓦片一样一块块地依次叠放着，河边的草地也都被勤劳的村民开荒种了甘蔗、玉米。这里再也没有当年洗衣挑水、嬉笑玩闹、水牛戏水的热闹场景，那些美好的深刻的记忆也都永远成为遥远的回忆。

前些日子广西卫视《百寿探秘》记者到老家采访百岁的爷爷，因为要拍全家福，我便带着孩子一起回到了我从小生长的地方。回到村里，一排排新起的楼房让人目不暇接。

许多很久不见的儿时玩伴、叔伯姑婶也都聚过来看热闹，大家一边聊着现在生活好了不像以前吃米糠没水喝，也聊着以前结伴下河摸鱼的趣事儿，聊着聊着突然就聊到了"旋塘"，不免都神情有些落寞。

"现在的娃想游泳都没有河了，草地全都被开荒种玉米种甘蔗种黄豆了。"

"以前从'旋塘'里面捞的鱼拿回来下锅，香得对面劳查（屯名）都闻得见。"

"应该第一个人去开荒的时候大家就去讲他不给他开荒才对。"

为 "旋塘" "赎魂"

"前几年发了几次洪水，种的东西全部被水淹之后，现在有些人也不在那里开荒了。"

……

绿水青山才是金山银山，如果没有无尽的开垦，"旋塘"或许还是一个中青年，泉眼还会不断涌出活水，这里还会是一片热闹非凡的模样；绿水青山是珍贵的记忆，更是我们世世代代最宝贵的财富。我想，真正应该"赎魂"的是美丽的"旋塘"，还有那些无知的村民，是他们的无知毁坏了山林，破坏了"旋塘"的生态环境，让"旋塘"失去了青春活力。

"旋塘"是一代人的美好回忆，是那个年代生活的印记，也见证了那个年代的淳朴。饱受了洪水报复的村民开始意识到他们对山林的失敬和对"旋塘"的无礼，村民开始想方设法给山坡还愿，给"旋塘"赎魂。村民清醒地知道了留住青山绿水就是留住美好乡愁，就是孕育美好未来，更是我自己每年每月必须付出的实际行动。如今，村里人都在自觉地做一件事：绿化山坡，美化家园。每年的开春，在没有外出打工和春耕生产之前，村民都上山种树，把"旋塘"周围的山坡绿化。村民希望在不久的将来，能够把"旋塘"的魂赎接回来……

沈珍慧

沈珍慧，1988 年 3 月出生，广西巴马瑶族自治县人，现为巴马瑶族自治县巴马镇人民政府党政办公室主任。大学时开始创作，有散文作品散见于报刊。

后
记

历时两年，足迹遍及巴马山水，"巴马乡愁故事"丛书最后一册——巴马河流故事《潺潺的河流》在各级领导和广大专家、作者的共同努力下终于付梓出版了。

　　丛书从筹划、汇编成册到出版不仅得到了广西壮族自治区党委宣传部、中共河池市委宣传部的热忱指导和鼎力支持，巴马瑶族自治县还给予了配套资金支持，丛书的编纂过程中更得到了各部门、企事业单位、社会团体和广大文史爱好者的大力支持，他们积极参与到编纂工作中，调查研究、潜心创作、出谋划策，为丛书的编纂和顺利出版起到了积极的推动作用。在此谨向帮助支持丛书编写工作的广西壮族自治区党委宣传部、中共河池市委宣传部以及各位专家、作者付出的辛勤劳动致以衷心的感谢！

　　每个人在儿时都应该走入自然和一条河流建立起感情，这将成为我们生命源源不断的滋养之泉。每条河流都是独一无二的，都有它自身的文化流向，都有她的渊源和故事，每条河流的文化又伴随着历史进程不断地流传或是消失。巴马河流众多，有故事的河流也遍布寿乡大地，正是潺潺溪流的恩泽滋养着河流沿岸的一代又一代人，浸润了巴马人的心灵，丰韵了巴马人的灵魂。在考察调研巴马河流文化过程中，专家们在自身经历的基础上，探赜索隐，有走进故乡向长寿老人咨询的，有查阅县志、文史资料的，有调阅地图等档案资料的。没法返回家乡考察调研的，也通过电话、微信等方式向熟人了解，向有关部门咨询。凡此种种，他们认真负责的态度，既有学术上的严谨细致，也有文学创作的扎根体验，特别是有的老同志通过创作，有机会重返家乡与老友叙旧，与自己的先祖对话，与自己的童年对话。他们在挖掘、拣拾、整理、创作的过程中，发现了河流文化的厚重，也慨叹时光的残酷，共同的河流文化，有的依然鲜活如昨，有的却已渐渐流逝，引起他们无边的唏嘘、畅想。阅读这些饱含乡情水韵的散文、随笔，聆听专家、作者讲述河流的故事，发掘河流故事，进一步唤起人们共同的乡愁记忆，促使人们挖掘巴马乡愁文化底蕴，延续寿乡文脉，留住不能忘却的乡愁记忆，守护"看得见山，望得见水"的乡愁。

时光匆匆，倏忽两载。由于编者时间仓促和经验学识有限，书中肯定存在诸多瑕疵和不足，敬请读者不吝赐正。

编　者

2020 年 12 月